生命意识与文化传播

中国现当代经典作家作品研读

张艳丽◎著

2022年度河北省社会科学发展研究课题
《中国现代文学生命意识研究》
（课题编号：20220202352）

中国言实出版社

40 年代张爱玲的小说、散文，生命意识如一股潜流深藏在现代文学创作中。作者对其进行了由点到线的挖掘。在新时期以来的文学作品中，作者选取了"50 后"作家叶兆言、"60 后"作家罗伟章、"70 后"作家石一枫的代表作进行探讨。这几位作家都是当代文学中的实力派。在对这些作家作品的研究中，作者也能够从生命意识这个切入口纵向深入，细致解剖，达到见微知著之效果。重视生命意识的研究特点，形成了作者独特的学术风貌。

本书有对单篇作品的解读，也照顾到了小说类型的考察，并且还向文学作品的当代影视剧改编方面进行了扩展研究。作者选取中国现代文学史上受众群体较多的社会言情小说类型作为研究对象，考察其改编的影视剧传播历史，综合评估这类作品影视剧改编的可行性与社会价值。这种将民国通俗小说类型的影视剧改编纳入研究范围的做法开拓了中国现当代文学研究的视野。这一研究具有创新性却也要克服不少困难。作者勇于探索的勇气值得肯定。

这部结集除绪论之外由三个部分组成。第一辑选择了五位现代文学史上的经典作家，以讲稿的方式向读者呈现作者对这些作家的理解。作者说，写这本书的初衷是引导大学生爱上经典阅读，所以第一辑以讲稿的形式出现。这一部分以生命意识为切入点分析作家创作心态及其代表作品，其中有许多新的发现与诠释。比如对鲁迅《狂人日记》中"吃人"的解读，作者将其与英国作家 C.S. 路易斯的小说《魔鬼家书》进行比较，指出鲁迅小说中蕴含的"质疑启蒙"的思想在 20 世纪世界文学中的特殊地位。第二辑选取了现当代在某些方面有代表性的作家作品进行解析，揭示现代人心灵深处的生命渴望、精神困境及其出路探寻，其中有许多独特的见解。第三辑中的文章多与民国通俗小说的当代影视剧改编及传播有关，并重视探讨生命意识与文化传播的关系。其中以《中国现代通俗小说电影改编与传播路径探讨——以张恨水小说电影改编为例》《冲破宿命的生命突围——〈八角笼中〉海内外热播根源探析》为代表。这些探讨也很有学术意义。

作为曾经的导师，看到学生的学术成果即将结集面世，心中自然有欣慰之情。同时我也相信这部著作能如作者所愿，使广大读者受益，为推进中国现当代文学的研究和传播贡献一份力量！

北京师范大学文学院教授　钱振纲

2025年3月7日于北京

目录

辑三　生命意识与文化传播

绪论

中国现代文学自问世以来，就开始了对现代"人"的探索与表达。"五四"文学对"人"的发现与觉醒，使一批关心国家民族前途的现代知识分子得以在世界文化背景下共同探讨中国人乃至整个人类的命运。历史的车轮将其推到世界性的现代化场域，由此，中国文学产生了从古代向现代的根本转型，于是，由"五四"开始的中国现代文学在世界现代文学潮流中产生了迥异于古代文学的种种特征。虽然这种"迥异"是建立在与古代文学息息相关的文化土壤中，难免与其在艺术层面上有着千丝万缕的联系，但就思想层面而言，现代文学已然产生了与古代文学截然不同的现代理念，其中最重要的突破便是对"个体"的尊重与发现。在古代文学中，无论是居庙堂之高的贵族文学还是居江湖之远的山林文学，都只属于少数人，而"五四"新文学则以其对"人"本身及其存在意义的探索与发现，使文学逐渐走向劳苦大众。

"五四"以个性主义为核心的人道主义文学观虽因陷入个人主义而有失偏颇，但其对"个性解放"的倡导，对"自由精神"的张扬，为中国文学输入了新鲜的血液，将带有世界背景的现代因子注入到中国文学中，使"人"成为文学表达的核心，产生了真正意义上的"现代文学"，这正契合了钱谷融先生所提出的"文学是人学"[1]的理念。

[1] 钱谷融.论"文学是人学"[M].北京:人民文学出版社,1981:2.

由此，文学与"人学"不仅在思想领域产生了交融，而且在审美领域也交相辉映，共同丰富了现代文学景观。

当欧洲文艺复兴高举"人"作为万物之灵长，对"人"本身的研究与表达就成了现代"人学"的重中之重。恰在此时，急需脱胎换骨而规避清末文学沉疴的中国文学与现代"人学"相遇于历史的交汇点，于是，中国现代文学开始有了自己的历史使命。正如学者王铁仙所说："人性解放的要求，就起于文艺复兴的现代人道主义思想，它确实是中国文学现代转型的第一个推动力。它促使'五四'新文学作家敏于感应现代社会，深入探索人的内心世界，表达出现代人独特的、复杂的心灵，表现出对人的价值的重视和个体意识的觉醒，并且同时也在艺术形式上进行前所未有的独特的、大胆的创造，从而形成和不断强化他们作品的现代性。"[1]我非常赞同这一论断。作为推动力的现代人道主义不仅构成了现代文学思想领域的核心部分，也影响着其艺术形式的现代性。而这部作品所探讨的，主要是现代"人学"对现代文学的影响、表现及其意义。

"人学"是什么？顾名思义，是关于"人"的学问。在一般意义上，"人学"被定义为"以整体的人为研究对象的科学"[2]。如果说"人"在古代文学中更多是作为社会群体而存在，那么在现代文学中，"人"则更多作为一种生命个体而存在。当作为生命个体的"人"发现并关注自身的存在，首要探讨的便是人之生命的来源、归宿及其价值等问题。"五四"新文学一切关于"人"的发现与表达都源于对"人"作为一种"生命"的认识。窃以为，所谓"人学"首先是将"人"作为一种生命形式来进行探讨的科学，其中包括自然科学和社会科学。中国现代文学研究作为一门社会科学，与"人学"的交融

---

[1] 王铁仙.中国现代文学精神[M].北京:人民出版社,2008:77.
[2] 冯契.哲学大辞典修订本（下）[M].上海:上海辞书出版社,2001:1185.

应更多地出现在"生命意识"领域，而目前文学研究界对现代文学的生命意识缺乏应有的关注。现代文学研究者李洪华指出："毋庸讳言，在很大程度上，现代文学的启蒙意义长期被放大，而生命维度被遮蔽。"[1]李教授指出了目前现代文学研究的盲点，值得重视。现代文学被遮蔽的"生命维度"正是潜藏在生命意识文学中的一股暗流，也是文学启蒙的另一种形态。当代思想家李泽厚先生指出，"五四"运动兴起的"救亡"浪潮压倒了"启蒙"，致使中国社会的启蒙任务至今未完成。启蒙本质的被掩盖，生命意识的被忽视，不仅是中国现代文学研究，也是中国现代文学本身的症结所在。这一症结导致那些承载着鲜活历史的文学作品，那些来自于作家心灵感动的充满生命气息的现代表达无法走进当代读者的内心，现代文学研究也困囿于极少数知识分子的文献研究（当然这也不可或缺，但不能代替全部）而难以在当下产生现实意义。钱理群等主编的《中国现代文学三十年》前言中指出，"所谓'现代文学'，即是'用现代文学语言与文学形式，表达现代中国人的思想、感情、心理的文学'"[2]。这一对现代文学基本概念的定义明确宣告了现代文学是属于现代中国人的文学。然而，我们不得不承认，在中国现代文学课堂上，喜爱阅读鲁迅、茅盾、郁达夫等现代经典作家作品的同学占了很少一部分。问之为何，答曰：读不懂。这是现代文学之不幸，亦是现代文学研究之悲哀。中国现代文学以现代青年知识分子寻找民族复兴之出路为滥觞，一直在竭力践行文艺大众化，却未曾想到在百年后的今天，不少青年人却将其拒之于心门之外。作为一名现代文学教研人员，窃以为有责任来探讨并尝试解决这一问题。

当今现代文学研究界，关于中国现代文学经典作家作品的书籍浩

[1] 李洪华.生命意识与文化启蒙——中国现代文学专题研究[M].北京:商务印书馆,2017:1.
[2] 钱理群,温儒敏,吴福辉.中国现代文学三十年[M].北京:北京大学出版社,1998:1.

如烟海，各种文献研究、理论研究也早已汗牛充栋，然而，真正在青年知识分子中受欢迎的却很有限。如何将趣味性、学术性、普及性融为一体，既能让青年学生读得懂、喜欢读现代文学经典作品，又能尝试为现代文学研究打开另一扇门？这是我在高校工作十多年来一直思考的一个问题。出人意料的是，三年大疫给了我答案。当病痛、死亡近距离、普遍性地危及每个人时，大家对生命的脆弱感同身受，不约而同思索起生命的意义。那段艰难的岁月，净化了我们的心灵，也给今后的生活以新开启。在突如其来的灾难面前，一切名利黯然褪去，唯有生命成为人人关注的焦点。我们认识到，身外的一切不过是暂时的装饰，唯有"生命"本身值得好好去体会、去研究。如今，人工智能迅猛发展，AI 时代到来，人类生命的未来走向哪里？于是，我选择了"生命意识"这个话题。就现代文学研究而言，"生命意识"作为一股深藏在现代文学河床下的潜流一直存在却较少被关注；就现代文学普及性而言，承载着丰富生命意识的现代文学亟需被解读以应用于教学及文学爱好者的普及工作中；但无论是文学研究者还是爱好者，内心深处其实都有一种渴望，那就是以文学为路径，发现及探寻个体内心深处的本相与渴望，获得心灵的满足。鉴于此，"生命意识"便是研究现代文学一个很好的切入点。

"生命意识"这个词对我们既熟悉又陌生。作为一个普通名词，似乎人人都有生命意识但又说不清楚它具体指的是什么；作为一个学术概念，似乎很多人阐述过某某作品的生命意识，但这个概念的内涵与外延究竟是什么？目前学界还没有统一说法。有学者认为生命意识是"人类对自我存在价值的反思与认识"[1]。也有学者认为生命意识是"生命个体对自己或对他人生命的自觉认识，其中包括生存意识、安

---

[1] 童盛强.宋词中的生命意识 [J]. 学术论坛,1997(5).

全意识、死亡意识等"[1]。还有学者认为"生命意识是对生命怀有一种强烈的自觉性意识，它表现为对生命自觉地关怀和热爱"[2]。在众多关于生命意识的观点中，谢嘉幸的界定最具概括性，他指出："生命意识就是我们全部的潜在和显现的欲望、全部潜在和显现的动机和全部支配着我们一切行动的实际力量。"[3]学者杨守森则对此提出质疑——如果生命意识也包括负面乃至邪恶欲望的话，那么该如何对其评价？杨教授认为，生命意识更合理的解释应该是："具有了意识活动能力的人类，对自我生命存在的感知与体悟，以及在此基础上产生的对人的生命意义的关切与探寻，具体体现为生命体验、生命思考、生命策略与生命关爱等等。从性质上看，又可分为原初生命意识与文化生命意识两个层级。"[4]这一观点将生命意识分为两个层级，具有启发性，但忽略了负面生命意识的存在及其警醒意义。相比较而言，谢嘉幸教授的说法更为全面。

谢教授所说全部潜在和显现的欲望、动机及支配人行动的力量来自哪里呢？来自于生命体本身。作为一个自然的生命个体，其蕴含的生命意识是多方面的，只有对其全面认识才能有效评估其价值。因此，对生命意识的界定前提是对生命本身的全面认识。我们可以把"生命意识"中的"生命"与"意识"分开来考察。首先，我们来探讨"生命"及其意义是什么？关于这个问题，生物学、社会学、心理学等多门学科都对其进行过探究。从生物学角度讲，"生命就是一种具有特殊结构且比较稳定的大分子物质，这种结构使它具有在自然条件下通过自复制等正反馈运动维持自身结构存在的功能。依靠自身的功能，保持自身的复杂结构存在的能力就叫生命力"[5]。基于这种认

[1] 曾道荣.论叶广芩动物叙事中的生命意识[J].文艺理论与批评,2010(6).
[2] 郝素玲,鲁新轩.《大地》中的生命意识[J].外国文学研究,1997(1).
[3] 谢嘉幸.反熵·生命意识·创造[M].北京:工人出版社,1989:61.
[4] 杨守森.生命意识与文艺创作[J].文史哲,2014(6).
[5] 段勇:自组织生命哲学[M].北京:中国农业科学技术出版社,2009:88.

识，人的生命意义就被认定为"人类的存在、生儿育女、满足自身需要"[1]。因此，生存就成了人生最大的意义之一。就社会学角度而言，"人"作为生命不只是一种物质的存在，更是一种精神的存在，因此，"通过延长'物质生命'并不是生命的意义而是生命的手段，通过延长'物质生命'而追求'精神生命'的永存，才是生命的质量和意义"[2]。在这里，"人"作为一种精神宝藏的存在比物质的存在更有价值。在心理学视角下，生命及其意义更具多元性。首先研究生命意义的存在主义心理学家们认为，生命的存在本身就是意义。而提出人的需求层次理论的人本主义心理学家马斯洛认为，生命的意义来自于个体需要不断满足及自我实现的过程。21世纪在美国兴起的积极心理学派则认为，人生的意义在于"积极地追寻"。无论哪个流派，以心理学角度看待生命，都是将人赋予了具有主观能动性的生命个体来进行探究的。基于此，我们需要探讨"意识"是什么？从心理学上讲，"广义的意识是指大脑对客观世界的反应，而狭义的意识是指人们对外界和自身的觉察与关注程度，现代心理学中对意识的论述主要是指狭义的意识概念"[3]。而"意识"是具有能动性的，意识的能动性主要表现在三个方面："与环境的互动；把经验与现实连接起来，形成自我同一性的基础；制定目标，引导行为。"[4]由此，生命意识应该是具有意识能动性的生命个体对自我生命及其与外界关系的认识、探寻与表达。

人作为一个独立的生命个体，可以分为身体、心理及灵魂三部分，物质的身体主要是作为生物体的客观存在，指向外部的物质世界；心理则指个体生命的思想、情感和意志，指向人内部精神世界；

[1] 段勇.自组织生命哲学[M].北京:中国农业科学技术出版社,2009:128.
[2] 王文科.生命教育概论[M].广州:广东高等教育出版社,2008:9.
[3] 霍涌泉.意识心理世界的科学重建与发展前景 ——当代意识心理学新进展研究[D].南京：南京师范大学博士论文,2005.
[4] 黄希庭.心理学导论(第二版)[M].北京:人民教育出版社,2007:263-306.

而灵魂则包括良心与直觉,指向人心灵深处隐秘的感受。据此,人有身体、心理及灵魂三个层面的生命,也自然有三个层面的生命意识。在身体层面,生命意识指的是人的物质身体因本能需要而产生的对生命的自觉体认,这是人作为生物体对其生命存在本能的认识与生存需要,主要表现为肉体的欲望。如告子所说:"食、色,性也。"[1] 在心理层面,生命意识是人经由心思、情感、意志对生命存在及其价值的感知。它包括人由心思发出对生命本身及其存在意义的思考,由情感发出对生命本能需要的追求及关爱,由意志发出对生命行为的选择等。在灵魂层面,生命意识则是人经由良心、直觉对生命来源、存在及其意义的感知。包括人从内心深处对生命自由的渴望、对生命来源的好奇与探寻,以及对生命的终极关怀与心灵皈依等。总体而言,生命个体作为一个客观存在,对生命本身及其与外界关系的一切认知构成了生命意识的总和。

由此,我们可以说,所谓"生命意识"指的是具有意识能动性的生命体在身体、心理及灵魂层面对生命本身及其与外界关系的认识与反应。相应地,它包括三方面的内涵:第一,物质层面对身体欲望的认识与表达,可称为身体生命意识;第二,心理层面对生命个体思想、情感与意志的阐释与关爱,可称为心理生命意识;第三,灵魂层面对生命体心灵渴望的发现与满足,可称为灵魂生命意识。

作为一个丰富、多层的生命体,三方面的生命意识互为依存又相互矛盾,身体生命意识产生欲望,心理生命意识将其否定,就产生欲与理的冲突;心理生命意识产生情欲,灵魂生命意识将其管控,便产生情与灵的抵牾。就心理层面的生命意识而言,生命体的思想(可称为理性)与情感(可称为感性)也会发生碰撞,我们常称之为"情与理的冲突"。因此,人的生命意识是多层次且关系多元化的,而且就

[1] 孟子.孟子[M].北京:中华书局,2016:242.

身体与心理层面的生命意识而言，不单有正面的，也有负面的，这正符合人性丰富之特征。能够成为经典流传下来的文学作品，大多有对人类生命本体及其意义的探寻，如对人性的叩问、对生命意义的思考及对"死亡"的探讨等。

接下来，一个新的问题产生了。生命意识在现代文学领域具体有哪些表现呢？在以"五四"新文学运动为肇始的现代文学中，生命意识的觉醒首先发生在心理层面。在小说领域，作为现代文学第一篇白话小说的《狂人日记》发出了振聋发聩的"救救孩子"的呼声，由历史到现实层层探究了"人"的生命意识被吞吃的人生真相。鲁迅先生之后的作品《阿Q正传》《祝福》《明天》《孤独者》《在酒楼上》《伤逝》等无不关注人在心理层面生命意识的压抑与诉求。在鲁迅影响下，一批反映宗法制对人心理生命意识压制的乡土小说喷涌而出，如台静农的《拜堂》、废名《竹林的故事》、蹇先艾的《水葬》等。这些小说着眼于乡村中一个个普通平凡的生命，以水墨画般白描的手法呈现出作家对传统乡土中人之生命意识的思考。如果说鲁迅早期文学作品及20世纪20年代乡土小说关注的是人在思想领域的生命意识，"五四"婚恋小说及郁达夫的自叙传抒情小说更多关注的乃是在情感领域生命意识的觉醒。他们所表达的"非理性"自我，带有时代青春气息的婚恋自由抒发无不是生命意识在心理层面的情感流露。至于冰心的散文、诗歌及小说，宗白华的《流云小诗》以及早期新月派诗歌，更是从心理上升到灵魂层面探究生命的存在及其意义。总体而言，在20年代的文学中，生命意识一直潜藏在个体对自我的发现、个性解放、自由平等的时代浪潮中。无论是鲁迅对国民劣根性的揭示，还是冰心、宗白华对人生意义的探寻，包括徐志摩对"爱，自由与美"的追寻，大都是在心理及灵魂层面对生命意识的文学表达。除此之外，还有一位独特但常被忽略的现代作家值得一提，他就是许地山。许地山早年的小说形同于"五四"婚恋小说，但其思想意趣与创作境界已远超同时期同类小说。如果说《伤逝》对"五四"婚恋小说的突破主要集中在思想领域，那么许地山的小说创新则主要在灵魂层面，他将自己独到的生命哲学蕴含于早期小说创作中，特立独行地表达了自己与众不同的生命观。

20世纪30年代巴金的"家系列小说"作为对"五四"婚恋小说"非理性"抒情的延续在情感层面表达出五四青年对生命意识的高扬，沈从文的小说则在思想层面对鲁迅揭示国民劣根性的创作使命进行了承继与发展，在生命意识的思想层面进行重建国民性的思考与尝试。一方面，他在都市小说中揭示人性的虚假与孱弱，另一方面，他又在湘西小说中尝试建立一种健全的国民性。如果说鲁迅对国民劣根性的揭示显示出他对民族精神痼疾进行解剖的努力，对国民性建设做的是一种"破"的工作，那沈从文则在湘西小说中探索如何建立一种"优美、健康自然而不悖乎人性的人生形式"。这种人生形式其实是一种生命存在形式，也是在生命意识层面对鲁迅文学使命的一种承接与开拓。除了鲁迅和沈从文之外，一直致力于人性挖掘与塑造的，还有张爱玲。张爱玲在《自己的文章》中坦承她注重人生安稳的一面，并坚持以为人只有在恋爱中才显示出人性的真实。在娓娓道来的一个个传奇中，张爱玲把人放在婚姻与爱情、吃饭与理想的抵牾中，揭示出人之身体生命意识与心理生命意识的矛盾与困惑，彰显出了不同层面生命意识的复杂关系及其丰富的内涵。

以上作家对生命意识的表达大都是"无意"的或者说是"非主动"的，而曹禺在他的《雷雨》《原野》等剧作中则主动地行了深层的生命意识探寻。无论是《雷雨》对人原罪的揭示、情欲的张扬及人之自我拯救失败的悲悯，还是《原野》对人之复仇欲望的描述与反思，都以生命死亡之悲怆引人发掘生命的意义，对心理及灵魂层面的生命意识进行了深刻的表达。

在现代通俗小说领域，生命意识的表达更是别开生面。从李涵秋创作于 1909 年的《广陵潮》到张恨水 20 世纪 20 年代的《金粉世家》、30 年代的《啼笑因缘》《燕归来》《艺术之宫》等作品，再到刘云若创作于 40 年代的《粉墨筝琶》《旧巷斜阳》以及秦瘦鸥的《秋海棠》、陈慎言的《恨海难填》等，无不在生命的物质存在层面强调了人之生存的艰难，在心理层面探寻对人之生命尊严的要求，同时在面对人生苦难的态度上显示出对灵魂层面生命意识的关注与探讨。

在当前的小说创作中，一批表现出生命意识的优秀作品值得关注。致力于书写南京的"50 后"南京作家叶兆言（叶圣陶之孙）在 2024 年新作《璩家花园》中以普通百姓的细碎日常书写历史风云，表达出小人物在历史大变迁面前生命的无奈与坚韧。"60 后"四川作家罗伟章在其"三史"（《寂静史》《声音史》《隐秘史》）中表达出在农村空巢后对留守乡村的农民心理危机的关照，对传统文明逐渐被工业文明、信息文明替代的悲哀，这是继 20 世纪 20 年代乡土小说之后又一次对乡土灵魂的刻画与描摹。除了"三史"外，罗伟章在《饥饿百年》与《谁在敲门》中探讨了传统乡土文明的发展历程，从"山"的文明到"河"的文明，最终指向乡村人在艰难的生存环境中对生命皈依的探寻。其中，《谁在敲门》以小家透视整个民族乃至人类思想的追寻，将文学在心理层面对生命意识的探寻延伸到灵魂层面，并对作家自我生命体验与切身感悟进行了自觉的艺术表达。20 世纪 60 年代末的山东作家王宗坤在 2024 年新出版的力作《极顶》中体现出深厚的生命意识。小说为读者刻画了一个鲜为人知的生命泰山，以强烈的个体生命意识详尽描摹了泰山上的飞鸟走兽乃至一草一木中隐藏的生命品质，并在典型人文环境中塑造出老炮台、禹奕泽、老迟等既深具生命意识内涵又富有山东人特质的人物形象，呈现出人类与大自然同呼吸、共命运的紧密相连,以真切的生命体验诠释出作家对"生命意识"别具一格的理解。不同于罗伟章、王宗坤细腻的生命探寻,"60后"河北作家关仁山在其乡土小说中阐释了社会时代风云巨变,从《日头》到《麦河》再到《白洋淀上》,他塑造了在土地改革变化中不断获得心理成长的时代新农形象,其人物形象心理成长的过程透视出人之心理生命意识的变化过程,深具社会历史感。"70后"北京作家石一枫因近年致力于对社会问题的关注备受文坛瞩目。从《特别能战斗》《世间已无陈金芳》《地球之眼》到《逍遥仙儿》,再到《一日顶流》,石一枫着力塑造社会热点中具有代表意义的转型期人物形象,力求追光人物心灵发展历程,探索人性真实,并启发人们在瞬息万变的时代中思索人生命之意义,呼吁将人归回"人"本身。

在中国现代文学发展历程中,还有其他很多优秀作品带有丰厚的生命意识内涵,由于本人才力所限,只能选取冰山一角作为样本。可以说,一部经典作品的产生,首先仰赖于作家敏锐的个体生命意识。因此,本书第一辑特选取鲁迅、许地山、徐志摩、沈从文、张爱玲等五位现代作家为例,采用讲稿的形式以生命意识为视角追踪作家重要代表作的创作历程,试图解开经典文学作品背后的生命密码。第二辑、第三辑则主要以作品解析的方式选择了现代文学史中较有代表性的经典作品以生命视角进行解读,其中以小说为主,兼论及电影、戏剧及文化传播。选择这些作品时,尽量打通现代与当代,兼顾小说个案与小说类型,若有疏漏之处,请指正。但愿拙作以蚍蜉撼树之力生发抛砖引玉效果,也恳请各位读者不吝赐教!

辑 一

生命深处的呼喊与回响

鲁迅：
一个真诚的孤独者向内探寻的生命之旅

　　一直不敢提笔写鲁迅，却又绕不开鲁迅，是我多年来在现代文学学习、研究历程中一道难解的题。不敢写鲁迅是因为他太深，也太真，我怕写不好；绕不开鲁迅当然是因为他是现代文学史上的一座丰碑，他的作品达到了恐怕迄今为止无人能企及的思想深度与艺术高度。当代学者孙郁先生说："我们几代人，都不太容易理解他，那原因是在不同的语境里。现在研究鲁迅的，主要是中文专业的老师，鲁迅形象，也多是大学教育和中学教育里面的话语塑造的……这有很大的问题，因为呈现不出其知识结构，面目就不太清楚。"[1]诚然，多年来，我们对鲁迅的了解太单一，教科书里"横眉冷对千夫指"的鲁迅似乎总是正襟危坐地等着教训人，杂文中的鲁迅更是各种象征、譬喻、明嘲暗讽、旁征博引，令不了解历史背景的人读来摸不着头脑。要读懂鲁迅，不仅需要了解当时的社会历史背景，更需要足够多的人生阅历与长时间的岁月沉淀。

　　在这个瞬息万变的信息时代，视频短剧等快餐文化扑面而来，青年人眼中的鲁迅变得越来越可望而不可即。鲁迅的好友许寿裳曾说："鲁迅是青年的导师，他的书不但为现代这一代的青年们所爱读，我

相信也将为第二代第三代……青年们所爱读。"[1] 前辈的热望何等恳切，但如今的现实又是何等惨淡呢？越过喧哗与浮躁，我们实在要用心地读一读鲁迅了。

一、鲁迅的"运"与"命"

要读鲁迅，我还是认为王晓明先生《无法直面的人生——鲁迅传》中的开篇最合适：

> 直到经过了最近这一二十年的人生波折，我才渐渐明白了，人世间的确有"命"这一样东西……一个人的出生，完全是被动的，没有任何人来征求他的同意，他也完全不可能为自己做哪怕是一点点的选择，就是由于某个偶然的机缘，甚至他的父母也没有料到，他一下子获得了生命，赤条条地站到了人世间。仔细想想，这实在荒谬，我们每一个人，竟都是这样被胡乱推到了人生的起点，开始长长短短、各不相同的跋涉。
>
> ……有多少次，你用力鞭打生存意志的快马，在人生道上尽兴驰骋，终至于人疲马乏，滚鞍下马，却吃惊地发现，你其实还是在离起点不远的地方打转转，不过像如来佛手掌上的孙行者，自己做一个好梦罢了。你当初的诞生时间和地点，正牢牢地把你攥在手心里：这就是你的"命"。

不用说，鲁迅也自有这样的"命"。[2]

这一开篇写得好，是因为作者没有把鲁迅高抬在"神坛"之上，

---

[1] 许寿裳.鲁迅传[M].北京:九州出版社,2017:219.
[2] 王晓明.无法直面的人生——鲁迅传（修订本）[M].北京:生活·读书·新知三联书店,2021:1.

当然也没有贬低在世人之下，而是把鲁迅当作一个普通人来写。在经过了很长时间的酝酿之后，作者终于着手为鲁迅写传，开篇这段话里隐藏着作者经历这"一二十年的人生波折"之后的沉淀与思索，寥寥数语浓缩了一个普通人或长或短的一生，也指向对鲁迅作为"个体人"的探寻。是的，鲁迅作为一个生在新旧历史更迭之交汇处的人，注定了要承担那个时代特殊的历史责任。这里的"命"，可以理解为一种历史职责，是鲁迅作为一个现代知识分子在社会历史洪流中不可推卸、无法抗拒的一种使命。作为社会的良心，每个知识分子都自觉地承担起这一历史使命，鲁迅更是如此。

随着西学东渐及国门的被动打开，风雨飘摇的清朝节节败北与兵荒马乱的军阀混战促使 20 世纪初的知识分子如饥似渴地饱读古今中外典籍，探寻民族复兴之出路，鲁迅便是其中一位佼佼者。这里所说的"佼佼者"并不是站在时代浪尖上一呼百应的英雄人物，而是在风云变幻的特殊历史年代依然保持冷静，向内深思、执着探寻的思考者。大部分人接触鲁迅始自其散文或小说，而他最早登上文坛的却是杂文。对于鲁迅来讲，文学是作为他探索社会乃至人类问题的方式存在的。相对于物质世界而言，鲁迅更关注的是人之精神世界的存在与发展。他在 1907 年所作的《摩罗诗力说》中慨叹："今索诸中国，为精神界之战士者安在？有作至诚之声，致吾人于善美刚健者乎？有作温煦之声，援吾人出于荒寒者乎？"[1]鲁迅以至真至诚之心呼吁当时中国精神世界之战士，寻求真理之光来照亮思想蒙昧之国民，能够勇敢地讲真话，以疗救国人贫弱的灵魂，使其善美刚健，救援国人脱离虚空荒寒之境。继而，他在另一篇文章《文化偏至论》中指出："然欧美之强，莫不以是炫天下者，则根柢在人……是故将生存两间，角逐列国是务，其首在立人，人立而后凡事举；若其道术，乃必尊个性

[1] 鲁迅.摩罗诗力说 [M]//鲁迅大全集1.武汉:长江文艺出版社,2012:73.

而张精神。"[1] 由是观之，鲁迅从生物、历史、文化等各方面对人类之起源、发展作了全面而深入的研究，最终发现国富民强之根本乃在"立人"，而"人"作为一个生命体的本质需要乃是"善美刚健"之人性的建立，其实现途径乃在于"尊个性而张精神"。基于此，鲁迅由医治人的身体转向揭示人灵魂的病弱，以引起"疗救的注意。"

如果说梁启超的小说救国论是把文学作为宣传政治主张的工具，那么陈独秀为代表的新文化运动者们高举民主科学大旗倡导的新文学则是把文学作为思想启蒙的手段，而鲁迅在此基础上把文学作为探寻改良国民性的途径，他对《新青年》的关注也在于此。在1918年和钱玄同的通信中，他为《新青年》的内容编排提出了很多切中肯綮的建议，并劝其不必和世人争辩。"……觉得历来所走的路，万分危险，而且将到尽头；于是凭着良心，切实寻觅，看见别一条平坦有希望的路……"[2] 此时鲁迅所抱的希望，便是相信人类和民族的进化。鲁迅早期以进化论为基础的思想使其对新文学运动采取了中立态度。虽然他常常觉得启蒙无望，但对于希望，他依然不能否定，于是有了著名的"铁屋子"理论。当钱玄同邀请他写稿时，他已然经历了医学梦、文学梦的破产，承认自己并不是振臂一呼而应者云集的英雄，不过是一个在绍兴会馆抄写古碑麻醉痛苦灵魂的中年男子。面对钱玄同的邀请，他是很理性的。

"假如一间铁屋子，是绝无窗户而万难破毁的，里面有许多熟睡的人们，不久都要闷死了，然而是从昏睡入死灭，并不感到就死的悲哀。现在你大嚷起来，惊起了较为清醒的几个人，使这不幸的少数者来受无可挽回的苦楚，你倒以为对得起他们么？然而几个人既然起来，你不能说绝没有毁坏这铁屋的希望。"是的，鲁迅虽然自有他的

[1] 鲁迅.文化偏至论[M]//鲁迅大全集1.武汉:长江文艺出版社,2012:93.
[2] 鲁迅.渡河与引路[M]//鲁迅大全集1.武汉:长江文艺出版社,2012:400.

确信，然而说到希望，却是不能抹杀的，因为希望是在于将来，决不能以"我之必无"的证明，来折服了他之所谓可有，于是终于答应钱玄同也做文章了，这便是最初的一篇《狂人日记》。[1]

《狂人日记》在这样一个大背景下横空出世，却绝非偶然。它是鲁迅经历了漫长黑夜、孤军鏖战后的第一声呐喊，是一位精神界之斗士落寞退幕后的又一次出场，亦是一位怀揣着绝望与虚无的怀疑者对未来与希望的犹疑与憧憬。所以，《狂人日记》无论就艺术还是思想都有诸多的矛盾与纠结，我们在此尝试以生命意识为视角解读这篇小说的思想内涵。

二、《狂人日记》中的生命内涵

小说开篇，以一段文言道出《狂人日记》的由来，并告诉读者，日记作者曾患"迫害狂"且已康复赴某地候补，借此将日记内容作为"疯言疯语"予以否定，这就使小说出现了双重意蕴。正如王富仁先生所说，小说"将疯子的病理过程的描写作为小说的艺术结构，把精神叛逆者的思想历程的表现作为小说的意义结构"[2]，就此而言，《狂人日记》表面上记载了一个疯子发病时的胡言乱语，而本质上却是一位看透了社会历史本相的先知先觉者最清醒的发声。鲁迅为什么要这么做呢？我们以为，这是他在听"将令"之余的另一种自我表达。其实，《狂人日记》并非鲁迅有意为之，乃是在钱玄同的热力相邀下才开始写作的。钱玄同后来也回忆说："我常常到绍兴会馆去催促，于是他的《狂人日记》小说居然做成而登在第四卷第五号里了。"[3] 写

[1] 鲁迅.《呐喊》自序 [M]//鲁迅大全集.武汉:长江文艺出版社,2012:269.
[2] 王富仁.《狂人日记》细读[M]//历史的沉思——鲁迅与中国现代文学论.西安:陕西人民教育出版社, 1996:121.
[3] 钱玄同.我对周豫才(即鲁迅)君之追忆与略评[M]//刘运峰.鲁迅先生纪念集(下),天津:天津人民出版社,2007:956.

作《狂人日记》时的鲁迅对彼时中国社会的现状已然不抱什么希望，即使到了 1923 年 12 月 26 日，他依然在北京女子高等师范学校的演讲《娜拉走后怎样》中说："可惜中国太难改变了，即使搬动一张桌子，改装一个火炉，几乎也要血；而且即使有了血，也未必一定能搬动，能改装。"[1] 他对中国传统社会积重难返的程度认识越深，对社会变革的信心就越小。王晓明先生曾指出鲁迅作为五四启蒙者的独特性："……对启蒙的信心，他其实比其他人小，对中国的前途，也看得比其他人糟。即便是发出最激烈的呐喊，他也清醒地估计到，这呐喊多半不会引来什么响应；就在最热烈地肯定将来的同时，他也克制不住地要怀疑，这世界上恐怕是只有黑暗和虚无，才能长久地存在。"[2] 正因如此，鲁迅采取了这样一个独特的双重结构，他想要真正表达的意思是：在当时的中国，一个人只有变成疯子才敢讲真话；而即使讲出了真话，恐怕对整个社会也无大影响。狂人最后以康复且赴某地候补为结局正是一个有力的明证。

由此我们可以看出，鲁迅作为一个内心丰富的生命个体在创作中显示出复杂的生命意识。就心理生命意识而言，一方面，鲁迅是理性的，他依照自己的经验预言甚至断定了"五四"新文化启蒙的失败。另一方面，他又是感性的，对未来的本能的渴望使他无法抗拒希望的吸引——尽管知道那希望的尽头恐怕也还是失望乃至绝望，但他依然选择飞蛾扑火，就像《秋夜》里后园那两株枣树："猩红的栀子开花时，枣树又要做小粉红花的梦，青葱地弯成弧形了……"[3] 作为一个真诚的探路者，鲁迅是执着而热烈的。他执着于对真理的追寻，却发现这个世界的本相乃是黑暗和虚无，他不知该告诉人们真相还是带着"谎言"前行。他是竭力寻找光的一位探寻者，是与黑暗世界战斗

[1] 鲁迅.娜拉走后怎样[M]//鲁迅大全集2.武汉:长江文艺出版社,2012:311.
[2] 王晓明.无法直面的人生——鲁迅传（修订本）[M].北京:三联书店,2021:60.
[3] 鲁迅.秋夜[M]//鲁迅大全集.武汉:长江文艺出版社,2012:387.

的猛士，是呼吁"真的人"的呐喊者，但他不是光本身。一方面，他担心说出真相却无力改变而让人们更痛苦，另一方面，他又受着心灵的催迫不得不前行寻找光明——无论前面是什么：坟墓、鲜花，抑或什么也没有。于是，就像《野草》中的那个过客，他一直往前行，却也始终徘徊在"情与理"的冲突之中，这种内心深处的矛盾纠结困惑了鲁迅一生。钱理群先生曾说："这类无论怎样都不免空虚与绝望，而且难以逃脱犯罪感的'两难'，正是终身折磨着鲁迅的人生困境之一，直到逝世前他还写了一篇《我要骗人》，表露他渴望'披露真实的心'，却还要'骗人'的矛盾与相伴随的精神痛苦。"[1]这种"两难"不仅是鲁迅作为启蒙者的精神写照，也是他对启蒙者本身的反思——作为启蒙者，他们也同样需要被启蒙。那么，谁来"启蒙"这些启蒙者？这正是鲁迅毕生所寻求的。正是在这种寻求真光来"被启蒙"的心路历程中，在鲁迅这种理性上执着地否定怀疑现实却又在感性上本能地憧憬希望将来的复杂情感中，《狂人日记》产生了。无疑，其全篇也被这种理性执着的精神与困惑纠结的情绪所笼罩。

日记开篇便道："今天晚上，很好的月光。"[2]有论者认为，这里的"月光"象征启蒙思想或新文学，还有论者指出："作为一个'意象'，'月光'包含的意义是多重、含混与纠结的，原因就在于与'月光'相伴生的狂人这一人物身上具备十足的复杂性与张力，即明显存在着'觉醒与癫狂'两种状态，如果我们将狂人认定为'先觉者'，那么将'月光'意象阐释为光明、希望等褒义色彩的所寓之意自然无可厚非，而如果依照文言小序将其认定为'疯人'，那么对于'月光'意象的阐释则会产生与上述象征意义完全相反的效果。"[3]结合上文对鲁迅创作《狂人日记》时复杂的心态分析，月光表面上是一种癫狂，

[1] 钱理群,温儒敏,吴福辉.中国现代文学三十年[M].北京:北京大学出版社,1998:35-36.
[2] 鲁迅.狂人日记[M]//鲁迅大全集1.武汉:长江文艺出版社,2012:355.
[3] 马龙.《狂人日记》"月光"意象生成及相关问题[J].东岳论丛,2023(5)：57.

实质上则是一种觉醒，一种蒙昧散去后的启示与发现。紧接着，下文便说："我不见他，已是三十多年。今天见了，精神分外爽快。才知道以前的三十多年，全是发昏。"[1]看似疯话，有谁三十年不见月光？然而，我们真的看见过月光吗？我们有专门留意过月光吗？我们真正从内心深处读懂过它吗？这里的"月光"自然是一种象征，不仅仅是光明、希望，更是一种真理，一种使人醍醐灌顶、茅塞顿开的启示。倘或有一天，当你寻到或遇见某个真理，忽然意识到你之前的人生都白活了，你在此之前都是发昏，这将是怎样透亮的一种开启，这发现对你的人生将有着怎样翻天覆地大改变的意义！所以，这里狂人见到月光，是一种对真理的遇见，是在其心理意识层面思想的开启，使他的人生发生重大转折。

　　继而，狂人变得异常理智且警醒，"然而，须十分小心。不然，那赵家的狗，何以看我两眼呢？我怕得有理"[2]。当启蒙者作为生命个体自我意识觉醒之后，开始看到周围世界的真相，这正是狂人遇见光的又一个证明。如果一个人长久地在黑暗中，从来没遇见过光，便会对黑暗逐渐适应，他对于周围的环境是不会有什么特别感觉的。正是因为见到了光，他才开始认识周遭，发现原来自己身处黑暗中，周围的世界是多么可怕。就像睡在铁屋子里的人突然被唤醒，就不能再像往常一样浑浑噩噩地昏睡下去，狂人也开始观察周围的世界了。这时，他发现不只是赵家的狗，连赵贵翁的眼色、交头接耳的路人乃至小孩子都在议论他。他一边观察，一边思索：他们为什么要吃"我"呢？这看起来又是疯言疯语，实则是启蒙者对周围世界执着的探索。终于，他在第三节找到了答案。首先，他分析这些吃人的人都是哪些人。原来，他们并不都是上等人。"他们——也有给知县打枷过的，

---

[1] 鲁迅.狂人日记[M]//鲁迅大全集1.武汉:长江文艺出版社,2012:355.
[2] 同上,2012:355.

也有给绅士掌过嘴的，也有衙役占了他妻子的，也有老子娘被债主
逼死的。"[1]这些都是社会最底层的人，他们本身也是被压迫、被吞吃
的，但是今天却都来吃"我"——可是，他们为什么要吃"我"呢？
狂人开始从历史上找答案。

> "我翻开历史一查，这历史没有年代，歪歪斜斜的每页上
> 都写着'仁义道德'几个字。我横竖睡不着，仔细看了半夜，
> 才从字缝里看出字来，满本都写着两个字是'吃人'！"[2]

原来，所谓传统仁义道德的背后都隐藏着血淋淋的"吃人"真
相。在这里，狂人作为一个背负着数千年历史文化的载体对濡养、压
制、束缚他的传统文化进行了本质的反思、揭示与控诉，作为一个
"人"，他终于意识到自己作为一个独立生命体的存在，进而产生了
自由、平等、尊重等心理层面的生命意识需要。在中国传统文化中，
"人"是作为一个社会群体而存在的，在君臣父子三纲五常的文化网
罗里，个体人毫无立足之地，甚至自我意识都是被抹杀的，这种对
人作为"个体"生命意识的压抑本质上就是一种吞吃。所以，《狂人
日记》里的"吃人"具有双重涵义，一方面是对人肉体的吞吃，如
《药》中迷信吃革命者鲜血能治疗肺痨的华老栓；另一方面则是对人
灵魂的吞吃，如《孤独者》中视魏连殳为"异类"的周遭人。

关于灵魂的吞吃，世界文学中也有所体现。被公认为20世纪英
国的天才作家C.S.路易斯1941年开始在《卫报》连载小说《魔鬼家
书》，以两个魔鬼的通信集描述人性之恶，揭示魔鬼之间以及人与人
之间相互吞吃的本质。由于深受英国读者的喜爱，一年后结集出版。

[1] 鲁迅.狂人日记[M]//鲁迅大全集1.武汉:长江文艺出版社,2012:356.
[2] 同上,2012:357.

路易斯在后记中谈及这种相互吞噬：

> 我设想，在某种属灵意义上，魔鬼们能互相吞噬，也能吞噬我们。就算是在人类生活中，那些狂热地要统治乃至吞食自己同类的人我们也不是没有见过，他们热衷于将别人全部才智和所有感情生活都化为自我的延伸——要别人恨自己所恨、要别人为自己的委屈愤愤不平，不仅自己沉溺于以自我为中心，还要别人围着自己打转……在人世间，这种欲望常常被称为"爱"。我构想，在地狱中，它们将之视为饥饿。[1]

在路易斯看来，那些以自我为中心的人以爱的名义为装点，将自己的意志强加于别人之上，控制别人的思想、情感乃至整个灵魂，这便是对人灵魂的吞吃。在《魔鬼家书》中，叔叔私酷鬼一边教导侄子瘟木鬼如何引诱迷惑"病人"陷入罪恶而成为其腹中之食，一边也在找机会吃掉侄子。两个魔鬼之间惺惺作态，都在寻找吃掉对方的机会。在最后一封信中，私酷鬼的狡猾与贪婪暴露无遗：

> 我亲爱的、最最亲爱的瘟木鬼，我的小乖乖，我的心头肉：
>
> 现在，一切都完了，你哭哭啼啼地跑过来，说我称呼你的用词一向非常亲热，你问我，是否所有这些从头到尾都只是说着玩的，这真是天大的误会。才不是这样呢！放心好了，我爱你，正如你爱我一样，一分不多，一分不少。我一直以来都渴望得到你，就像你（可怜的傻瓜）渴望得

---

[1] [英]C.S.路易斯.魔鬼家书[M].况志琼,李安琴译.上海:华东师范大学出版社,2013:184.

到我一样。区别在于我比你更强大。我想它们现在要把你交给我了，或者把你的一小块分给我。我爱你吗？哎呀，当然爱了。你就像我一直念念不忘、垂涎不已的一小口珍馐美味一样。[1]

这段话与《狂人日记》中所描述的人与人之间的关系有异曲同工之处：

> "自己想吃人，又怕被别人吃了，都用着疑心极深的眼光，面面相觑。…… 吃人的人，什么事做不出；他们会吃我，也会吃你，一伙里面，也会自吃。"[2]

在揭示人与人之间"相互吞吃"的本质关系这一方面，二者殊途同归。1945 年，法国存在主义哲学家萨特在他的戏剧《禁闭》中提出"他人即地狱"的观点，相较于鲁迅在《狂人日记》中提出的"吃人"晚了二十多年。从这个意义上讲，鲁迅在《狂人日记》中所表达出来的思想是超越时代的，也是引领世界文学潮流的，显示出其准确的预见性。

当狂人发现人类历史"吃人"的本相后，并没有止步，而是继续探索，有了进一步的新发现——原来，大哥也吃人！"吃人的是我哥哥！我是吃人的人的兄弟！我自己被人吃了，可仍然是吃人的人的兄弟！"[3] 这是狂人对自我家庭的解剖与否定。当他发现人类历史吃人后并没有停留在外部世界，而是转向自身，先从自己的家庭开始，发现大哥作为一个家庭的掌权者吃人的真实。据此，有论者指出《狂人

---

[1] [英]C.S.路易斯.魔鬼家书[M].况志琼,李安琴译.上海:华东师范大学出版社,2013:145.
[2] 鲁迅.狂人日记[M]//鲁迅大全集1.武汉:长江文艺出版社,2012:360.
[3] 同上,2012:358.

日记》旨在暴露封建家族制度的弊端（鲁迅自己也如此说），诚然，大哥作为封建家长制的代表是首先要被批判的，但《狂人日记》对"吃人"的揭示绝不止于此，他乃是在劝转大哥的行动中有了更新的发现。

> ……大哥，大约当初野蛮的人，都吃过一点人。后来因为心思不同，有的不吃人了，一味要好，便变了人，变了真的人。有的却还吃，——也同虫子一样，有的变了鱼鸟猴子，一直变到人。有的不要好，至今还是虫子。这吃的人比不吃的人，何等惭愧。怕比虫子的惭愧猴子，还差得很远很远。
>
> ……
>
> 他们要吃我，你一个人，原也无法可想；然而又何必去入伙……但只要转一步，只要立刻改了，也就人人太平……[1]

这段谏言里凝聚了鲁迅多年来对人类起源的探讨，对人性本相的研究。早在 1907 年，鲁迅就研究撰写了《人之历史》一文，刊发于东京《河南》月刊第 1 号（原题《人间之历史》，署名令飞，后收于《坟》)，这篇文章探讨了人类的起源，仔细探究了德国生物学家海克尔的种族发生学。从达尔文的进化论到中国的盘古、女娲，再到《圣经·创世纪》中的上帝造人，鲁迅逐一探讨了人作为生物体的来源，并认真画了一张从远古代到太古代、中古代再到近古代的图画。鲁迅是从生物学的角度很科学、严谨地探讨人类作为生命体的起源的，他把早期人类称为"野蛮的人"是接受了达尔文进化论思想（在后期的思想中，鲁迅又从进化论转向阶级论)，在此基础上，他发现有的人

---

[1] 鲁迅.狂人日记[M]//鲁迅大全集1.武汉:长江文艺出版社,2012:360.

慢慢不再吃人乃在于"心思的不同"，这是一个很重要的发现。就一个生物体的个体人而言，人的心思、情感和意志涵盖了一个人几乎全部的"人格"，在心理意识层面上，人的心思则是发出对生命本身及其存在意义的思考，就法国哲学家笛卡尔提出的"我思故我在"命题而言，心思更是一个人存在的标志性符号。因此，人与人之间之最大的不同还不在于外在形象，乃在于心思。而鲁迅正是更早地发现了这一点，得以抓住了人性（国民性）改良之关键点——心思。他认为当人的心思觉悟之后，便可以不再吃人，变成"真的人"——即心思改变后人性之恶被剔除，也是鲁迅呼吁具有"善美刚健"之人性的人。

然而，狂人的谏言并没有被理解，大哥依然把其当作疯言疯语并将看热闹的众人遣散。至此，狂人喊出了自己的革命口号："你们可以改了，从真心改起！要晓得将来容不得吃人的人，活在世上。"[1]这是狂人作为觉醒者的赤诚呐喊，这声呐喊里蕴含着鲁迅对人类起源及发展历程考证过后的预言，对中国社会历史深入研究过后的决断，也饱含了鲁迅作为一个向内探寻生命存在及其意义的思考者之多年探究的思想精髓。然而，听的人却不以为意，"我"又作为疯子被关了起来。"太阳也不出，门也不开，日日是两顿饭。"[2]在一个人被关禁闭般的牢笼中，狂人继续孤独地探索。终于，狂人有了石破天惊的大发现——原来，我也无意中吃过人！此时，狂人已痛苦到极点，关于历史上的吃人，他可以批判；关于路人的吃人，他可以反叛；关于大哥吃人，他可以劝转。可是，关于自己吃人，他能做什么呢？他并不想吃人，可是仍旧逃脱不了无意中吃过人的事实。对一个深恶痛绝吃人的人而言，最大的悲哀就是他自己也成了自己所痛恨的人。还能有什么办法呢？他连想都不能再想了。他吃过人，这已经成为一个无法

[1] 鲁迅.狂人日记[M]//鲁迅大全集1.武汉:长江文艺出版社,2012:361.
[2] 同上.

更改的既定事实。面对这一难以挽回的既定事实，狂人产生了深刻的痛悔。

> 不能想了。
>
> 四千年来时时吃人的地方，今天才明白，我也在其中混了多年；大哥正管着家务，妹子恰恰死了，他未必不和在饭菜里，暗暗给我们吃。
>
> 我未必无意之中，不吃了我妹子的几片肉，现在也轮到我自己……[1]

狂人发现了自己作为一个"人"的真实面目，原来自己与先前所痛恨的人并无二致，"吃人"的本性隐藏在自己的基因里无法消除，并且自己已经吃过人成为一个无法挽回的错失，自己作为一个吃过人又即将被吃的人，内心深处又是如何的无奈与悲哀呢？此时的狂人已经语无伦次，痛悔之情难以言传。著名学者陈思和先生认为，狂人对自己野兽本性的恐惧属于"人的忏悔"的范畴：

> ……这样的命题在中国历史上是没有的，中国儒家有反省的传统，所谓"三省吾身"。其实反省是非常理性化的思维活动，是对错误的承认和改进。而"忏悔"与反省是不一样的概念。"忏悔"两个字是从佛教里过来的，在西方还有更大的基督教背景，基督教的前提就是忏悔。忏什么悔？一种无法弥补的损失的罪恶。忏悔，是指由于你的过失，做错了一件不能挽回的事情。忏悔里面不仅是有悔过有反省，还有一种无以挽救的痛苦。

[1] 鲁迅.狂人日记[M]//鲁迅大全集1.武汉:长江文艺出版社,2012:362.

......

> 鲁迅这个人对痛苦的感受非常敏感。人如果意识到自己有吃人的本性，而且已经吃过了，想吐也吐不出来，要洗也洗不干净，这叫忏悔，是对人性之罪无以挽回的痛苦。[1]

狂人起初发现周围环境吃人时是带有惧怕的，但当他发现自己也有"吃人"本性时已经不再单单是恐惧了，乃是一种无以挽回的痛悔，或者说一种深深的自责、绝望与忏悔。我同意陈思和教授的看法，鲁迅在这里提出的"忏悔"主题是一个很严峻的问题，超越了人道主义和个性解放的五四时代主题。在人文主义被高扬的五四时期，人性作为"万物之灵长"被颂扬，鲁迅在此却反其道而行之，不仅揭示了人类之"吃人"的本相，而且对此表达了内心深处的忏悔，表现出与世界现代主义文学的同步。

更为难能可贵的是，鲁迅借《狂人日记》展示了先知先觉者狂人思想变化的过程，随着对"吃人"问题的研究，狂人也在成长，他的心思在一点点改变。就如狂人见到月光一样，当人遇见真理作为真光来照耀，心思就会发生改变，随之一切也就发生翻天覆地的变化。从感觉周遭的社会环境吃人到发现人类历史吃人，再到发现大哥吃人，揭示人与人之间吃人的本质，最终，狂人发现原来自己也吃过人！无论是纵向的历史还是横向的社会人群，"吃人"已渗透到每个人的血液里，成为一个普遍的存在。

> 有了四千年吃人履历的我，当初虽然不知道，现在明白，难见真的人！[2]

[1] 陈思和.中国现当代文学名篇十五讲[M].北京:北京大学出版社,2003:59-60.
[2] 鲁迅.狂人日记[M]//鲁迅大全集1.武汉:长江文艺出版社,2012:362.

此时，狂人代表作为四千年吃人履历的全人类发出了感慨：难见真的人！这是鲁迅对现实世界探索的结果。鲁迅在文末表达的，不仅仅是忏悔意识，更是对现实世界之堕落虚空本相的揭示。如何才能挽救这一沉重而悲凉的现实？这是鲁迅一直思考的问题，也是他为什么重视人之精神世界的原因。其实，鲁迅一直在向内探究，挖掘自身的精神世界。弃医从文的他以笔为手术刀解剖人的灵魂，首先被解剖的其实是他自己。这种解剖是需要勇气的，这样的勇气比直面客观世界的真实更为难得。卢梭在《忏悔录》中说："请你把我无数的同类众生召唤到我跟前来吧，让他们听听我的忏悔，让他们为我的种种堕落而叹息，让他们为我的种种缺陷而羞惭。然后，让他们每一个人在您的宝座前面，同样真诚地袒露自己的心灵中的秘密，看谁有勇气说：'我比这个人好！'"[1] 谁能说自己的心灵完全圣洁无瑕呢？

"你们中间谁是没有罪的？"这句著名的问话震撼人心。谁敢坦诚自己的人性本相？谁敢摸着良心说自己心里比别人更高尚呢？然而，敢于将自己的本相袒露于世人面前首先是要有一种大无畏的牺牲精神的，这种袒露乃是为了唤醒世人，狂人最后发现并承认自己吃过人也是如此。此时的狂人是勇敢的，他勇于承认自己吃人的事实，并自愿成为一个承载了四千年吃人履历的历史责任承担者。他不得不承认，他所要审判的"吃人的人"首先应该是他自己，而他一直想要寻找的从来没吃过人的"真的人"恐怕根本不存在。"难见真的人"是鲁迅对自我内心探寻结果的宣布，亦是对启蒙者的提醒——如果一个人心智被开启，遇见了真光，就难以再站在道德的制高点来审判别人，乃是发现自己也不过是一个和他人一样的人，而世上并没有没吃过人的人，我们只能做"从此不再吃人"的人。至于第十三节"救救

[1] [法]让·雅克·卢梭.忏悔录[M].武汉:长江文艺出版社,2011:1.

孩子"的呼声，不过是鲁迅"听将令"加了一个光明尾巴而已，如同《药》里的花环一样，来自于鲁迅不愿将自己黑暗的思想传染别人的善良。因为早在第二节，鲁迅就写到了议论"我"的小孩子已经被娘老子教坏了。由此可以断定，鲁迅对当时世界本相的判断是绝对的虚空与黑暗。这是鲁迅内心的悲哀，却也是其真挚之处。

学者丁帆说："如果说《狂人日记》是'五四文学'进入现代时空的第一声炮响，它便是以一种全新的人文哲学意识进入小说创作的范例，显然，它的思想性是大于艺术性的……之所以有人将这部作品当作现代派风格的作品，正是由于它的思想性穿透了社会背景的图画，呈现出哲思的光芒……"[1]《狂人日记》超越时代的思想性不仅仅是抨击传统封建礼教、倡导个性自由解放的五四时代主题，更是超越了五四启蒙思想，对"启蒙"本身提出了质疑。这种质疑不仅包括对被启蒙者愚昧程度的认识与启蒙效果的怀疑，更包括对启蒙者自身灵魂生命困境的揭示，这是《狂人日记》思想内涵的深刻之处。这篇小说表明：当五四新文化运动高举人性解放大旗倡导个性解放与自由平等时，鲁迅并没有人云亦云，乃是更冷静地思考这个解放了的"人性"本相如何。从这个意义上讲，他比同时代的启蒙者们看得更深，走得更远。他以《狂人日记》对人性普遍之"吃人"真相的揭示达到了人类前所未有的思想深度，站到了世界文学潮流的前面。当现代主义文艺思潮在 19 世纪末兴起时，鲁迅已然与其同步乃至处于领跑地位，显示了中国现代文学在思想领域的预见性。

三、《伤逝》之殇

读鲁迅的小说，你会发现其最大魅力就在于对人心灵的征服。他

[1] 丁帆.中国乡土小说研究的百年流变[M].南京:南京大学出版社，2021:34.

的文字是发自内心深处的真实，是经过世事无常之后的沉思，是遭遇百般历练之后的呐喊，是熬过漫长黑夜之后的沉淀。他如同一个孤独的斗士，一个人走过血与火交织着的战场，走过泪与痛纠结着的荒芜，走过悲与喜交替着的苍凉。骨子里对真理的寻求使他断然不肯虚假地苟活于世，他呼吁："世界日日改变，我们的作家取下假面，真诚地，深入地，大胆地看取人生并且写出他的血和肉来的时候早到了；早就应该有一片崭新的文场，早就应该有几个凶猛的闯将！"[1]所以，他的文字能穿越时空、带着人性的真实触摸每一个读者的心灵，散发出真挚而永恒的艺术魅力。如果说《狂人日记》是鲁迅在思想领域的一大发现，那么《伤逝》则是其在情感领域的一次浴火重生。作为鲁迅唯一的一部爱情小说，《伤逝》能够使我们更接近他的内心深处，探寻一个思想者在现代社会孤独而焦灼的心路历程。

涓生和子君是一对五四时期的青年恋人，在接受了自由、解放、男女平等的启蒙思想之后，两个年轻人不顾家长的反对同居了。起初两人的爱情生活是甜蜜的，然而，当两人行为不被社会所容致使涓生丢了职业之后，二人的爱情面临着巨大的考验。"贫贱夫妻百事哀"，在这种考验中，子君变了。由一个有理想、有追求的年轻人变成了一个为几只小油鸡就和邻居斗气的普通妇人，日常生活除了做饭吃饭饲养油鸡和小狗阿随，她已然没有别的追求了。涓生也变了，由一个敢想敢干的青年变成了颓废无助、茫然失意的人，更重要的是，涓生最大的变化在于：他已经不爱现在的子君了。终于有一天，当他把这"不爱"的真相告诉子君时，她离开了，最后抑郁而终。涓生忏悔，自己不该把这"无爱人间"的真实卸给子君，虽然内心依然不能否认谎言的虚空，还是决定将真相与过去一起掩埋，以遗忘和谎言为先导走向新生。

[1] 鲁迅.论睁了眼看[M]//鲁迅大全集3.武汉:长江文艺出版社,2012:222-223.

这篇小说创作于 1925 年 10 月 21 日，一周内写成，没有发表，后收入《彷徨》。1925 年 3 月 11 日，鲁迅开始与许广平通信，7 月，两人关系已非常亲密。对于许广平热烈的情感，鲁迅不是没有动心，但是长期禁欲的他，此时的心情就像一杯苦茶。对于婚姻，他是绝望的，家中已有妻室又不打算离婚，爱他的女子势必得不到名分，这就使许广平成为众矢之的。对于一个不爱的朱安，他尚且不能残忍，更何况是他真爱的女子。所以，此时的鲁迅心情是很矛盾的，他对于爱情既深知不能又难以舍弃；既真诚渴望又心存疑虑。王晓明在《无法直面的人生——鲁迅传》中指出：

> 从某种意义上讲，鲁迅和许广平相爱而同居，在上海建立新的家庭，是他一生中最有光彩的举动之一。正是这件事情上，他充分表现了生命意志的执拗的力量，表现了背叛传统礼教的坚决的勇气，表现了一个现代人追求个人自由的个性风采。但是，也恰恰在这件事情上，他内心深处的软弱和自卑，他对传统道德的下意识的认同，他对社会和人性的根深蒂固的不信任，都表现得格外触目。[1]

张爱玲在《自己的文章》里曾说："我以为人在恋爱的时候，是比在战争或革命的时候更素朴，也更放恣的。"[2]作为思想斗士的鲁迅在恋爱中不再是"横眉冷对千夫指"的一贯形象，代之以犹疑、谨小慎微乃至顾虑重重的患得患失，表现出了他内心深处真实的一面。鲁迅内心的矛盾纠结是有深层的社会原因的。

在 1925 年，无论北京的学界还是官场，都有一股对他的敌意在蜿蜒伸展，一旦他背弃自己的婚姻，会不会授那些怨敌以打击的口实

[1] 王晓明.无法直面的人生——鲁迅传（修订本）[M].北京:三联书店,2021:129.
[2] 张爱玲.流言[M].北京:北京十月文艺出版社,2012:94.

呢？倘若种种打击纷至沓来，他们的爱情禁受得住吗？在写于这时候的短篇小说《伤逝》中，他把涓生和子君的结局描绘得那么绝望，把他们承受不住社会压力、爱情逐渐变质的过程表现得那么可信，你就能知道他的疑虑有多深，思绪怎样地偏于悲观了。[1]

鲁迅深知这个社会"吃人"的真相，也正身处四面受敌之境。面对人情冷暖，鲁迅对爱情的疑虑日益加重。他不知道自己和许广平能否抵挡得住社会传统的洪流，也不知道这个年轻的女子对他的爱究竟到了什么程度，她能否坚持与他一起过苦日子？ 1926 年 11 月 15 日，鲁迅给许广平写信道：

> ……借自己的升沉，看看人们的嘴脸的变化，虽然很有益，也有趣，但我的涵养工夫太浅了，有时总还不免有些愤激，因此又常迟疑于此后所走的路：（一）死了心，积几文钱，将来什么事都不做，顾自己苦苦过活；（二）再不顾自己，为人们做些事，将来饿肚也不妨，也一任别人唾骂；（三）再做一些事，倘连所谓"同人"也都从背后枪击我了，为生存和报复起见，我便什么事都敢做，但不愿失了我的朋友。第二条我已行过两年了，终于觉得太傻。前一条当先托庇于资本家，恐怕熬不住。末一条则颇险，也无把握（于生活），而且又略有所不忍。所以实在难于下一决心，我也就想写信和我的朋友商议，给我一条光。[2]

这封信上提出的三条道路，鲁迅自己心里其实是有答案的，他倾向于选第三条。写给许广平，是要看她的意见和反应，也是对她的一

---

[1] 王晓明.无法直面的人生——鲁迅传（修订本）[M].北京:三联书店,2021:115.
[2] 鲁迅.致许广平[M]//鲁迅大全集3.武汉:长江文艺出版社,2012:615.

种试探。彼时的鲁迅已到中年，对于爱情已然没有了年轻人不顾一切的激情与冲动，深思熟虑中透露着对爱人的考量，对未来生计的打算——他已经很难纯粹地相信爱情，也很难向一个人全然交托。就在犹豫彷徨之际，鲁迅写下了《伤逝》。这篇小说表面上写的是一对青年男女爱情悲剧的根源性探讨，实际上是对那时那刻鲁迅自我心理的剖析，也是对自己过去的告别与质疑。

小说题名为《伤逝》，真正的伤逝之殇在哪里？当两颗同样追求自由的年轻的心碰撞结合时，他们的爱情是纯美而富有诗意的。他们谈家庭专制，谈打破旧习惯，谈男女平等，谈易卜生，谈泰戈尔，谈雪莱，他们愿意为追求自由平等而冒天下之大不韪勇敢地结合。然而，当现实经济压力困迫而来时，起初的那份诗意与美好荡然无存。涓生发现，子君那"所磨练的思想和豁达无畏的言论，到底也还是一个空虚"[1]。而涓生在和子君热恋时所谈过的话，所聊过的作品《诺拉》也好，《海的女人》也罢，那时以为是多么深刻，多么睿智，现在看来，却已变成空虚。当涓生再来复述当年谈过的话题，感觉像"有一个隐形的坏孩子，在背后恶意地刻毒地学舌"[2]，而子君再听这些话已然没有了当初的心潮澎湃，而是麻木，沉默。而涓生自己，勉强说完这些话时，连余音都消失在虚空中了。是的，虚空，莫大的虚空，在这虚空中，子君和涓生都看到了人生虚空的本质。终于，子君问起了涓生真相；终于，涓生说出了真话："我已经不爱你了。"原来，爱，无论多么纯粹的爱，也是需要有条件的。"人必生活着，爱才有所附丽。"[3] 当附丽失去之后，爱也随之逝去。

于是，子君走了，留下一屋子的寂寞与空虚。涓生一个人，在梦醒之后面对人生惨淡的真实。《伤逝》中的男女主人公正是面对这种

[1] 鲁迅.伤逝[M]//鲁迅大全集3.武汉:长江文艺出版社,2012:270.
[2] 同上,2012:270.
[3] 同上,2012:269.

无路可走的困境。子君死了，不知道是怎样死的，但肯定是带着悲哀与绝望心力交瘁而亡。其实，涓生的生与子君的死一样备受心灵的折磨，有时候，活着比死更为艰辛，因为他要独自吞咽这人生之虚空无爱的真实。小说最后，涓生说："我要将真实深深地藏在心的创伤中，默默地前行，用遗忘和说谎做我的前导……"[1]这句话明明告诉我们：去世的不只是子君，发现这无爱的人间之后，涓生的心也已经死了。由此可见，《伤逝》中另外的发现便是人生虚空之本质、情爱迷茫之真实。而男女主人公发现这一真实后，不约而同地心死了。这是真正的《伤逝》之殇，也是鲁迅彼时真实心境的写照。面对许广平热诚勇敢的爱，鲁迅虽被感动却也是心存疑虑的。他坦承自己的作品也许是太黑暗了。

1925年3月18日，他在与许广平的《两地书》中写道："……但我的作品，太黑暗了，因为我常觉得'惟黑暗与虚无'乃是'实有'，却偏要向这些作绝望的抗战，所以很多着偏激的声音。其实这或者是年龄和经历的关系，也许未必一定的确的，因为我终于不能证实：惟黑暗与虚无乃是实有。"[2]这是鲁迅面对这荒凉无爱的人间所发出的真诚呐喊。他洞彻了人生黑暗的真实，同时感受到了这份黑暗的沉重，他也不愿相信这是真的，甚至怀疑自己是不是错了。5月30日，他在写给许广平的信中又说：

> 我所说的话，常与所想的不同，至于何以如此，则我已在《呐喊》的序上说过：不愿将自己的思想，传染给别人。何以不愿，则因为我的思想太黑暗，而自己终不能确知是否正确之故。[3]

[1] 鲁迅.伤逝[M]//鲁迅大全集.3.武汉:长江文艺出版社,2012:275.
[2] 鲁迅.致许广平[M]//鲁迅大全集.3.武汉:长江文艺出版社,2012:79.
[3] 鲁迅.致许广平[M]//鲁迅大全集.3.武汉:长江文艺出版社,2012:165.

这是鲁迅的坦言，他一生所纠结的正是在他"取下假面，真诚地、深入地、大胆地看取人生"之后，要不要认定这看取的结果，要不要把这结果说给人听。钱理群先生在提到《伤逝》时说：

> 小说的重心可能不在那失败了的爱情本身，而在于涓生明确意识到与子君之间只剩下无爱的婚姻"以后"，他所面临的两难选择："不说"出爱情已不存在的真相，即是"安于虚伪"；"说"出，则意味着"将真实的重担"卸给对方，而且确实导致了子君的死亡。这类无论怎样都不免空虚与绝望，而且难以逃脱犯罪感的两难，正是终身折磨着鲁迅的人生困境之一……[1]

可以说，钱先生深知鲁迅先生内心深处的纠结。家道中落之后的世情冷暖、凄凉离乡的孤苦无依、暗淡留学生活中所受的奚落讽刺、被安排的不幸婚姻以及回国后的处处碰壁，满饮了数十年的人生苦酒之后，他感觉自己是已经被赶进了一个深坑，环顾四周，似乎都没有爬出去的可能，那就干脆坐在里面等待，任凭你什么东西，包括死亡，都一切随意了。

在《呐喊》自序中，他把当时的中国社会比喻为铁屋子，对于沉睡在其中的人们，不去打扰他们，让他们"安乐死"，在鲁迅看来，可能是一种人道。你现在去唤醒他们，又不能帮他们更多，岂不很残忍么？所以，当彼时陈独秀、钱玄同等高举科学、民主大旗的新文化运动轰轰烈烈展开的时候，鲁迅是不以为意的。就像在《狂人日记》中狂人对启蒙者本身的反思一样，在《伤逝》中，作为启蒙者的涓生

---

[1] 钱理群,温儒敏,吴福辉.中国现代文学三十年[M].北京:北京大学出版社,1998:41.

遇到了狂人同样的问题：涓生唤醒了子君对自由的渴望，然而，却不能继续救赎子君于现实之中，就像在铁屋子里被唤醒了的人一样，被启蒙者子君终于窒息在铁屋子中。从这个意义上讲，涓生的忏悔不只是对爱情失败的忏悔，更是一个启蒙者对启蒙本身的质疑。透过《伤逝》，我们可以了解鲁迅所传达出的思想：这空虚无爱的世界像一个万难摧毁的铁屋子，醒着的人即使唤醒了沉睡的人却也只能任其在痛苦中窒息。所以，当启蒙者洞彻了人生真相并说出来之后，不得不面对外部黑暗世界的打击与内在心灵忏悔的双重悲哀。

从思想主题上来讲，《伤逝》作为爱情小说，与五四其他婚恋小说一样，对婚恋自主问题进行了探究。我们知道，在五四时期，个性解放、婚恋自由成为时代呼声，响应这一呼声，许多批判封建婚姻制的小说应运而生。1919 年，罗家伦在《新潮》发表了《是爱情还是苦痛》，小说中的男主人公程叔平受现代启蒙思想影响，与一青年女子自由恋爱，却因家庭阻挠不得不分开，最终娶了家里早给他订了婚约的女子。在这种没有爱情的婚姻里，灵与肉的分离使他倍感痛苦，但出于对妻子的同情他又拒绝离婚，这就使他终日沉溺于更大的痛苦之中。可以说，这部小说从人性深处揭示了传统婚姻制对青年男女心灵的戕害；1920 年，杨振声的小说《贞女》在《新潮》发表，声泪俱下地控诉了传统婚姻制对女性的迫害，"女子未嫁而夫死，至其夫家守节者，俗谓之贞女"。女主人公阿娇就是这样一个妙龄少女，嫁到夫家守寡终日抑郁寡欢，最后无奈绝望地吊死，就这样结束了自己年轻的生命。1921 年，许地山的小说《命命鸟》在《小说月报》发表，加陵与敏明两个青年男女相爱，由于家庭反对，二人手牵手投水自尽，以对来世的憧憬来完成他们真挚爱情的成全。除了以上小说，还有很多女性作家的婚恋小说也力主个性解放、婚恋自由。比如庐隐的《海滨故人》、冯沅君的《隔绝》、冰心的《秋风秋雨愁煞人》等，五四时期的这类小说不胜枚举。它们的共同点在于：热衷于主观情绪的展示，生命个性的张扬，暴露和宣泄多于理性的思考，在热烈地呼唤自由恋爱时，对爱情、婚姻建立的基础并没有一个清晰的认知。所以，小说主题仅停留在争取婚恋自主权上。可以说，这一时期，追求恋爱自由、婚姻自主的呼声一浪高过一浪，而就在此时，鲁迅先生对于这一呼声是理性且谨慎的。

　　1923 年 12 月 26 日，鲁迅在《娜拉走后怎样》的演讲中指出，寻求个性解放的娜拉离家出走之后的结局——不是堕落，就是回来，因为经济因素的制约。面对身边如火如荼的五四新文化运动，鲁迅是持理性态度的。即使是众所关注的婚姻自由解放主题，鲁迅也是充满疑虑的。他考虑的不是如何鼓动娜拉出走，乃是娜拉走后怎么办？会有着怎样的结局？个性解放若没有与社会解放相结合，仅凭一己之力能对抗那个黑暗的世界么？从这个意义上说，鲁迅先生所看到的，比他同时代的作家看到的还要深、还要远。于是，在五四渐趋退潮的 1925 年，鲁迅写出了《伤逝》。由此可见，这篇小说虽在一周内写完，其思想来源却是酝酿已久的，它所表达出的对五四启蒙思想的怀疑是经过深思熟虑的。因此，《伤逝》与五四婚恋小说最大的不同在于，它反思了同时期一般婚恋小说所倡导的婚恋自主问题，当受现代启蒙思想影响的年轻人走出封建家庭的牢笼，获取自由恋爱的成功之后，婚姻却败给了琐碎的生活，败给了爱消逝之后的现实。这部小说表明：在启蒙思想付诸现实之后，启蒙者却发现原来自己无力拯救被启蒙者，自己的摇旗呐喊最终不过使被启蒙者因梦醒后无路可走陷入绝境，而启蒙者自身也陷入了无奈与忏悔的双重悲哀。从这个意义上讲，《伤逝》中对启蒙思想的质疑显示出了鲁迅作为一个成熟知识分子对五四启蒙运动的冷静认识与深刻反思，其犀利、独到的思想使《伤逝》这部小说在众多五四婚恋小说中脱颖而出。

　　《伤逝》不仅在主题思想上独树一帜，在艺术形式上也极具特色，表现了鲁迅在小说艺术领域的先锋性尝试。首先，与《狂人日记》的日记体不同，《伤逝》采用的是手记体。手记体是一种融叙事、抒情、议论于一炉的文体形式。它有两点好处：第一，可以使小说采用第一人称叙述视角，"我"作为当事者，讲述自己的爱情故事和亲身感受，似乎以一种切身的真实经历使读者参与其中，去关注主人公的命运，增加了小说的真实性。第二，便于描写人物情感历程，加入大量内心独白，直抒胸臆，对人的内在精神、思想的复杂性进行探讨。

　　其次，与古代小说不同，《伤逝》不重在人物形象的刻画，也不重在故事情节的曲折，乃重在对人的心理意识的描写，具有散文化特征。而在心理刻画上，与西方小说大段描写人物心理也不同。这部小说并没有过多正面描写人物心理活动，乃是通过细微的动作、眉宇间的变化乃至周围环境的渲染来刻画人物丰富的内心世界。比如当涓生对子君说出已经不爱她时，小说中写道：

　　　　我同时预期着大的变故的到来，然而只有沉默。她脸色陡然变成灰黄，死了似的；瞬间便又苏生，眼里也发出稚气的闪闪的光泽。这眼光射向四处，正如孩子在饥饿中寻求着慈爱的母亲，但只在空中寻求，恐怖地回避着我的眼。

　　这里并没有写子君个人内心深处的感受，乃是通过她的脸色、眼神等细微的动作来衬托子君内心的无助、恐慌与绝望。这是鲁迅的独具匠心之处。

　　再者，小说的白话语言更为纯熟，也更富有艺术性。《伤逝》中的词语多叠音，比如偏偏、默默、冷冷、缓缓等。这些词语富有情感色彩，增强了文章悲哀、浓重的情感效果。文中多用长句、排比句。

比如：

> 依然是这样的破窗，这样的窗外的半枯的槐树和老紫藤，
> 这样的窗前的方桌，这样的败壁，这样的靠壁的板床。[1]

物是人非，触目伤怀，用这宣泄的排比句式可以倾吐心中的悲哀与悔恨，句式紧凑而急切，让我们感受到叙述者情感一发而不可收、一泻千里之势。另外，小说还出现了很多"句法偏离"现象。"句法偏离"指的是改变句子中各要素的正常语序，以达到特定的表达效果。比如，"如果我能够，我要写下我的悔恨和悲哀，为子君，为自己"[2]。正常的语序是"如果我能够，我要为子君，为自己，写下我的悔恨和悲哀"。把状语后置，长句变成短句，悔恨和悲哀放在前面得到了强调，抒情的力度与效果得到加强。再如："子君却决不再来了，而且永远，永远地！……"[3]这句话也是如此，正常语序是"子君却永远、永远不再来了"。而打破正常语序后，显示强调这种"决不再来"的行为状态，继而进一步强调这种状态的继续、永恒。这一强调是情感的强烈释放，以至于达到无法言表的地步，所以在感叹号之后又加了省略号。这种"句法偏离"情况多出现在诗歌中，鲁迅在这篇小说中有多处这种现象，这不仅有效表现出了主人公的罪责心理、忏悔意识，更使文本带有浓厚的诗意，使《伤逝》被誉为中国现代小说史上一部独特的"诗化小说"。

在争取婚恋自主的小说铺天盖地出现的五四时期，《伤逝》反其道而行之，以其独特的主题思想表达了鲁迅对五四启蒙思想的反思与忧虑，显示出他作为一个成熟作家对知识分子人生命运的思考，对婚

---

[1] 鲁迅.伤逝[M]//鲁迅大全集3.武汉:长江文艺出版社,2012:262.
[2] 同上.
[3] 同上.

恋问题的深入探究。同时，这些小说以其"表现的深切"和"格式的特别"显示出独特的现代化特征，使其在中国现代小说史中成为一个经典的存在。通过读这篇小说，我们可以走进鲁迅的心灵深处与其对话，对鲁迅思想有一些了解，在此基础上再读鲁迅的其他小说，我们会看到一个真诚的孤独者对这个世界的探寻之旅，也借此去触摸民国那个风云激变的历史时期在知识分子心中留下的痕迹。

结语

行文至此，我依然不敢确定是否把鲁迅想要在《狂人日记》和《伤逝》中要表达的思想表达清楚了。之所以选择这两部作品来解读，不仅因为二者一个是"第一"，一个是"唯一"，更是因为两部作品都从自身的角度解剖了启蒙者的内心，这其实也是鲁迅对自己心灵的一个真实写照。作为一名深具家国情怀的知识分子，鲁迅坦承：启蒙者本身也需要被启蒙。而谁来完成这个启蒙？光在哪里？鲁迅承认他不是光，乃是那光到来以前的呼喊者，他也在寻找光，只是在找到光以前，他已经累倒在这黑夜里。虽然鲁迅没有找到真光，但他对民众寻找光的呐喊以及真诚探寻生命之光的身先士卒足以使其与世界文学相连。他以一个现代知识分子的执着、真诚与热烈对社会个体内部世界的深刻剖析、生命意识的丰富表达站在了世界文学发展前列，使其达到现今仍无人企及的思想高度。

许地山：
人生苦难中磨砺出的生命品格

    在中国现代文学史上，许地山是一个特立独行的存在。虽然是"五四"新文学运动的先驱，但他作品中的异国情调、宗教文化及奇幻的风格在五四作家中显得有些格格不入。初读许地山的作品，异国他乡的别样风情，千回百转的故事情节，主人公对苦难、生活乃至生命自出机杼的理解，让人感觉不可思议却又颇受启发。许地山研究过多种宗教文化典籍，但他对这些典籍的认识不是从宗教角度而是从哲学层面去理解的。他无意于在作品中宣传任何一种宗教文化，而是在探讨人生之本相及其意义。换言之，他其实是一个从个人生活经历出发，真诚抒发内心情感，认真思考人生并服务于社会的作家。因此，当我们再来品读许地山，需要从外面的异国情调、宗教文化等表面特征中走出来，以生命意识为视角深入了解一个追寻真理、发现问题、探索人生意义的许地山，进而把握作家在作品中要表达的真正涵义。就此意义而言，单从文学革命或宗教文化的视角去解读许地山的作品难免有失偏颇，唯有从人生体验出发，以生命意识为视角考察许地山作为一名知识分子对文学和人生的认识、对生命价值的探寻，方能还原他创作的初衷。

一、人生经验书写与精神内海探寻

"生本不乐……自入世以来，屡遭变难，四方流离，未尝宽怀就枕。"[1] 这是将近而立之年的许地山在《空山灵雨》弁言中写出的文字。究竟是什么样的遭遇使得这位年轻的文学家正当盛年却发出如此颠沛流离之感呢？ 这要从许地山的出身说起。

1893 年，许地山出生在台南一个仕宦之家，他的父亲许南英是清代台湾 33 位科举进士之一，著名爱国诗人。据许地山自述，许氏一世祖许超于明代嘉靖年间自广东省揭阳市迁居至台南，以蒙馆的师傅为业。许南英 1895 年曾在诗作《台感》中说起自己的家世："居台二百载，九叶始敷荣。自处贫非病，相传笔代耕。"[2]许家乃书香之家，许地山的曾祖父永喜公考取了秀才，成为儒学生员，开始步入仕宦阶层。及至许地山，许家不仅在台南有二百年的居住史，而且已成为富足的殷实之家。1895 年，日本大举侵犯台湾，许南英奋起抗日，助黑旗军首领刘永福驻守台南，终因寡不敌众而失守。同年，襁褓之中的许地山随家人离开台湾。许地山在《我的童年》中写道："台湾底割让，迫着我全家在 1895 年离开乡里……父亲没与我们同走，他带着国防兵在山里守平安。"[3]背井离乡的许氏一家怀着质朴的愿望，认为台湾回归祖国之时便是台湾人民重返故土的日子。爱国对于许氏家族来讲不是一个宏大的口号，而是实实在在血肉相连的乡情。这是许氏家族满门英烈的文化根脉，也注定了许地山漂泊困苦的一生。许地山的好友郑振铎曾在悼念许地山的文章中写道："地山有五个兄弟，都是真实的君子人。他曾经告诉过我，他的父亲在台湾做官。在那里有很多的地产。当台湾被日本占去时，曾经宣告过，留在台湾的，仍

---

[1] 许地山.空山灵雨[M].北京:北京大学出版社,2009:3.
[2] 许南英.窥园留草[M].北平:和济印书店,1933:39.
[3] 落华生.我底童年[J].新儿童.1942(6): 40.

可以保全财产……他父亲召集了五个兄弟们，问他们谁愿意留在台湾，承受那些财产，但他们全都不愿意。他们一家便这样舍弃了全部资产，回到了祖国。因此，他们变得很穷。兄弟们都不能不很早的各谋生计。"[1]1912年，许地山刚满18周岁就开始做小学教员；1913年，19岁的许地山远赴缅甸仰光任教谋生。1915年，许地山从缅甸回国后与林月森订婚，1917年，父亲许南英去世。1918年，许地山与林月森在厦门成婚，二人感情甚笃，婚后育有一女。然而，好景不长，1920年7月，许地山刚从燕京大学毕业留校担任助教，10月，发妻林月森便因病去世。当时，他们的女儿刚一岁多，其生活之艰、情感之苦，可想而知。1922年8月发表于《小说月报》的《别话》写的就是许地山和弥留之际的妻子诀别时的情景，当丈夫表示会永久爱妻子的时候，妻子说：

> 咦，再过几时，你就要把我的尸体扔在荒野中了！虽然我不常住在我的身体内，可是人一离开，再等到什么时候，在什么地方才能互通我们恋爱的消息呢？若说我们将要住在天堂的话，我想我也永无再遇见你的日子，因为我们的天堂不一样。你所要住的，必不是我现在要去的。何况我还不配住在天堂。我虽不信你的神，我可信你所信的真理。纵然真理有能力，也不为我们这小小的缘故就永远把我们结在一块。珍重罢，不要爱我于离别之后。[2]

面对爱妻的遗嘱，许地山只有沉默。林月森是一位温柔智慧的女性，喜爱读诗。两个人本是情投意合的一对璧人，可是病魔就这样使

---

[1] 郑振铎.悼念许地山先生[C]//郑振铎.北平.南京:江苏凤凰文艺出版社,2018:257.
[2] 许地山.文学精读·许地山[M].杭州:浙江人民出版社,2018:86.

一对情深意笃的年轻夫妇阴阳两隔，人生之悲苦自不待言！妻子去世后，许地山一边思念亡妻，一边独自抚养女儿，其心境之凄凉无以复加。《爱流汐涨》描述了一位强忍丧妻之痛的中年男子与年幼孩子过中秋的情景，不谙世事的孩子要燃香拜月，提起往年母亲在世时的情形，兴奋地出去感受节日的热闹，父亲则在失眠的黑夜里默默哭泣。天真无邪的孩子，满腹愁苦的父亲，正是许地山1920年爱妻去世后的真实写照。

1922年，许地山在《小说月报》13卷第4号刊登过一篇文章《蝉》：

> 急雨之后，蝉翼湿得不能再飞了。那可怜的小虫在地面慢慢地爬，好容易爬到不老的松根上头。松针穿不牢的雨珠从千丈高处脱下来，正滴在蝉翼上。蝉嘶了一声，又从树的露根摔到地上了。
>
> 雨珠，你和它开玩笑么？你看，蚂蚁来了！野鸟也快要看见它了！[1]

这个小生物便是许地山对自己人生遭遇的真实写照。人生的苦难犹如疾风骤雨将蝉翼打湿致使它无法再飞翔，但小蝉依然没有放弃努力，而是在地面上坚韧地慢慢地向上爬行，好不容易爬到了松根上头，本以为可以歇息一下了，未曾料到，树顶松针上滴下来的雨珠正砸在小蝉的蝉翼上，将这个可怜的小生灵重新摔回到地上。作者忍不住发问：雨珠啊，雨珠，你这是要玩弄它么？！这时的小蝉已然受伤，而且已经没有太多时间再重新来过了，蚂蚁们成群过来要吃它，野鸟也即将来吞吃它，这只小蝉凶多吉少的处境像极了彼时的许地山，也象征着

---

[1] 许地山.空山灵雨[M].北京:北京大学出版社,2009:4.

那个时期在战乱、饥荒、疾病等天灾人祸中艰难挣扎着的老百姓们。

此时的许地山已然从个人痛苦中感受到了生命的脆弱与坚韧，由己及人，人生的磨难与打击使许地山对贫弱愁苦之人产生了感同身受的爱与慈怜。他在 1922 年创作的《债》中表达了自己的这一生命体验：

> 我所欠的是一切的债。我看见许多贫乏人、愁苦人，就如该了他们无量数的债一般。我有好的衣食，总想先偿还他们。世间若有一个人吃不饱足，穿不暖和，住不舒服，我也不敢公然独享这具足的生活。[1]

他在这里所说的"债"并不是白白领受了什么而产生的亏欠，乃是从他对社会人生的经历与观察中建立的人生信念，那就是悲天悯人的生命意识。苦难使人谦卑，苦难也使人理性。身处苦难中的人犹如被压榨的橄榄一样，久而久之产生宝贵的橄榄油。历经苦难的人内心会比常人更容易与人表同情，也更容易原谅一切。当许地山经历了人生大悲苦之后，产生了对世间一切生命的关爱与体谅，这是一种在磨难中淬炼出来的悲悯情怀，也是一种忧愤深广的生命意识。这种生命意识不仅在范仲淹的"先天下之忧而忧，后天下之乐而乐"的忧患意识中，也在杜甫的"安得广厦千万间，大庇天下寒士俱欢颜，风雨不动安如山"的诗句中。历尽人生悲辛之后的许地山在青年时代就完成了传统士大夫知识分子的心灵成长。

茅盾曾说过，中国现代文学研究会（以下简称"文研会"）成员在反对鸳鸯蝴蝶派游戏消遣观时是颇为一致的，从文研会"为人生"的倡导可以看出，他们之所以强调文学的社会功能而否定其消遣功能，还是秉承着中国传统士大夫"修齐治平"的人生信念，从这个意

---

[1] 许地山.空山灵雨[M].北京:北京大学出版社,2009:33.

义上说，无论如何倡导文学革命，文研会作家们的主张依然没有突破中国传统文人的人生价值观——当然，这一倡导也是当时社会时代所需。许地山作为文研会的十二位发起人之一，他也一直强调文学对社会当承担的历史使命。在文学创作方面，他不仅强调文学要"为人生"而服务，而且要从现实主义角度出发，依据个人直接或间接经验进行创作。1921 年，他在自己的文章《创作底三宝和鉴赏底四依》中指出个人经验是创作的第一宝：

> 创作者个人的经验，是他的作品底无上根基。他要受经验的默示，然后所创作的方能有感力达到鉴赏者那方面。他的经验，不论是由直接方面得来，或者由间接方面得来，只要从他理性的评度，选出那最玄妙的段落——就是个人特殊的经验有裨益于智慧或见识的片段——描写出来，这就是创作的第一宝。[1]

许地山在创作中一直践行着他的文学主张，他的散文《空山灵雨》正是自己青年时代生活的艺术化写照，而其小说正是他在异国他乡的经历积累的直接经验与多年研读宗教典籍基础上所得的启示。这一启示正是许地山关注精神内海的结晶，也是其在人生体验基础上对生命本体及其意义的切身认识，从而形成了他独特的生命意识内涵。

二、对生命本体及其价值的探寻

在小说中，许地山将自己对生命及其意义的认识通过不同宗教文化信仰的人物形象表达出来，从 1921 年创作的《命命鸟》《商人妇》

---

[1] 许地山.空山灵雨[M].北京:北京大学出版社,2009:186.

到 1922 年创作的《缀网劳蛛》，再到 1934 年创作的《春桃》，我们可以看到许地山对生命内涵及其意义的认识在不断深化，对现实生活及其理念、方式的理解不断成熟，在这一系列小说中，许地山对人生苦乐的认识与探索也证明了其生命意识的变化与发展。《命命鸟》发表于《小说月报》1921 年第 12 卷第 1 号，曾被作为反抗封建家长制的五四婚恋小说代表。《中国现代文学三十年》中指出这部小说"既在一定程度上揭露了封建家庭扼杀青年爱情的罪恶，写出青年的叛逆反抗，又将人世的'爱'寄托在达天知命的宗教理想上"。[1]那么，许地山是否要借这部小说传达宗教理想呢？我们可以从文本中寻找答案。

加陵与敏明原本是两个很优秀又很美好的青年，他们的爱情也非常单纯。小说迥异于其他婚恋小说之处在于，当敏明的父亲因贪财、加陵的父亲因迷信生肖而阻挠二人的婚姻时，两人的反抗是异乎常人的，不是悲壮地殉情，而是手牵手幸福地走向死亡，就像赴一场婚宴一样。在小说中，敏明是一个漂亮、聪明又有主见的女子，她生在俳优之家，当以演剧为职业的父亲要求她女承父业时，她并没有拒绝。演戏，赚钱，养家，在敏明的世界里是天经地义的事情。所以当世家子弟加陵向她求婚时，她并没有立刻答应，心里拿定主意再帮父亲两三年才嫁。面对火热、赤诚地追求她的加陵，敏明显得非常理性，她也爱加陵，但她比加陵更懂得生活的艰辛与经济基础的重要性。金钱虽然不能掳走她的爱情，但钱的重要性她是很清楚的。所以，她会受到明耀灿烂的宝石的吸引。而使二人走向死亡的关键环节便是敏明看到"异象"之后的顿悟：

> 她自己觉得在瑞大光塔顶站着，听见底下的护塔铃叮叮当当地响。她又瞧见上面那些王侯所献的宝石，个个都

[1] 钱理群,温儒敏,吴福辉.中国现代文学三十年[M].北京:北京大学出版社,1998:72.

发出很美丽的光明。她心里喜欢得很，不歇用手去摸弄，无意中把一颗大红宝石摩掉了。她忙要附身去捡时，那宝石已经掉在地上。她定神瞧着那空儿，要求那宝石掉下的缘故，不觉有一种更美丽的宝光从那里射出来。她心里觉得很奇怪，用手扶着金壁，低下头来要瞧瞧那空儿里头的光景。不提防那壁被她一推，渐渐向后，原来是一扇宝石的门。

……

她瞧见那些花瓣越落越多，那班男女几乎被葬在底下。有一个男子坐在对岸的水边，身上也是落满了花。一个紫衣的女子走到他跟前说："我很爱你，你是我的命。我们是命命鸟。除你以外，我没有爱过别人。"那男子回答说："我对于你的爱情也是如此。我除了你以外不曾爱过别的女人。"紫衣女子听了，向他微笑，就离开他。走不多远，又遇着一位男子站在树下，她又向那男子说："我很爱你，你是我的命。我们是命命鸟，除你以外，我没有爱过别人。"那男子也回答说："我对于你的爱情也是如此。我除了你以外不曾爱过别的女人。"

……又有一个穿红衣的女子走到他面前，还是对他说紫衣女子所说的话。那男子的回答和从前一样，一个字也不改。敏明再瞧那紫衣女子，还是挨着次序向各个男子说话……

敏明瞧见各个女子对于各个男子所说的话都是一样；各个男子的回答也是一字不改；心里正在疑惑，忽然来了一阵狂风把对岸的花瓣刮得干干净净，那班男女立刻变成很凶恶的容貌，互相啮食起来。敏明瞧见这个光景，吓得冷汗直流。她忍不住就大声喝道："嗳呀！你们的感情真是反复无常。"[1]

[1] 许地山.命命鸟[C]//周俟松,向云休.中国现代作家选集:许地山.北京:人民文学出版社,1983:96-99.

　　当敏明被那些王侯将相所献的宝石所迷恋时，还是一个贪恋这世界繁华的世俗女子，金钱、爱情、亲情，她一个也不想放弃；但是当她偶然被宝石门后的景象所点化后，发现人们追求天长地久的爱情，然而，作为物质生命体的人本身就是短暂的。世上哪里有永恒的爱呢？尘俗的爱只在于曾经拥有，一刻绚烂之后也即化为乌有。即使得到了又如何呢？那个紫衣女子也好，红衣女子也罢，不过是这个世上沉醉在短暂爱情里的迷恋者而已。当她们对不同的男子说同样的情话并得到同样的回答时，自己是否也对爱情的本相看穿了呢？此时，敏明领悟到人与人之间的爱情即使能够维持一生一世，在永恒的时空长河里而言，也是转瞬即逝。当相爱的人们被短暂的爱情之酒冲昏了头脑时，并不能发现它的迷惑性；然而，当人性本相被揭露出来时，爱情不过是一袭华美的外衣，里面潜藏着一个个相互吞吃的灵魂！敏明的发现使她触目惊心，也对自己的爱情有了更为清醒的认识。如果说之前的敏明单单认识到经济是爱情的基础的话，此时的敏明更是超越这一世俗层面，放弃了对爱情本身的追求。

　　从生命意识视角来看，小说的重点不是要争取婚恋自主，也并不是要借此倡导什么佛教的文化理念，而是对人生本相是什么、是对人生的意义何在等一系列人生问题进行了深入思考与探寻。当敏明一切顺遂时，并没有思考过这些问题，可是当她发现父亲设诡计给她下蛊时，对亲情彻底失望，对爱情又开始迷茫，于是转向对人生意义的思考。许地山在小说中向我们所传达的乃是他对人生价值的理解：无论人生中遇到什么样的艰辛与苦难，每个人的灵魂都有被开启、被净化、被提升的需要。就如小说中所写的，当敏明被开启后，认识到了眼前世界的虚空本质，便使自己的生命走向更好的完成。从这个意义上来说，许地山在《命命鸟》中所表达的依然是自己对生命本体及其价值的认识与理解，简单地将其归结为许地山的"宗教理想"有些不太合适。其实，许地山并无意于要在他的作品中宣传任何宗教，他自身对各种宗教典籍的研究也是在真理层面对人生意义的探寻，他不过是借小说人物形象表达自己探寻的过程罢了。只是《命命鸟》中所描述的这一探寻过程还略显粗糙，到了后期的小说开始一步步走向成熟。

三、精神品格的塑造与生命内涵的表达

《商人妇》《缀网劳蛛》与《春桃》有一个共同点：三部小说中的女主人公都经历了人生的大起大落，但她们都有着自己对生命、生活的清醒认识，无论身处何种环境，都能够泰然处之，活出了一个个独特的生命个体。她们不仅仅成为许地山小说中光彩照人的女性形象，而且也承载着许地山丰富而独特的生命意识内涵，在小说中表达出作家对人生苦难的认识与人生信念的坚守。

《商人妇》中的惜官在经历丈夫背叛、被骗婚生子后，勇敢地逃离夫家，一边带孩子谋生一边继续寻找前夫，她的心里对辜负他的丈夫不仅没有仇恨，反而期待他能够悔过自新。经历了凄惨人生之后的她对人生的苦乐有着独到的认识：

> ……人间一切的事情本来没有什么苦乐底分别：你造作时是苦，希望时是乐；临事时是苦，回想时是乐。我换一句话说：眼前所遇的都是困苦；过去、未来的回想和希望都是快乐。[1]

---

[1] 许地山.商人妇[C]//周俟松,向云休.中国现代作家选集:许地山.北京:人民文学出版社,1983:118.

如果说《命命鸟》中的敏明认为"生本无乐"，《商人妇》中的惜官则认为"无苦无乐"。在她看来，苦乐是可以相互转化的，经历的时候苦，回想的时候乐，在时间的长河里，一切的苦都可以转化成乐。由此看来，苦难是孕育快乐的基础，苦难本身不能造就人，只有人在苦难中积极探寻人生意义，才能在苦难中超脱。无论是《命命鸟》还是《商人妇》，主人公对人生苦乐的理解，对人生意义的探寻都带有理性的说教意味，直到《缀网劳蛛》，主人公人物形象的塑造与作家人生理想的表达才达到一定程度的契合。

尚洁是一位美丽且有主见的女子，她本是人家的童养媳，后被长孙可望救出而嫁给了他。长孙可望脾气很坏，虽然二人育有一女，但她对这位丈夫并没有爱情。在他人风言风语的怂恿及各种误会下，丈夫后来对她产生疑心，愤怒地将她刺伤并逐出家门。在整个过程中，尚洁都泰然自若去面对，真正做到了去留无意，宠辱不惊。当人误解她与谭先生关系暧昧时，丈夫生气离家出走，而尚洁并不辩白。她说："我不管人家怎样批评我，也不管他怎样疑惑我，我只求自己无愧，对得住天上底星辰和地下底蝼蚁便了。"[1]尚洁行事为人凭着无愧的良心，并不理会世俗的评价与他人的非议，甚至连丈夫对她的误解，也不进行辩白。当家里进贼时，尚洁并没有将其惩治，乃是拿出药箱为他疗伤；丈夫长孙可望误解小偷就是她的情夫并刺伤她将其赶走时，她也没有进行辩解。即使教会里的人也冤枉她，并禁止她去赴圣筵，她也没有申诉的愿望，只是为这些人感到惋惜而已。被"放逐"到马来半岛西岸的尚洁从一个主妇变成了珠商的记室（即秘书），她在众人眼中成为了被人轻看的弃妇，连采珠的工人都寻她开心。在这样艰难的境遇中，尚洁依然保持尊严地生活着，并以自己的威仪征

[1] 许地山.缀网劳蛛[C]//周俟松,向云休.中国现代作家选集:许地山.北京:人民文学出版社,1983:123.

服了那些人的良心。最后，尚洁的丈夫也受到了感化悔改，认识到是自己因疑惑尚洁的贞操而制造了一系列苦难，便央求尚洁的朋友前去说情：

> 我自得着那教训以后，越觉得我很卑鄙、凶残、淫秽，很对不住她。现在求你先把佩荷带去见她，盼望她为女儿的缘故赦免我。[1]

长孙可望受教导后回心转意，诚心诚意请求尚洁的赦免，并邀请她回去掌管家业。这翻天覆地的变化是因着牧师的感化和经文启发，也是因尚洁这两三年的忍辱负重。为了表明自己改过自新的决心，长孙可望一个人到槟榔屿悔过，决志要"把从前邪恶的行为和暴躁的脾气改过来，且要偿还你这几年来所受的苦楚"[2]。而尚洁只是为着她的丈夫感谢神，并没有对他产生新的爱情。提到丈夫是因爱她而导致一系列过激行为时，尚洁依然淡淡地说：

> 为爱情么？为爱而离开我么？这是当然的，爱情本如极利的斧子，用来剥削命运比用来整理命运的时候多一些。他既然规定自己的行程，又何必费工夫去寻找他呢？我是没有成见的，事情怎样来，我怎样对付就是。[3]

丈夫改过自新，尚洁虽然原谅了他，但反而更理性地认识到爱情不过是剥削命运的斧子，无论这把斧子要把命运砍成什么模样，她都

[1] 许地山.缀网劳蛛[C]//周俟松,向云休.中国现代作家选集:许地山.北京:人民文学出版社,1983:134.
[2] 同上,1983:136.
[3] 同上,1983:136.

能泰然处之。小说最后，尚洁表达出了自己对人生命运的理解：

> 我像蜘蛛，命运就是我底网。蜘蛛把一切有毒无毒的昆虫吃入肚里，回头把网组织起来。它第一次放出来的游丝，不晓得要被风吹到多么远；可是等到粘着别的东西的时候，它底网便成了。
>
> 它不晓得那网什么时候会破，和怎样破法。一旦破了，它还暂时安安然然地藏起来；等有机会再结一个好的。
>
> ……人和他底命运，又何尝不是这样？所有的网都是自己组织得来，或完或缺，只能听其自然罢了。[1]

人就像蜘蛛一样靠着自己的劳苦一点点努力，结成一片片的网，网上可能会收获有益的昆虫，也可能会粘上有毒的昆虫。蜘蛛并不能选择网上粘到的是什么，只把这一切有毒或无毒的昆虫吞吃下去以获取生存的力量。就像人并不能选择自己的命运，只能在自己的性格、习惯、信念的驱使下去行事为人，结成自己人生的大网。在这个大网中发生幸事或不幸都不是凭一己之力所能左右的，无论发生什么，人也只能像蜘蛛吞吃昆虫一样，将这些幸运或不幸接受进来。即使遇到天大的苦难，也只能将苦难化作食物吞吃了，然后再重新把网结起来。蜘蛛不知道自己的网什么时候会破，或破的方式怎样；人也如此，不知道自己人生的命运何时是高，何时是低，无论高山还是低谷，总要往前走。蜘蛛的网破了后，它并没有放弃，而是先安安然然地藏起来，等机会再结一个好的网。人又何尝不是如此呢？当人生中大的磨难不期而至，伤痛懊恼、哭天抢地都没有用，只能将自己安安

[1] 许地山.缀网劳蛛[C]//周俟松,向云休.中国现代作家选集:许地山.北京:人民文学出版社,1983:137.

然然地藏起来，等有机会再去结一个好的。人与命运，犹如蜘蛛与网，自己的命运自己去缔结，或好或坏，或完或缺，只能听其自然罢了。看起来，人的命运似乎在自己手里，事实上，人又能对自己做多少主呢？网是可以自己去结，但结得怎样，何时破，怎样破，却不是人所能做得了主的。在认识了人的有限与命运更高的主宰后，尚洁成了一个知天顺命的人。她用自己的人生态度诠释了人与命运的本质关系，因着认识到自己的有限与更高的主宰，她能够安静地藏身于信仰之中，对迎面而来的一切都能够泰然自若，活出了一个真正有信仰的生命。

应该说，这部小说相较于《命命鸟》和《商人妇》在思想上走得更远。《命命鸟》不过是对佛教文化理念的一种顿悟，《商人妇》粗线条的勾勒与抽象化的概念解析仍停留在道理层面；只有到了《缀网劳蛛》，在故事情节、人物形象设置与思想内涵表达方面达到了统一。小说尽可能地脱离了道理的说教，以人物故事传达作者对人生信仰与命运的思考。

如果说许地山在 1920 年代创作的小说属于"信仰的传奇"，1930年代开始转向"世俗的传奇"，《春桃》就是其中经典的代表。故事发生在兵荒马乱的皇城根儿脚下的老胡同里，一个破旧的小院儿里塌剩下的两间厢房里住着一对不是夫妻却胜似夫妻的男女。男子叫刘向高，是乡间高小毕业生，逃难途中与家人走散；女子叫春桃，本是乡间一个地主家的掌上明珠，却在大婚之日遭遇土匪，父亲被打死，房契被抢走，尚未入洞房的丈夫李茂也不知去向。两个天涯沦落人就在某种机缘下相遇了。作家写这两个人的相遇是很讲究的，先写俩人在逃难路上相遇，一同走了几百里又分开了；过了一段时间，当春桃辞掉西洋妇人家的保姆职业后，索性做起了捡破烂的营生。刘向高也阴差阳错地流落到北京，借住在了朋友老吴的破院子里。当春桃生意扩大要找换房子时，正巧开门的是刘向高。作家在这里并没有用任何知识道理图解"缘分"，但这种巧合的安排，就已经流露出作家对机缘的态度了。于是，二人开始过起了小日子，由于向高认识几个字，可以从春桃捡来的废纸里挑出有用的墨宝卖个好价钱，这使春桃的捡纸生意如虎添翼，两人的小日子也越过越红火。

在另一种机缘下，又一个人物出现了。有一天，春桃在捡纸时听见有人叫她的小名，仔细一看竟然是自己仅成婚一天的丈夫。昔日百发百中、刚健勇武的神枪手李茂如今已成了截肢的废人，春桃将其带回家后，李茂和刘向高进行了两个男人之间的交涉——卖媳妇。春桃坚持自己谁的媳妇也不是，在她的心里，向高已然是自己的爱人，李茂不过是曾有过一天夫妻之名的乡亲而已。但她既不愿意放弃爱人，也不能舍下残废的李茂坐视不管。她希望三个人一起生活，她所在意的并不是世俗的夫妻名分，乃是三个人在一起发展"事业"。而刘向高和李茂也分别在离家出走和自杀未遂之后终于接受了春桃的主张。李茂说："我已经同向哥说好了。他是户主，我是同居。"刘向高则说："若是回到乡下，他是户主，我是同居。你是咱们底媳妇。"[1] 就这样，两个男人和一个女人在一个屋檐底下传奇般地生活下去……

如果说前三部小说中女主人公的人生信念是由理论到生命的话，春桃则是由生命到实实在在的生活。相较于前三位女性，春桃没有什么高言大智，甚至连字都不认识。但是她聪明、泼辣、能干，也勤劳、肯吃苦，是一个坚韧不屈的顽强生命。她有自己的坚持，对这个世界有着更为清醒的认识；她不依赖男人的供给，用自己的双手去捡破烂却又极爱整洁；她生活在贫民窟里却依然维持着自己的尊严；她有两个丈夫却坚持认为自己谁的媳妇也不是，她要做她自己。对于生

[1] 许地山.春桃[C]//周俟松,向云休.中国现代作家选集：许地山.北京:人民文学出版社,1983:221.

活在最底层的老百姓而言，一顿饱饭比仁义道德的说教更有实际意义；春桃所坚持的仁义绝不是宗教规条里的知识道理，也不是任何道德文化中义正词严的说教，乃是一个颠沛流离的逃难者艰难求生中滋生出来的朴素生活理念与侠义舍己。春桃在李茂和刘向高两个人之间之所以不作舍取，因为她已然接受了命运无常的安排，并已经做好准备应对这一尴尬的人生境遇。一方面，她爱刘向高，不能无情；另一方面，她同情李茂，不能无义。她希望和爱人刘向高一起生活，但也不能抛弃已经残废了的李茂。所以，她内心深处是希望和爱人刘向高、乡亲李茂一起生活的。然而，毕竟刘向高与她只有夫妻之情，并无夫妻之名；而李茂与她虽有夫妻之名却并无夫妻之实；这种错谬的命运将春桃置身于尴尬的境地，所以，她最好的解决方案就是三个人一起生活，合伙开公司。李茂能够坦然接受自己乡亲的身份不再将春桃视为自己的妻子，而刘向高能够不介意李茂和春桃曾经名义夫妻的关系，愿意接纳这个穷途末路的残废老乡。二者的相互接纳不仅要突破两个男人之间的尊严问题，还要克服世俗道德伦理的束缚，这对他们来讲是一个极大的挑战。当二人不能突破这一束缚时，李茂的自杀、刘向高的离家便成为必然。二人的做法也颇有侠义精神，都是选择牺牲自己，成全别人。然而，最终，刘向高因不能舍弃对春桃的爱而回归，李茂因春桃义无反顾的搭救而感动，两个男人终于突破了世俗道德文化的枷锁，这也显示了春桃作为一种素朴生命力对传统文化与世俗道德突破的成功。

《春桃》发表于 1934 年《文学》第 3 卷第 1 号，难以想象那个年代的女性能够像春桃那样勇敢坚毅又特立独行地活着。不同于 20 世纪 20 年代的小说，《春桃》中没有任何宗教文化理念的表述，春桃甚至是一个目不识丁的下层妇女，她所有的只有自己作为平民百姓对生命、良心、道义最朴素的认知，而恰恰是这些最原始的认知给出了许地山多年来对人生意义探寻的一个答案——无论身处何种境遇，人首先要自食其力，要干干净净地活着。对每个生命都等同视之，对弱小的生命深表同情，侠义相助，不在意世俗的眼光，凭良心而活。从这个意义上说，春桃代表了中国底层老百姓的生活态度与生命哲学，也完成了许地山在文学作品中对生命意识内涵的探寻与表达。

结语

茅盾认为："怀疑论者的落华生不会相信宗教。"[1] 其实，许地山并不是一个真正意义上的宗教徒，他乃是将宗教典籍作为学术知识进行研究，以此探寻人生价值；或者说，他是从哲学与知识层面来研究信仰而非宗教问题。从这个意义上说，许地山的作品不是宗教文化理念的说教，乃是他在自己命运多舛的人生经历中对生命价值、人生意义及各种社会人生问题的思考与表达。从《命命鸟》中敏明的"生本无乐"到《商人妇》中惜官的"苦乐转化"，到《缀网劳蛛》中的"无苦无乐"，再到《春桃》中春桃的"苦中作乐"，在这一系列女性人物形象身上，许地山对人生苦乐的认识一步步加深。与此同时，他对生命本相及其价值的探寻也一步步成熟，最终形成了敦厚求实、甘于牺牲、低调内敛的精神品格，成为许地山小说生命意识内涵的丰富构成。

---

[1] 茅盾.落华生论[C]//周俟松,杜汝淼.许地山研究集.南京:南京大学出版社,1989:193.

徐志摩：
追寻爱、自由与美的一生

　　如果说在中国现代文学史上有哪位作家既浪漫多情又热烈率真，既广为流传又争议不断，当数徐志摩。众人对他关注最多的，恐怕不只是那首经典的《再别康桥》，还有那段因康桥生发的恋爱之谜；对他褒贬最多的，也不只是其浙江富商公子的纨绔之气，还有与贤良淑德的大家闺秀张幼仪决绝的离异；对他惋惜最多的，也不只是与有夫之妇陆小曼备受争议的再婚，而是窘迫之中的年轻诗人为搭乘免费飞机英年早逝。好像徐志摩是自带剧本降世为人的，他人生的每一步都让人讶异，无论是求学、婚恋乃至死亡，都是那么引人注目，甚至让人瞠目结舌。若不是真真的有其人其事，恐怕编剧都不敢这么编。

　　茅盾说，徐志摩是中国布尔乔亚"开山"的同时又是"末代"诗人，可谓"前不见古人，后不见来者"；朱自清认为，现在的中国诗人，首推徐志摩和郭沫若。郭沫若的诗在中国早期新诗创立之初的确起到了不可替代的奠基作用。他的《女神》那淋漓尽致的直抒胸臆与个性、力量的张扬，把"五四"新诗运动的"诗体解放"推向了极致，却也走向了另一个反面，失去了诗歌本应有的含蓄与美感。而徐志摩的诗自由却不散漫，既富有理性又不失柔美，真正使新诗走上了规范化道路，得以成为"诗"。所以，如果说郭沫若代表的早期新诗价值在于"破坏传统"，那么徐志摩代表的新月诗派则在于"建设新诗"。如果用一个字来概括二人诗歌的特点，我想郭沫若的诗可以概括为"力"，徐志摩的诗可以概括为"美"。

然而，在徐志摩的好友叶公超、梁实秋看来，徐志摩的诗歌固然美，其散文比他的诗歌还要美。梁实秋曾在徐志摩去世后撰写多篇评论来论述其散文之艺术价值，共计五万余字。其中说道："我以为志摩的散文优于他的诗的缘故，就是因为他在诗里为格局所限不能'跑野马'，以至于不能痛快的显露他的才华。"[1] 其实，徐志摩有些哲理诗歌本身也是散文，只不过分行书写了而已，他的诗歌之美与散文之美的确不分伯仲。而他何以能把诗歌散文写得如此行云流水呢？这一方面来自于他的天赋才气，另一方面，更来自他旺盛的生命力。"必须一个人内心有充实的生命力，然后笔锋上的情感才能逼人而来。"[2] 据说后来有许多人模仿徐志摩的笔调创作，不少沦为东施效颦。徐志摩的诗文不单是笔调优美，更是其内在生命与才华的综合。为什么他的一生如此戏剧而传奇，又为什么他能写出如此流畅优美的文学作品呢？要理解徐志摩诗文的美，必须先解读他的生命密码，从生命历程中理解其诗歌散文之美的根源。

徐志摩出身浙江海宁富商的先天优势使其从小就接受了私塾教育，4岁入家塾开蒙，9岁入开智学堂，15岁入杭州附中学堂，与郁达夫是同学。19岁考入北京大学预科，当年12月便回乡与张幼仪完婚。22岁那年的夏天，拜梁启超为师后的徐志摩便赴美留学了。徐志摩的赴美大部分出于他的政治热情，先是在克拉克大学历史系拿到一等荣誉学位，后入哥伦比亚大学政治学系攻读硕士学位，硕士论文为 The Status of Women in China（《论中国妇女的社会地位》）。1920

[1] 梁实秋.谈志摩的散文[J].新月,1932:(01).
[2] 韩石山.徐志摩传[M].北京:人民文学出版社,2010:424.

年 10 月，24 岁的徐志摩来到了英国伦敦。他在散文《我所知道的康桥》中说到自己为何放弃在哥伦比亚大学攻读博士的计划而来到英国剑桥大学："我到英国是为了要从罗素。罗素来到中国时，我已经在美国……我摆脱了哥伦比亚大学博士衔的引诱，买船票过大西洋，想跟这位二十世纪的福禄泰尔（伏尔泰）认真念一点书去。谁知一到英国才知道事情变样了：一为他在战时主张和平，二为他离婚，罗素叫康桥给除名了……"[1] 哲学家罗素被看作英国的伏尔泰，他在徐志摩心中的地位是很高的，由此也可以看出徐志摩对政治与哲学的热情。既来之，则安之。到剑桥求学不成，徐志摩入了伦敦政治经济学院学习政治学，希望攻读个博士学位。后经林徽因之父林长民认识了英国著名小说家狄更斯，1921 年春，在狄更斯的推荐下获得了剑桥大学特别生的资格，于是，徐志摩第二次拿博士学位的计划又放弃了，他来到了剑桥大学。

剑桥大学距英国首都伦敦仅九十多公里，是英国文化、学术的孕育地。优越的地缘优势使徐志摩不仅结识了英国著名作家狄更斯、曼殊菲儿，并经陈西滢、章士钊介绍结识了英国著名小说家威尔斯、汉学家魏雷等名人。他是那么喜爱狄更斯的机智幽默、风趣洒脱；那么仰慕罗素为捍卫自由、真理而勇于献身的大无畏精神。真正以人格之高洁照亮徐志摩灵魂的，当数著名的英国小说家曼殊菲儿。1922 年 7 月，他去探望重病中的曼殊菲儿，并与她交谈了二十多分钟，这二十分钟被徐志摩称为生命中"不死的时间"。他在散文《曼殊菲儿》中描述了整个会见的详细过程："……她敏锐的目光，似乎直接透入你的灵府深处，将你所隐藏的秘密，一齐照彻……她对着你看，不是见你的面之表，而是见你心之底，但她却不是侦刺你的内蕴，不是有目的搜罗，而只是同情的体贴。你在她面前，自然会感觉对她无缄密的

[1] 徐志摩.我所知道的康桥[M]//徐志摩文集（中）.北京:长城出版社,2000:96.

必要；你不说她也有数，你说了她不会惊讶。她不会责备，她不会怂恿，她不会奖赞，她不会代你出什么物质利益的主意，她只是默默的听，听完了然后对你讲她自己超于善恶的见解——真理。"[1]在徐志摩的笔下，曼殊菲儿简直就是神明一般的存在，在她的感染下，徐志摩俨然将艺术作为了自己追求的信仰。在短短二十分钟的谈话里，曼殊菲儿批评了英国当时风行的几个小说家，希望徐志摩回国后不要进政治的圈子，并同意徐志摩翻译她的小说。这次会面后的半年，曼殊菲儿就去世了，这是他们第一次也是最后一次会面。这次会面对徐志摩文学创作的影响很大，韩石山先生说："留学期间，对徐志摩影响最大的两个人，一个是罗素，一个是曼殊菲儿。罗素给了他敏锐的社会意识，曼殊菲儿给了他纯正的艺术感觉。"[2]此言一语中的。曼殊菲儿启发了徐志摩对于纯文学的感受力，也影响了他回国后的文学活动。

1931年《猛虎集》出版时，徐志摩在序言中说："……在二十四岁以前，我对于诗的兴味还不如我对于相对论或民约论的兴味。……在二十四岁以前，诗，不论新旧，于我是完全没有相干。……但生命的把戏是不可思议的！我们都是受支配的善良的生灵，哪件事我们作得了主？整十年前我吹着了一阵奇异的风，也许照着了什么奇异的月色，从此我的思想就倾向于分行的抒写。"[3]"整十年前"倒推过去正是1921年。1920年10月初来英国与林徽因相识后，他一发不可收地爱上了这个朋友的女儿。1920年底，张幼仪到伦敦。此时的徐志摩一面陷入对林徽因的热恋，一面对漂洋过海来到剑桥与他团聚的张幼仪不冷不热。他内心的生命热情是被压抑的，困惑与苦闷并存。1921年8月，徐志摩向张幼仪提出离婚，被妻子拒绝后来了个不辞而别，致使张幼仪不得不拖着身孕到法国巴黎投奔二哥张君劢，后又

[1] 徐志摩.我所知道的康桥[M]//徐志摩文集（中）.北京:长城出版社,2000:485.
[2] 韩石山.徐志摩传[M].北京:人民文学出版社,2010:74.
[3] 徐志摩.《猛虎集》（序）[M]//徐志摩文集（上）.北京:长城出版社，2000:162.

随七弟去了德国。张幼仪走后，徐志摩又回到了剑桥，恢复单身生活的徐志摩这时有了相对自由的空间，开始一面恋着林徽因，一面开始写诗。他的诗歌中抒情最优美的当数表达爱的作品，如《雪花的快乐》《我等候你》《爱的灵感》都是对这种真挚爱情的书写。需要注意的是，他的爱不仅停留在两性层面，还有对自然之美的爱恋。《我有一个恋爱》中写道：

> 我有一个恋爱；——
> 我爱天上的明星；
> 我爱他们的晶莹：
> 人间没有这异样的神明。
>
> 在冷峭的暮冬的黄昏，
> 在寂寞的灰色的清晨。
> 在海上，在风雨后的山顶——
> 永远有一颗，万颗的明星！ [1]

把天上的明星作为自己恋爱的对象，这星星就具有了自然与人文双重属性。有人仰望星空思念故土；有人卧看牵牛织女享受惬意。徐志摩描写的则是在"暮冬的黄昏"，在"灰色的清晨"，在人生不得志的时候，他看到明星闪烁的晶莹，这是诗人在现实碰壁之后在心灵深处转向自然之爱的追寻。还有《乡村里的音籁》《夜半松风》《为要寻一颗明星》《阔的海》等，都是他对自然之爱的颂歌。这种爱的意义何在呢？在中国传统文化中，关于爱的书写大致是这样的：两性之爱讲究相敬如宾，自然之爱讲究物我交融，父母之爱、祖国之爱更是深

---

[1] 徐志摩.我有一个恋爱[M]//徐志摩文集（上）.北京:长城出版社，2000:22.

沉又厚重，而徐志摩的爱，则像一个孩子般的单纯、晶莹甚至任性，这种生命的率真给中国关于"爱"的传统文化吹来一阵"奇异的风"。而这阵"奇异的风"正是从1921年秋在康桥时吹起的。1921年秋至1922年秋，这一年的时间是徐志摩在康桥最惬意的时光。他时常在康河岸边漫步，任凭康河的水洗涤他的心灵；也常捧一本闲书躺在河畔草坪上仰观天边的流云，还常骑着单车追逐那西天边的落日……有一次，他看到了漫天的霞光与夕阳下的羊群，竟忍不住双膝跪地向圣洁而崇高的大自然敬拜。他在散文中写道："有一次正冲着一条宽广的大道，过来一大群羊，放草归来的，偌大的太阳在它们背后放射着万缕的金辉，天上却是乌青青的，只剩这不可逼视的威光中的一条大路，一群生物！我心头顿时感着神异性的压迫，我真的跪下了，对着这冉冉渐翳的金光。"[1]奇异的自然景色开启了徐志摩灵魂层面的生命意识，他敞开自己的心灵来感悟世间一切美好，他的自我意识开始觉醒，性灵得以自由舒展。

可以说，在康桥的这段日子开启了他对文学创作的热情。他在散文《吸烟与文化》中写道："……但我在康桥的日子可真是享福，深怕这辈子再也得不到那样蜜甜的机会了。我不敢说康桥给了我多少学问或教会了我什么。我不敢说受了康桥的洗礼，一个人就会变气息、脱凡俗。我敢说的只是——就我个人说，我的眼是康桥教我睁的，我的求知欲是康桥给我拨动的，我的自我意识是康桥给我胚胎的。"[2]是康桥孕育了他对爱的渴望，也开启了他对自由的向往。与此同时，徐志摩争取婚姻自由的心也越来越强烈。1922年3月，张幼仪刚生下小儿子尚未满月，徐志摩就带着离婚协议书找到了德国，与他同行的还有从美国来欧洲游览的金岳霖。在徐志摩的催促下，张幼仪签署了

[1] 徐志摩.我所知道的康桥[M]//徐志摩文集（中）.北京:长城出版社,2000:104-105.
[2] 徐志摩.吸烟与文化[M]//徐志摩文集（中）.北京:长城出版社,2000:93.

中国历史上第一份离婚协议书，当张幼仪签完字后，金岳霖欢天喜地与徐志摩握手，好像他们做了一个革命性的创举。多年后，有人问张幼仪，徐离婚的初衷是不是为了践行"革命"的信念时，张幼仪坚决给予否定。在她看来，徐志摩要求离婚完全是因为林徽因，并不是外界所标榜的什么理想、追求、信念之类。若不是因为爱林徽因，徐志摩不会将怀孕的张幼仪丢在异国他乡，也不会在张幼仪生产孩子尚未满月时就拿着离婚协议书找上门。从林徽因一面说，徐志摩因为深爱她成为了一个诗人，这于徐志摩的文学创作是其大幸；从张幼仪一面说，徐志摩因为这个"思想更复杂"的漂亮女友而对她如此决绝确是一个薄情寡义之人，这于徐志摩的做人是其大不幸。

　　1922 年 9 月，徐志摩第三次放弃了拿到博士学位的机会，突然回国。如果说第一次放弃美国哥伦比亚大学博士学位是因为对罗素的热情，第二次放弃伦敦政治经济学院博士学位是因为对剑桥大学的向往，那么这第三次放弃剑桥大学博士学位则是为了林徽因。离开前，他写了一首《康桥再会吧》，有论者认为，其中有些诗句表明了诗人此次回国的目的："……'来春花香时节，当复西航'，'实现年来梦境缠绵的销魂踪迹'等句子证实了诗人的心志。回国去，实现和林徽因的结合，明春再来康桥读书。"[1] 看来，徐志摩此次回国对于林的爱情是充满了憧憬的。然而，回国后却发现，林徽因已与梁思成确立了恋爱关系。痛苦的徐志摩陷入迷茫，开始疯狂地投入到文学活动中。他先是四处投稿、演讲，加入老同学郁达夫张罗的创造社，后又自己创办新月社，创刊《新月》杂志，接编《晨报副刊》，渐渐在文学界崭露头角。与此同时，他还积极进行政治思想宣传。他曾倡导社会主义，又转向资产阶级自由主义，成为中国布尔乔亚的代表，无论是社会主义还是资产阶级自由主义，他的政治思想都对 20 世纪二三十年

[1] 韩石山.徐志摩传[M].北京:人民文学出版社,2010:76.

代的中国社会产生了一定影响。另外，他对自由的追求不仅在体现在政治主张上，还体现在诗歌创作上。

《云游》写道：

> 那天你翩翩的在空际云游，
>
> 自在，轻盈，你本不想停留，
>
> 在天的那方或地的那角，
>
> 你的愉快是无拦阻的逍遥……[1]

空灵洒脱的意境、浪漫飞扬的才情，云的意象在他笔下就是自由自在愉快逍遥的象征。他一生都在以云自比，《偶然》开篇便说："我是天空里的一片云，偶尔投影在你的波心，你不必讶异，更无须欢喜，在转瞬间消灭了踪影……"[2]他是那么喜爱云的闲适、云的气韵、云的飘忽不定，他在《致云雀》《黄鹂》《一星弱火》等作品中多次创造了云的意象，他给云赋予了丰富的灵性内涵，对中国新诗意象的发展起到了重要的补充作用。

有了对生命之爱与自由的追寻作底蕴，自然产生了诗歌思想与艺术浑然天成的美。在中国现代新诗史上，能写新诗的人不少，但能把新诗写美的人却不多。胡适写了中国历史上第一本白话诗集《尝试集》，但是不美。郭沫若也写新诗，《天狗》《立在地球边上放号》，有力量，有气魄，但还是不美。到了徐志摩，新诗终于写出了美。"最是那一低头的温柔，像一朵水莲花不胜凉风的娇羞。道一声珍重，道一声珍重，那一声珍重里有甜蜜的忧愁。"[3]的确美。徐志摩、闻一多是新月派领军人物，闻一多提出了音乐美、绘画美、建筑美的原则，

---

[1] 徐志摩.云游[M]// 徐志摩文集（上）.北京:长城出版社,2000:238.

[2] 徐志摩.偶然[M]// 徐志摩文集（上）.北京:长城出版社,2000:90.

[3] 徐志摩.沙扬娜拉一首[M]// 徐志摩文集（上）.北京:长城出版社,2000:5.

而徐志摩则践行了这一原则。比如《半夜深巷琵琶》：

> 又被它从睡梦中惊醒，深夜里的琵琶！
> 是谁的悲思，
> 是谁的手指，
> 象一阵凄风，象一阵惨雨，象一阵落花，
> 在这夜深深时，
> 在这睡昏昏时，
> 挑动着紧促的弦索，乱弹着宫商角徵，
> 和著这深夜，荒街，
> 柳梢头有残月挂，
> 啊，半轮的残月，像是破碎的希望他，他
> 头戴一顶开花帽，
> 身上带着铁链条，
> 在光阴的道上疯了似的跳，疯了似的笑，
> 完了，他说，吹糊你的灯，
> 她在坟墓的那一边等，
> 等你去亲吻，等你去亲吻，等你去亲吻！ [1]

　　这首诗发表于 1926 年 5 月 20 日《晨报副刊·诗镌》第 8 期，后收入《翡冷翠的一夜》。对于此诗究竟是写给陆小曼还是林徽因的，仍有争议。但无论是写给谁的，都表达了一种爱而不得的惆怅，与 1931 年林徽因的那首《深夜里听到乐声》形成一种唱和。对于浪漫多情的徐志摩而言，最触动他心灵的莫过于爱与自由，而当康桥点活了他的灵魂，开启了他的心智，给他勇气来打碎这不满的现实时，林

[1] 徐志摩.半夜深巷琵琶[M]//徐志摩文集（上）.北京:长城出版社,2000:98.

徽因却退却了。当他带着自己从国外收获的政治主张回到国内时却发现完全水土不服。将爱与自由视为信仰不惜一切代价去追求的徐志摩不得不在困顿的现实面前吞咽下这难言之苦，这对一向率性而为的他而言是一种生命本能的重压。然而，正是这种生命的压抑成全了他在诗歌上的成功，这个头戴开花帽、身上带着铁链条、在光阴的道上疯了似的跳的男主人公活脱脱就是一个被压抑的生命形象。

就艺术方面而言，这首诗韵律很美，全诗短句押韵，有规律地换韵，声调明快，和谐优美，这种形式本身就宛如一支信手絮弹琵琶曲，有一种抑扬顿挫的美。声音本来是最难描摹的东西，诗人却在这里将其比作"凄风""惨雨""落花"，这三个比喻，融通了听觉和视觉，把琵琶声赋予一种看得见的意象，而"凄风""惨雨""落花"，意象之繁复，将忧郁的诗情融入形象的意象中，体现了"绘画美"。在诗句编排上，长短诗行有规律间隔，错落有致，六个长句每行六顿，短句每行三或四顿，整齐又不失变化；从视觉上看来，这首诗的排列就如同一个典雅的艺术建筑，具有"建筑美"。中国古典诗歌对平仄、押韵的要求很严格，尤其到北宋后期以黄庭坚为代表的江西诗派对字词的要求几乎到了严苛的地步。胡适、郭沫若等早期白话诗人为反驳这种要求便随意书写，结果却矫枉过正，过于散漫，破坏了诗的美。而徐志摩实践的诗歌"音乐美、绘画美、建筑美"既是对古典诗歌的一种合理改良，也是对早期白话新诗一种有效的修正，因此，新月派的"诗歌三美"成为中国现代诗坛上关于诗歌形式问题完整而有说服力的美学理论。

徐志摩说："我这一生的周折，大都寻得出感情的线索。"[1] 纵观徐志摩的一生，可以说是率真随性的一生。签署中国历史上第一份离婚协议是因为爱，冒天下之大不韪与有夫之妇陆小曼结合也是因为

[1] 徐志摩.我所知道的康桥[M]//徐志摩文集（中）.北京:长城出版社,2000:96.

爱，为参加林徽因的讲座乘飞机遇难还是因为爱；这是一个因爱生为爱死的浪漫主义诗人，徐志摩的一生便是追寻爱、自由与美的一生。虽然他的空难令人扼腕叹息，但命运也把他定格在了三十五岁，一个永远青春的年纪；虽然他的初衷不是要作诗，但世事因缘际会把他变成了一个诗人；虽然他的一生很短暂，但他的诗歌在中国新诗史上留下了永恒的一笔，至今被人广为流传。他的作品之所以迸发出吸引人的艺术魅力，就在于他是在用一颗赤诚之心抒发自己对爱、自由与美的向往，那一篇篇触摸人灵魂的诗文表达出五四时期一个自由怒放的生命对舒展的渴望，也让读者真切感受到这位浪漫诗人率真、随性的生命品格。

沈从文：
一个为"现象"所倾心的思想家

在中国现代文坛上，有一位富有传奇经历的作家，他出身于行伍之家却成为一个文弱书生；他只有小学文凭却走上大学讲堂，后远赴美国讲学，他起初连标点符号都不太熟悉却成为20世纪30年代京派文学的领军人物——他就是来自湖南凤凰的沈从文。

大部分人认识沈从文是从其湘西小说《边城》开始的。殊不知，沈从文不仅是一位小说家，更是一位思想家。即便是他的小说，其中也浸透着许多不为人理解的、抽象而深邃的思想。在那些行云流水的文字里，深藏着道家的自然、墨家的勤勉、儒家的忧患，更蕴含着他作为一个现代知识分子对家国前途命运的思索与隐忧，从某种意义上说，他对国民性的思考深度不亚于鲁迅先生。如果说鲁迅在国民性劣根性的揭示与批判方面主要的贡献在于"破"的话，沈从文的贡献则主要体现为关注国民性的"立"。他终其一生都在孜孜寻求如何建立一种健全的国民性，如何重造人性的神圣庄严，这与鲁迅先生"立人"的思考殊途同归。与鲁迅先生不同的是，沈从文选择了以优美纯净的文字、鲜为人知的故事为人们呈现了一个世外桃源般的湘西，他试图启发人们从他笔下诗意纯净的湘西世界获取一种生命力；而他本人，也怀着赤子之心在泥土中深深扎根，并从中找寻生命的单纯与庄严。

山西作家刘红庆在《中国人的病》题记中谈及沈从文在 20 世纪 40 年代对民族发展问题的思考，指出沈从文的答案是："从长远计，从国民的素质抓起，从这个国家每个人的庄严感培养起。"[1]他一直在寻找"立人"的有效途径，并将其诉诸笔端，写出一个个鲜活灵动的梦一般的湘西。同时，他又继承鲁迅先生批判国民劣根性的使命，在都市小说里揭示着城市人虚伪、混乱、失血、孱弱的人性。他似乎永远都是那个从乡下走来的倔强青年，不屈的眼神里装载着他对这个世界独特的观察、思考与发现。于是，他手中的"两套笔墨"开始交替起来，一边编织着美好的湘西，一边透视着龌龊的都市；一边抒怀着奇美的田园牧歌，一边流动着深邃的思想之河……

一、看、情绪与灵感

作为思想家的沈从文是深邃的，作为文学家的沈从文则是单纯的。他如同孩子一般敞开自己的一腔赤诚，勇敢、真挚地直面自己内心深处的情感涌动，为现代文坛创造出了诗化小说、散文化小说。沈从文曾说："否认情绪绝不能产生什么伟大的作品。问题在承认以后，如何创造作品。"[2]他的作品源于情绪的推动，成于灵感的开启，终于思想的交融。要读懂沈从文的小说，我们需要时刻提醒自己，不要被优美的语言遮蔽了文字背后宝贵的情感与深沉的哲思。我想，和沈从文先生一样，以一颗赤子之心来与他的作品感同身受，或许是收获最大的一种解读方式吧？先以《边城》为例。我每年给学生讲沈从文之前都会重读一次《边城》，每次读《边城》都会流下眼泪，有一次，读后写了一篇这样的文字：

[1] 沈从文.中国人的病[M].北京:新星出版社,2011:2.
[2] 沈从文.抽象的抒情[M]//中国人的病.北京:新星出版社,2011:242.

再读《边城》，再一次泪流满面。沈从文啊，沈从文，你到底积郁了多少惆怅、多少悲伤，以至于在与至爱的女子新婚燕尔之时依然写下如此悲凄的故事。你说，三妹是最懂你的。我说不是。不然，何以在爱妻陪伴下，你的下笔却依然如此苍凉？你说，你永远是个城市里的"乡下人"。城市不是你的故乡。当二十岁的那个年轻人揣着二十七块钱的川资走出北京前门站时，可曾想过你将这颗至真至诚的心抛给了那个真假难辨的城市？而你，却再也没有办法按原路返回了！

别人都说，你的湘西是最美的世外桃源，我说不是。《丈夫》中那个为生活所迫眼睁睁看着自己心爱的妻子做妓女的丈夫，《夫妻》中那对只因在白日亲昵就被众人抓起来要遭受毒打的夫妻，以及《月下小景》中那对因为野风陋俗不得不殉情的青年恋人，他们心里有多少苦、多少恨？对湘西！

《边城》里的湘西太美！美得不近人情！翠翠的母亲和军人相恋，为什么就双双殉情？翠翠和二老相互喜欢，为什么就恼死了大老？翠翠孤单地等着二老回来，为什么他就可能永远都不回来？太不近人情！ 我哭，为翠翠的爸妈、为翠翠、为爷爷、为死去的大老、为远走的二老、为落寞的杨马兵、为失去儿子的船总顺顺、为以碾房做陪嫁的团总小姐……为一切边城中人。 边城是个彻头彻尾的悲剧。每一个边城人都逃脱不了命运的网罗。边城越美，这命运就越不近人情。 然而，这悲剧的根源是什么？是年轻人太多情？还是老年人太传统？是碾房与渡船太悬殊？还是上天有意的捉弄？

　　我说不好沈从文究竟要表达什么，或者仅仅让我们感到忧伤就够了，至于忧伤的原因不必深究的。但我知道，沈从文有一颗善感的心。善感的心注定痛苦多于快乐。更何况，他的人生经历太丰富，他又在丰富的经历中太喜欢看、太好奇！沈从文是用一个婴儿的眼睛来看世界的，他仿若一个刚刚出世的婴儿，睁着一双单纯的大眼睛，对能看到的一切都充满了好奇。许是看不清楚吧，许是看得太透了，看着，看着，就哇哇大哭了……

　　写下以上文字的时候，我心里明确地知道，自己是被沈从文的忧愁所浸透了。坦率地说，读《边城》时的流泪更多的是一种情绪的感染，抑或是一种情感的催迫，似乎是积压在心底许久的一种哀愁被沈从文的文字唤醒了，这种哀愁隐隐地、却又深深地撕扯着人内心深处最隐秘的伤口，连带着一种无处可逃的命运，就像一颗石子投向平静的湖面一样，情感深处也被《边城》中人的命运激荡起来。

　　沈从文是一个很喜欢"看"的人。在《从文自传》中，沈从文自述自己从小逃学到野外游荡，童年的他是那么喜欢看！他看大自然这本大书，也看世界这本大书。他看人逗蟋蟀、编草席、编篮子，他看木偶戏，看屠夫在案板上剁肉，那鲜红淋漓带血的生肉在屠夫刀下跳跃着，让他感受到一股原始生命的勃动。他甚至看杀头，看那些尸横遍野的血淋淋场面。可以说，早年对感官的好奇与满足催发了沈从文对世界的认知能力，也使他后来的创作能够关注和表现人性的丰富。十三岁时，他开始当兵，在川、湘、鄂、黔交界地带的土著部队做一名书记官，亲眼目睹了更多行刑、杀人的事情；当他的部队几乎全军覆没后，作为书记员留守的他也便成了幸存的散兵游勇。吃饭的去处没了，仅有的一点钱又被骗走了，走投无路的他来到了陌生的北京。

到北京后的沈从文几度辗转流离，无论是求学还是工作，仅有小学文凭的他都几乎不可能。失业连着失业，辗转流离，屈辱和饥饿……让人无可奈何。他曾于1949年在《一个人的自白》中回忆这段为生存而挣扎的日子：

> 回到会馆里时，即装作业已吃饱的神气，看同院子里人吃饭，也看长班小二一家人吃新出笼的白面蒸馍。不多久前有人批评我说，我"对人生永远像个旁观者。一切作品都反映这个态度，缺少直接深入和迎战勇气"。我曾试假想过，当时如采取非旁观态度，不知应当是种什么情形。我能不能参加同住的任何一顿晚饭？我能不能随意动手去取长班家蒸笼中那个热气腾腾的白馒头？我能不能每天去会长那里靠靠灯，到吃饭时就不客气，起著说请？很显然这不是一个勇气问题。旁观者其所以永远如在旁观，原有个现实背景缚住。一切作品都缺少对人生深入，只是表面的图绘。原因是人生在我笔下，是综合的，再现的。[1]

深入沈从文这种过去的经历，就不难理解为什么他要写充满着哀愁的湘西了。与徐志摩、郁达夫、胡适不同，沈从文是作为无依无靠的年轻人到北京谋生的，身无长物的他深刻体会到了在大城市中求生的艰辛，"现实背景的束缚"使他不得不将好奇的感官藏匿在最深处，也促使其对生活有着更为理性的认知。

自助者天助，历史的因缘际会总是如此神奇。1922年，当二十岁的沈从文怀揣着仅有的二十几块钱从古朴的湘西来到陌生的京城时，恰逢徐志摩从剑桥回国。当然，那时一文不名的沈从文与著名海

---

[1] 沈从文.一个人的自白[M]//中国人的病.北京:新星出版社,2011:10.

归诗人徐志摩无法产生交集，乃是又过了三年，其过程虽然曲折艰辛，但回报却是丰厚无比。由于这个湘西青年骨子里不肯认输的倔强，在一次次投稿被拒甚至被羞辱时，沈从文依然坚持给当时的众位文坛大佬写自荐信，其中一封便写给了徐志摩的中学同学郁达夫。彼时，郁达夫也刚由一个落魄青年成为知名作家。1921 年，他的短篇小说《沉沦》作为中国现代文学史上第一部白话短篇小说集刚刚出版，轰动全国文坛，使其一举成名。1922 年，郁达夫也从日本回国，欲在北京谋求更大的发展，还没有完全稳住脚跟。收到沈从文的信时，郁达夫不仅为他耳目一新的文字所吸引，也有一份同是天涯沦落人的惺惺相惜。1924 年 11 月，郁达夫到沈从文的寓所探望，看到他的居住条件竟然如此之差，甚至连吃饭都成问题，这个比沈从文大 5 岁的郁大哥立即慷慨仗义地将沈介绍给时任《晨报》副刊编辑的刘勉己、瞿菊农。12 月下旬，沈从文署名休芸芸的文章就出现在副刊上了。于是，1925 年秋，沈从文作为文坛新锐经新月社同人林宰平的引荐结识了徐志摩。

巧的是，徐志摩也是 1922 年回国。当沈从文在北京穷困潦倒一筹莫展之际，遭遇恋爱失败的徐志摩正在热火朝天地开展他的文学事业。折腾了几年后，再次从欧洲游历回来的徐志摩拗不过留英时的好友《晨报》总编辑陈博生几次三番的邀请，终于答应接编《晨报》副刊）。1925 年 9 月 26、27、29 日，当时被称为"四大副刊"之一的《晨报》（副刊）接连三天刊出启事，宣告徐志摩作为副刊主任接管该刊（之前的副刊编辑孙伏园未称主任，可能因为其名气不如徐志摩大）。一般人的稿子徐志摩看不上眼，梁启超、凌叔华、杨振声都来助威，在新人中，他第一个推举的就是沈从文。"徐志摩惊叹过沈的文章句子很欧化，沈本人也承认过这一点，他读了当时很多翻译的作品，对语法并不在意。"[1]

其实，当时只念过几年小学的沈从文何止语法不在意，对标点符号也不甚熟知，他所有的是自己满腔抱负的生命热望与湘西孕育出的别样灵气。而徐志摩看中的，正是他这股一般人没有的生命锐力。沈从文是幸运的，他的这股不拘一格的诚朴之气与徐志摩的率真可爱正气味相投，一个是初接手《晨报》（副刊）正摩拳擦掌大干一场的青年主任，一个是锐力奋进却英雄无用武之地的年轻写手，二人可谓一拍即合。徐志摩与郁达夫同岁，作为沈从文的资深兄长，当然愿意提携这位看似文弱又富有独特生命气息的年轻后生。于是，从 1925 年 10 月 19 日到 11 月 28 日，不到一个月的时间，沈从文在大名鼎鼎的《晨报》副刊发表了 13 篇作品，其中 5 篇小说、6 篇散文、2 篇戏剧。一个月之内竟能在知名大报刊登众多体裁丰富的作品，沈从文想不出名也难了。后来，徐志摩又邀请沈从文为上海《新月》杂志长期撰稿，并举荐他到青岛大学教国文。在徐志摩的鼎力相助下，沈从文不仅实现了小康生活，而且得以跻身于文坛名流，成为京派文学领军人物。可以说，没有徐志摩的"不拘一格用人才"，就没有沈从文的传奇经历，也没有三十年代文坛京派文学的领军作家。1936 年，沈从文出版他的第一个选集时，在序言中首先感谢的便是徐志摩：

> 尤其是徐志摩先生，没有他，我这时节也许照《自传》上说到的那两条路选了较方便的一条，不过北平市区里作巡警，就卧倒在什么人家的屋檐下，瘪了，僵了，而且早已腐烂了。你们不幸看完了这本书，如果能够从这些作品里得到一点力量，或一点喜悦，把书掩上时，盼望对那不幸早死的诗人表示敬意和感谢，从他那儿我接了一点火，

---

[1] [美]金介甫.凤凰之子·沈从文传[M].符家钦译.北京:中国友谊出版公司,2000:180.

你得到的温暖原是他的。[1]

沈从文一直感念徐志摩的知遇之恩。1931年，徐志摩飞机遇难的噩耗传来时，就职于青岛大学的沈从文即刻动身赶到了济南，送他生命中的贵人最后一程。人生实在有太多不确定，谁能预料呢？所谓历史，也是由这一个个难料的世事组成。而现代文学史的魅力不仅在于追求真理的五四精神，也在于现代文人之间宝贵的交游与知遇。

徐志摩没有看错人，沈从文有着常人少有的敏锐洞察力。他喜欢看社会人生这本大书，并在观看的时候葆有一种专注的热情与客观的冷静，看似相反的两种情感态度在他身上达到了某种一致——一方面，他因着为现象倾心而陷入"过去情感"的体验，另一方面，他又能在"倾心"时以旁观者的身份去冷静思考，从中提炼出他看过之后得出的结论。因此，这是一个感官敏锐却又并不醉心于感官的人，当他眼目的感官被满足之后，与生俱来的倔强意志又将其带入深邃的思考中了。

从生命意识角度而言，一个人的情感、心思与意志都属于心理生命意识层面，此三者之中，情感是首先容易被搅动的。当一个人生命意识中的情感部分被唤醒，便陷入一种不吐不快的驱动之中。此时，心思暂时被情感遮蔽，在汪洋恣肆的情感波涛中犹如一叶扁舟漂浮不定。情感的驱使会使人产生创作的欲望，然而，当人以意志驾驭住情感退潮之后，思想便开始越来越清晰，心思的航船停泊靠岸，人的情感与心思也在意志的参与下受到调整，产生了某种平衡。此时再来创作就不仅仅是情感的推动了，而是有一种经过理性思考之后的清明与坚定，没有了情感上的大喜大悲，却有着情感安定之后的豁达与释然，因此能够以一种局外人的身份客观描摹一个个不幸的故事，深切

[1] 沈从文.习作选集代序[M]//沈从文选集第5卷.成都:四川人民出版社,1983:233.

的关怀与设身处地之后的体谅之中隐现着一种淡淡的哀愁，这便是沈从文创作的独特之处。

沈从文在《从文自传》中曾对自己作过真诚的自剖：

> 我就是个不想明白道理却永远为现象所倾心的人。我看一切，却并不把那个社会价值捄加进去，估定我的爱憎。……我永远不厌倦的是'看'一切。宇宙万汇在动作中，在静止中，在我印象里，我都能抓定它的最美丽与最调和的风度，但我的爱好显然却不能同一般目的相合。我不明白一切同人类生活相联结时的美恶，换句话说，就是我不大能领会伦理的美。接近人生时，我永远是个艺术家的感情，却不是所谓道德君子的感情。[1]

沈从文是用一个艺术家的眼睛来看世界的，他的眼里没有善恶美丑、是非对错，血肉生死在他看来如同草木枯荣一样，乃是一种自然万物的客观现象，他为这些现象所倾心，也为这些现象而感动得流下眼泪。所以，在他的笔下，妓女也可以坚守至死不渝的爱情，杀人魔头对情人也有凄婉动人的坚贞。当沈从文以一个艺术家的眼光来观察世界时，一切世俗的道德价值判断都隐去了，情感层面的生命意识被开启，更深一层地，当沈从文以一颗勇敢的心来正视心灵深处的渴望时，他灵魂层面的生命意识变得更加敏锐，情感与灵感使他以与众不同的眼光来观察并书写他眼中的世界，于是，他的作品更接近生命的原始与人性的本真。

孙郁先生说："沈从文一直推崇京派作家，对周作人、废名的文字颇为喜欢。他们学问里的味道，文字里的情调，都唤起了自己的生

---

[1] 沈从文.从文自传[M].南京:江苏人民出版社,2014:116.

命感受。"[1]诚如孙先生所言，沈从文是一个遵从内心生命感受写作的人，他寻找和捕捉的生命感动、内在情绪正是其创作的原动力。因此，要读懂沈从文，需要拨开其"现象"的外衣，发现其中生命意识的推动力。沈从文的《边城》便始于一种过去"不巧"的经历产生出的痛苦情感，成于其以意志使思想安抚、调整这种情感的过程，最终达到他生命的平衡。因此，要解读《边城》，不仅要理解促使他进行创作的痛苦情感，还要深入他内心深处，理解他优美的文字背后承载的思想内涵。而探讨《边城》悲剧之根源便是挖掘其思想内涵的一个切入点。

二、"不巧"的痛苦经验与《边城》悲剧根源

近几年在课堂讨论时，有些同学谈到《边城》竟不觉得这是一个悲剧，问之为何，答曰："《边城》给的结局是开放式的，那个人也许明天就会回来，即使不回来，相见不如怀念。"大家已然完全误会了作家的创作初衷，也已然习惯了将作品与其时代背景割裂开来，以一种"穿越"的方式来肢解现代文学经典了。诚如当代作家刘红庆所说："我们今天学习沈从文，不是要读几个猎奇故事，而是需要理解他的良苦用心。在时下依旧纷扰着的环境中，长于独立思考，时刻葆有自己的清醒判断，是我们应该努力去做的。我们判断清晰不是为了自己获利，而是为了不让全社会甚至子孙受损。"[2]遗憾的是，沈从文湘西小说的美已经被人说透，似乎除了美不再有别的什么，而真正能理解其创作初衷的却寥若晨星，即使在《边城》发表的1930年代。沈从文曾于1943年回忆道：

---

[1] 孙郁.民国文学十五讲[M]太原:山西人民出版社,2015:196.
[2] 沈从文.中国人的病[M].北京:新星出版社,2011:3.

"我的新书《边城》是出了版。这本小书在读者间得到些赞美，在朋友间还得到些极难得的鼓励。可是没有一个人知道我是在什么感情下写成这个作品，也不大明白我写它的意义。即以极细心朋友刘西渭先生的批评说来，就完全得不到我如何用这个故事填补过去生命中一点哀乐的原因。正惟其如此，这个作品在个人抽象感觉上，我却得到一种近乎严厉而讽刺的责备。"

"这是一个胆子小而知足且善逃避现实者最大的成就。将热情注入故事中，使他人得到满足，而自己得到安全，并从一种友谊的回声证实生命的意义。可是生命真正意义是什么？是节制还是奔放？是矜持还是疯狂？是一个故事还是一堆人事？……"[1]

在这里，沈从文强调的是"感情"。没有人知道他是在什么"感情"下写成的这个作品，因此也无法明白他写《边城》的意义。任何外在艺术的、理论的或思想的解剖都不能理解作家在《边城》中要表达的真正内容，唯有理解作家创作这部作品时的情感动因，才是通往《边城》最佳的路径。而沈从文创作《边城》是源于一种过去情感的驱使。他在《水云》中也曾交代过自己彼时的心情：

我要的，已经得到了。名誉，金钱和爱情，全都到了我身边。我从社会和别人证实了存在的意义。可是不成。我还有另外一种幻想，即从个人工作上证实个人希望所能达到的传奇。我准备创造一点纯粹的诗，与生活不相粘附

[1] 沈从文.水云[M]//中国人的病.北京:新星出版社,2011:64.

的诗。情感上积压下来的东西，家庭生活并不能完全中和它，销蚀它。我需要一点传奇，一种出于不巧的痛苦经验，一份从我"过去"负责所必然发生的悲剧。换言之，即爱情生活并不能调整我的生命，还要用一种温柔的笔调来写各式各样爱情，写那种和我目前生活完全相反，然而与我过去情感又十分相近的牧歌，方可望使生命得到平衡。这种平衡，正是新的家庭所不可少的！[1]

沈从文的《边城》源于一种情感的推动，而且是一种过去情感的推动。因此，要理解《边城》，需要先理解他这种"过去的情感"，而这种情感源于一种出于"不巧"的痛苦体验。那么，这种痛苦究竟来自于什么呢？在《边城》题记中，沈从文说这部作品不是写给文学理论家们看的，也不是写给文艺爱好者们看的，乃是写给一些"本身已离开了学校，或始终就无从接近学校，还认识些中国文字，置身于文学理论文学批评以及说谎造谣消息所达不到的那种职务上，在那个社会里生活，而且极关心全国民族在空间与时间下所有的好处与坏处"[2]的人看的。

我将把这个民族为历史所带走向一个不可知的命运中前进时，一些小人物在变动中的忧患，与由于营养不足所产生的"活下去"以及"怎样活下去"的观念和欲望，来作朴素的叙述。我的读者应是有理性，而这点理性便基于对中国现代社会变动有所关心，认识这个民族的过去伟大处与目前堕落处，各在那里很寂寞的从事于民族复兴大业的人。[3]

---

[1] 沈从文.水云[M]//中国人的病.北京:新星出版社,2011:62.
[2] 沈从文.边城[M].西安：陕西师范大学出版社,2009:3.
[3] 同上,2009:3.

从这段话里我们可以知道，沈从文的痛苦绝不是个人"小我"的情感苦痛，乃是作为一个出身于湘西行伍的年轻人对家国前途命运理性的思考与文学表达。虽然这种表达套上了爱情故事的外衣，但沈从文无意于仅渲染描摹这一爱情故事本身。小说对茶峒这一边地民风民情的细致描绘，对端午节赛龙舟独特风俗文化的展示，无不比故事情节本身更为精致。所以，《边城》要讲述的，不是一个凄婉动人的爱情故事，更非执着于探讨那个人明天到底会不会来，而是要从沈从文过去"不巧"的痛苦体验出发，描述一个必然发生的悲剧，而这个悲剧中蕴含着沈从文对人性的自觉体察，对边地人生活命运的思索。

那么，《边城》的悲剧根源何在？沈从文到底要通过《边城》表达什么？探讨清楚了这一个问题，我们才能收获沈从文留给我们的启示，这比优美的文字更重要。都说《边城》一切都是美的，风景美、风俗美、人性美、人情美……然而，就在如此美丽的小山城，偏偏发生了一个悲剧故事，这是为何呢？透过这一切的美好，内中有无世俗的浸染呢？傩送和翠翠之间隐约闪烁的爱情能否抵得过碾坊作陪嫁的团总小姐呢？傩送自然是对碾坊不屑一顾的，然而，翠翠以及老船夫心里作何感想呢？当翠翠得知二老被碾坊作陪嫁的团总家提亲时，内心深处是慌乱的。尤其当听人说起二老宁肯要渡船也不要碾坊，翠翠开始脸发烧，即使遇到二老，也沉默不语。小说写道：

> 二老一见翠翠就说："翠翠，你来了，爷爷也来了吗？"
> 翠翠脸还发着烧不便作声，心想："黄狗跑到什么地方去了呢？"
> 二老又说："怎么不到我家楼上去看呢？我已要人替你弄了个好位子。"

　　翠翠心想："碾坊陪嫁，稀奇事情咧。"

　　二老不能逼迫翠翠回去，到后便各自走开了。翠翠到河下时，心中充满了一种说不分明的东西。是烦恼吧，不是！是忧愁吧，不是！是快乐吧，不，有什么事情使这个女孩子快乐呢？是生气了吧，——是的，她当真仿佛觉得自己是在生一个人的气。[1]

　　翠翠听说自己的心上人有碾坊作陪嫁，想到自己什么都没有，内心深处有种深深的失落与伤感。一面担心自己的心上人被抢走，一面又害怕自己内心深处的隐秘被人猜透，自然产生少女特有的羞怯与矜持。在此处，沈从文对翠翠心理深处微妙的心情描写是细致入微的。写文章就像画画一样，需要留白。有些地方需要浓墨重彩地写，有些地方需要留下空白让读者去想象。沈从文自然深谙其道，通篇未写一个情字，却句句皆生情。二老不仅关心翠翠，还关心翠翠的爷爷，俨然已经爱屋及乌。他事先替人为翠翠找好位子，邀请她去自家楼上看自己即将参与的比赛，亦是良苦用心。而翠翠的心里若没有傩送，自然不会关心碾坊陪嫁的事，她的心完全被碾坊打乱，甚至为此而生气，却不知在生谁的气，更是一个情窦初开的少女对即将失去自己未来幸福的隐忧。一面憧憬，一面又害怕失去；一面在意，一面又装作漠不关心，正说明了翠翠对二老的心迹。这段细节告诉我们，翠翠是很在乎碾坊的，团总小姐以碾坊作陪嫁的消息给了她很大的一个冲击。不仅对翠翠，对爷爷也是如此。爷爷看到碾坊后不厌其烦地向孙女夸耀它的阔绰，并产生由衷的羡慕，内心深处也以世俗标准估定了碾坊好过渡船，二老娶团总小姐，翠翠嫁给大老，在爷爷心目中可能是最好的婚配。因此，当大老找人向翠翠爷爷提亲时，爷爷便自作主

[1] 沈从文.边城、传奇不奇[M]//沈从文经典作品选.北京:当代世界出版社,2004:40.

张地给大老出了车路、马路的主意，引发了大老和二老兄弟俩一个走车路、一个走马路的"竞争"，间接导致了大老的负气远走他乡、溺水而亡。因此，《边城》悲剧根源之一便在于在世俗社会层面，"渡船"受到了"碾坊"的威胁。

碾坊在二老心里不算什么，可是在爷爷心中却如临大敌，为何呢？因为爷爷始终没有脱离世俗的判断与人为的机巧。《边城》中常提起翠翠母亲那个模糊的背景，虽然寥寥数语，但始终是爷爷心头的一个忧虑。翠翠的母亲十五年前与一个茶峒军人"很秘密的背着那忠厚爸爸发生了暧昧关系"[1]，怀上翠翠后逃走无望，便双双殉情。小说并没有对事情的前因后果作更详细的交代，但作者数次写到爷爷对翠翠婚事的关切及心里的亏欠，尤其当爷爷看到翠翠越来越像她的母亲后，心里的担忧更深了。由此可以推断，当年翠翠父母的恋爱悲剧中，爷爷也是一个关键性人物。至少，如果爷爷赞成女儿嫁给那个军人，翠翠的妈妈用不着逃走，也不需要殉情。小说中提到翠翠母亲当年也有一个追求者老马兵，和一个漂泊的军人比较起来，老马兵在爷爷心目中可能是更好的选择。

当翠翠长大后，爷爷又像当年一样在心里为孙女的婚事操心，生怕重蹈当年的覆辙。当大老央人向爷爷提亲时，爷爷的态度是含糊不清的。他嘴上说这是翠翠的事，要翠翠作主，自己却又给大老出车路或马路的主意。并且说："我若捏得定这件事，我马上就答应了。"[2]爷爷的插手既给了大老希望，又使他陷入车路马路的纠结。及至当二老唱山歌吸引翠翠时，爷爷又误以为是大老在唱歌，主动跑去找大老，直接导致了大老的负气出走。当二老坐渡船时，老船夫又假装不明就里，把翠翠陶醉在那晚山歌里的事情告诉二老。二老虽然喜欢翠

[1] 沈从文.边城、传奇不奇[M]//沈从文经典作品选.北京:当代世界出版社,2004:2.
[2] 同上,2004:37.

翠,但觉得老船夫太矫揉造作,明知道山歌是二老唱的,还要假装一无所知。正因老船夫为人不痛快,害死了自己的哥哥,二老也负气地对婚事摁住不提。"老船夫的做作处,原意只是想把事情弄明白一点,但一起始自己叙述这段事情时,方法上就有了错处,故反而被二老误会了。"[1]由此可以看出,爷爷自始至终都充当了"好心办坏事"的角色。爷爷怀着左右摇摆、不置可否的态度使船总顺顺父子对他产生了误会,最终也导致了大老、爷爷的相继去世以及翠翠和二老婚事的搁置。在这个过程中,爷爷由于过分关心,适得其反,导致了悲剧收场。可以说,《边城》悲剧根源之二便在于爷爷人为机巧的干涉。

那么,沈从文到底要通过《边城》的悲剧表达什么呢?是对爷爷作为"封建家长"进行的批判吗?当然不是。关于"爷爷"的形象,沈从文在《一个人的自白》中谈及过他的原型,"到平半年唯一古道有情陌生的帮助,还是住西城时一个每到黄昏即摇铃铛串街卖煤油的老头子。因为买油熟习,过年时借过我两百铜子,度过了一个年关。这就是《边城》中的老祖父,我让他为人服务渡了五十年船"[2]。沈从文无意于批判爷爷这样一位乐善好施、古道热肠的忠厚老实之人。乃是要借爷爷这个形象,表达他的"天命观"。《边城》中处处隐含着"天命不可违"的宿命论,翠翠母亲的殉情、大老求亲不成的负气而死,都是一种命运使然。船总顺顺也认为,大儿子的去世"一切是天"。天命不可违,若是违了,便是悲剧。《边城》中的山水万物明朗可亲,翠翠犹如山间的小黄麂受自然教养纯净可爱,大老、二老也都和船总顺顺一样为人正义直爽,若是这里面没有爷爷的插手,让事情顺其自然发展下去,结局就会大有不同。而"爷爷"在这里便代表着人对自然的过分干预,对命运的反抗。爷爷一直担心翠翠母亲的悲

[1] 沈从文.边城、传奇不奇[M]//沈从文经典作品选.北京:当代世界出版社,2004:60.
[2] 沈从文.一个人的自白[M]//中国人的病.北京:新星出版社,2011:107.

剧在自己孙女身上重演，而最终似乎难以逃脱命运的安排。所以，《边城》在一个凄美的爱情故事背后深藏着沈从文的生命观：每个生命都有其独特的个性与生长期，每件事物都有其兴衰枯荣的过程，让一切顺其自然即可圆满。而当人好心地去揠苗助长时，无论初衷如何，结局一定是悲剧。

沈从文酷爱读书，对老庄哲学一直颇为推崇。他曾回忆自己在穷困潦倒之时以书为精神食粮：

> 当时一切俱无，朋友或工作，希望与等待，什么都无。维持生命除空气就只是一点否定精神，不承认精神。一面接受现实实验，一面加以抵抗，不断改造自己。我就用那点仅有机会，仅有空闲，读了一堆书，并消化了它，完全反复消化了它。有老庄和论孟，有韩柳和温李，有传统驳而不纯的叛逆思想，也有传统华而不典的文辞。[1]

沈从文对这些书籍的领受不是知识道理层面的，乃是结合着他的经历被消化到心里去的。沈从文在提及《边城》时曾说："我要表现的本是一种'人生形式'，一种'优美、健康、自然，而又不悖乎人性的人生形式'。"年轻时对杀戮惨象的目睹，从老庄哲学中对生命存在状态及其意义的思考，促使沈从文认识到生命是无常的，变化、矛盾乃至毁灭都随时都会发生。而生命到底以怎样的一种方式存在？如何获得一种"优美、健康、自然，而又不悖乎人性"的人生形式？脱离世俗的道德价值判断，抛却人为的机巧，顺其自然可能才是最好的一种生命状态。这是他要通过《边城》传达给读者的，也成了他此后创作一直坚持的一个人生理念。

---

[1] 沈从文.一个人的自白[M]//中国人的病.北京:新星出版社,2011:101.

三、《三三》：优美健康人生形式的塑造

《三三》创作于 1931 年，写了一个尚未开始就已结束的爱情故事。三三是一个美丽、善良、聪慧的苗族姑娘，生活在依山傍水的湘西小山寨里。虽然父亲早逝，但她和母亲有碾房作为生活依靠，日子也还过得殷实。有一天，一个城里白脸少年的造访打破了她平静的生活，城里少年的斯文、优雅深深吸引着三三，并使三三母女做起了去城市生活的幻梦。然而，就在三三决定实践梦想的时候，白脸少年却病死了，三三怅然若失却也从容地接受了这一现实。

《三三》是在沈从文追求张兆和的过程中创作的，由于张兆和在家中排行老三，"三三"正是沈从文对她的爱称。以这样一个名字来给小说女主人公命名，足以证明"三三"这一人物形象寄予了作者最美好的情愫，是沈从文心目中湘西之美的化身。作为一个情窦初开的少女，三三有着乡下女孩的质朴、纯真、善良，也同时对男婚女嫁的事羞涩逃避。她的世界很单纯，只有娘和娘俩赖以生存的碾房以及小溪、水洼。可以说，她就像开在湘西水边的一朵野百合。然而，即使被人遗忘的野百合也有春天，每个女孩心中都有成为新娘的一个梦，三三也不例外。当她偷听到管事先生要白脸少年娶三三的一句玩笑话，就开始时常憧憬着发呆。这份美妙的情愫又因少女的羞怯深埋在心底，避而不见自己的心上人。三三对城里少年的好奇、向往与逃避都表明了她性格之单纯，丝毫没有做作，也没有虚伪。三三与翠翠一样，都有着纯净单纯的性格。

湘西，远古称"荒服"，又称"五溪蛮夷"。这片土地上放逐过屈原，滋育过楚辞，同时也浸淫着湘西民族抵御外族入侵而洒下的鲜血。当华夏民族在中原强大时，苗族却在偏远的西南地区陨落为一个弱小民族。历史对这里来说是凝固的，甚至是逆向性的。为了应付严

酷的自然社会环境，其民族内部形成了团结内聚、勤勉互助、急公好义的道德风尚和善良正直、不畏强暴的民族气质。《三三》中的三三便是在这一种文化浸染下成长的。三三灵动任性、智慧勇敢、乐善好施、重情重义，沈从文对这片土地孕育出的这个女子是充满热情和爱意的，这个女子把湘西文化最生动的一面展现给了我们，体现出浓厚的湘西文化之美。

与《边城》不同，《三三》里的人都是顺其自然地活着，也顺其自然地死去。三三的父亲死了，小说写道：

> 爸爸死去后，母亲作了碾坊的主人，三三还是活在碾坊里，吃米饭同青菜小鱼鸡蛋过日子，生活毫无什么不同处。三三先是望到爸爸成天全身是糠灰，到后来爸爸不见了，妈妈又成天全身是糠灰，……于是三三在哭里笑里慢慢的长大了[1]。

在这里，我们感受不到生老病死的大喜大悲、大起大落，似乎生与死都是一种顺应自然的生命形式，孤儿寡母生活的辛酸悲苦被沈从文一笔带过，小说所展示的乃是随遇而安的恬静淡然。小说末尾，城里来的少爷死掉了。然而生活还在继续，三三母女的生活注定还要回归平静。至于那没有结果的爱恋，三三和妈妈经过短暂的失落之后随即走向了释然。这，也许是最好的结局。这种释然出自于湘西人最朴素的信仰、最本真的灵魂，至真至纯，至美至善。沈从文用这样的方式展示一种朴素真诚的人性美。由此我们可以看到一种得之淡然、失之坦然的生命自然之美。可以说，《三三》首先贡献给现代小说史的，是对湘西人性美的塑造，它先于《边城》而产生，却带有《边城》的

[1] 沈从文.三三[M]//沈从文经典名作.上海:上海三联书店,2020:466.

风格，它与《边城》一道描摹湘西人古朴、宁静的生活形式，成为沈从文湘西小说中不可或缺的一部经典作品。

《三三》的创作早于《边城》，其创作初衷与《边城》有异曲同工之处。在《三三》这部小说里，我们看到"三三"母女正是沈从文在《边城》所说的这种"优美、健康、自然，而又不悖乎人性"的人生形式的象征。三三和她的母亲勤劳、善良、坚韧，在三三的父亲去世后，三三母女俩相依为命，生活得淡定、从容；虽然城里白脸少年的出现与消失打破了她们平静的生活，但面对白脸少年的死，她们也没有过多的悲痛，而是淡然接受并恢复了往日的平静。在这篇小说中，我们可以看到变与不变中的小民对于生活的"忠实庄严"，面对人生无常，普通人坚韧顽强的生存意志。小说中最让人感动的便是这种下层民众世代相传的人生形式。这种人生形式以湘西底层人民古朴和谐、乐天安命的生存状态和自在无为的生命信念为核心，在沈从文看来，这才是一种健康的人生形式。

那么，湘西人的人生形式是不是就完全值得肯定了呢？也不尽然。细读沈从文其他的湘西小说，我们会发现它们展现的是两种不同的人生形式，即理想的人生形式和现实的人生形式。如果说那健康优美的人生形式是理想的人生形式，那么，湘西底层人生活的原生态展示便是现实的人生形式。自 1928 年起，沈从文的创作开始关注湘西下层人民的生存状态与人生形式，无论是《夫妇》中因在路边亲昵而被暴打的年轻夫妻，还是《萧萧》中怀有他人孩子的童养媳萧萧，抑或是《丈夫》中那个为了维持生计不得不将妻子送到船上做妓女的丈夫，内心深处都有着不可言说的苦痛与酸楚。这是沈从文眼中的湘西，是令他痛心却不得不直面的人生真实。在沈从文的创作中，他用许多笔墨对湘西人原生态"人生形式"进行了揭示与批判。在读沈从文的湘西小说时，我们会发现，无论小说展示的是理想的人生形式，还是现实的人生形式，它们都有一个共同点：这种野蛮、荒陋的原生态生命形式中，蕴藏着巨大而坚韧的生命力。这生命力是《月下小景》中那轻看死亡、守卫爱情的坚贞，是《萧萧》中一个童养媳对自由爱情的渴求，是《媚金·豹子·与那羊》中野性十足的鲜血证明爱情的专一。在沈从文看来，这种生命力是湘西人健全生命形态的保障，也是建设健全国民性的一股核心力量。

在这种原始生命力的衬托下，城市文明就显得苍白无力。《三三》中那个患有痨病的城里白脸少年象征着城市人生形式。这种人生形式看起来是文明的，然而本质上却是孱弱的。城市少年人的"白"正是一种失血的苍白。已患三期肺痨的少年人到乡下来，想通过乡野新鲜的空气及果蔬、饮食获取健康，但最终也无法逃避死亡的结局。因为在沈从文看来，城市文明的孱弱与堕落已深入骨髓，无药可救。早在1929年，沈从文在《绅士的太太》中便对城市中人的生活奢华糜烂、精神堕落进行了揭示。钱理群先生说："沈从文仿佛有两套笔墨，能描绘出两种截然不同的现实。当他以乡下人的眼光，掉转过来观察商业化都市的时候，便不禁露出讽刺的尖刺来。"[1]《三三》中白脸少年的死便是一种明证：与健硕、壮野的湘西人的生命形式相比，失血、病弱的城市生活并不如三三想象中那么美好。这就是为什么在得知城里人死掉后，三三很快又恢复了冷静。她似乎发现了城里人本质上的病态与孱弱，开始反思自己的城市梦。在这种城市与乡村的对照中，三三的真实、健壮与白脸少年的掩饰、虚弱形成了鲜明的对比，三三对白脸少年的迷恋象征着湘西人对城市文明的幻梦，而白脸少年的死则预示着这一幻梦的破灭及城市文明孱弱的真实。由此可见，《三三》这篇小说传达了沈从文小说思想的基本原则：展示湘西自然美的人性，以此批判都市人性的失落，并实践自己理想人性的建构。此后创

[1] 钱理群,温儒敏,吴福辉.中国现代文学三十年[M].北京:北京大学出版社,1998:242.

作的《边城》《长河》等小说便是这一创作原则更深入的体现。可以说，沈从文在他的小说中认真地致力于文学"治疗人性"的事业，并在小说中塑造了理想的人性。

作为沈从文的湘西小说，《三三》最吸引人的当然是它浓郁的抒情气氛和乡土气息。他善于在小说中把乡土日常生活进行诗化处理，在日常生活中寻找美的感情。这主要体现在如下几点：

第一，环境描写占首要位置。沈从文的湘西小说最具特色的就是环境描写，无论自然环境还是社会环境，都具有世外桃源的清新与明丽。小说开篇是这样写的：

> 杨家碾坊在堡子外一里路的山嘴路旁。堡子位置在山弯里，溪水沿到山脚流过去，平平的流到山嘴折弯处忽然转急，因此很早就有人利用到它，在急流处筑了一座石头碾坊，这碾坊，不知从什么时候起，就叫杨家碾坊了。[1]

寥寥数语，将一个依山傍水、风景宜人的小山寨勾勒出来，读来令人耳目清新，神往不已。小说不仅着力渲染了自然环境的优美，也描写了社会环境的单纯。比如三三和母亲去堡子里看红白喜事，小说中写道：

> 去一会儿，或停顿在什么人家喝一杯蜜茶，荷包里塞满了榛子胡桃，预备回家时，有月亮天什么也不用，就可以走回家。遇到夜色晦黑，燃了一把油柴！毕毕剥剥的响着爆着，什么也不必害怕。若到总爷家寨子里去玩时，总

[1] 沈从文.三三[M]//沈从文经典名作.上海:上海三联书店,2020:465.

爷家还有长工打了灯笼送客，一直送到碾坊外边。[1]

湘西人的热情好客、扶弱济贫跃然纸上。无论是自然环境还是社会环境，都是沈从文湘西小说中着力描写的重点，可以说，他的小说主角不是人物形象刻画，也不是故事情节，乃是人性美环境的描写。

第二，故事情节淡化。就故事情节而言，小说实在没有什么曲折跌宕之处，然而，沈从文所着力描写的不是故事情节，乃是对湘西朴素、真诚的人性美的展示，对湘西自然、社会环境的描摹。所以便在小说中有意淡化了故事情节，使小说呈现出散文化倾向。

第三，语言质朴含蓄。当三三得知城里人死了之后，作家并没有对她的心理活动作正面描写，乃是通过含蓄的语言自然表达出来：

母亲想起三三了，在里面喊着三三的名字，三三说："娘，我在看虾米呢。"

"来把鸡蛋放到坛子里去，虾米在溪里可以成天看！"因为母亲那么说着，三三只好进去了。水闸门的闸板已提起，磨盘正开始在转动，母亲各处找寻油瓶，为碾盘轴木加油，三三知道那个油瓶挂在门背后，却不做声，尽母亲各处去找。三三望着那篮子，就蹲到地下去数着那篮里的鸡蛋，数了半天，到后碾米的人，问为什么那么早拿鸡蛋到别处去，送谁，三三好象不曾听到这个话，站起身来又跑出去了。[2]

三三心中的少年人死了，她对城市的幻梦也随之破灭。一个十五

[1] 沈从文.三三[M]//沈从文经典名作.上海:上海三联书店,2020:468-469.
[2] 同上,2020:493.

岁情窦初开的女子面对心上人猝然去世的现实，她的内心是难以让人揣摩的。沈从文用含蓄的语言描述了三三一系列动作：看虾米，想心事；知道油瓶在哪里却不告诉母亲，想心事；数鸡蛋，想心事；被人问鸡蛋送谁，三三不答躲开，还是想心事。而沈从文的高明之处在于，他并没有写三三"想"了什么，乃是通过一系列事情透露出三三在"想"，这种"想"的结局是带有开放性的，这种开放式结局与《边城》一样，带给人无限的遐想。

当代作家唐敏认为，沈从文的《三三》如同一个清凉的梦境，诚实地写出了乡下人的憧憬。沈从文作为一个从大山深处走来的湘西人，坦承自己是"乡下人"的他，一直以边地乡村人的视角冷静观察着中国社会。他没有留学背景，也并非出自书香门第，甚至只有小学文化。他对社会的认识来自于多年来一个观看者对底层边地农民生活的细致观察与切身体验。因此，他贡献给 1930 年代文坛的，必然不同于左翼革命文学主流。"在《三三》问世前半年，发生了左联五烈士为这革命的文学捐躯的悲惨事件。就在一大片的刀枪中、呐喊中、牺牲中，有人突然奏响了柔美的音乐，一个行伍出身的乡下青年，不顾时尚地大写其美景如画的故土湘西。就是最可怕的大屠杀，甚至最丑恶的奸尸，在这个乡下士兵笔下都让人感到灿烂的生命之光照出的美丽。"[1]表现现实世界不难，难的是再现一个理想世界。沈从文选择了一个鲜为人知的视角来透视湘西边地百姓的生存状态。作为一名湘西人，沈从文一直非常关注湘西的民生问题。直到 1940 年，他依然在《苗民问题》中探讨苗民被误解以及如何治理的问题："湘西在过去某一时，是一例被人当作蛮族看待的。虽愿意成为附庸，终不免视同化外……湘西人欢喜朋友，知道尊重知识……湘西地方固然另外还

[1] 沈从文.三三[M]//沈从文经典名作.上海:上海三联书店,2020:496.

有一种以匪为职业的游民，这种分子来源复杂，不尽是湘西人，尤其不是安土重迁的善良的苗民……解决这问题，还是应当从根本上着手，使湘西成为中国的湘西，来开发，来教育。"[1] 由文章可以看出，沈从文深深热爱着湘西这片土地，认同并坚守着本族文化。他深知以往历史中大家对苗族"蛮荒"的误解，从以湘西题材写作的 30 年代就试图以文学作品重塑一个诗意的湘西。

　　然而，不能忽略的是，沈从文笔下的湘西也不是现实中的湘西，与其说《三三》是一个梦境，不如说是一个理想。在无产阶级革命文学兴起的 1930 年代，沈从文避开革命主题而塑造田园牧歌般的湘西，供奉他理想中的"人性"。当时的左翼文学强调阶级性，而沈从文却注重"人性"，这一文学选择是另类的，也是孤独的。从沈从文的诸多散文可知，是湘西这片土地孕育了他的理想，丰富了他的想象，也加固了他对理想人性的信仰。沈从文具有苗族、汉族、土家族三种血统，他的审美理念来于湘西自然界里的山山水水，来自于孔孟老庄等传统文化的浸染，也来自于苗族古朴倔强的民族文化。独特的审美理念使得他的小说产生一种诗意，即使是人生中的大起大落也都在诗意中被淡化了。

　　虽然有学者认为沈从文忠于记录现象而非"载道"，但发掘其现象背后承载的思想之后，我们不得不说，沈从文的创作与鲁迅先生亦有相通之处——无论主动还是被动，他也被历史的浪潮裹挟到了"国民性"这一时代命题中，并自觉地以文学为发现、疗愈国民性的重要方式。不同的是，鲁迅关注的是对国民之劣根性存在及表现的形而上的思考，所以他的表达方式是理性的；而沈从文的探讨则以他对湘西底层人生活现状的描写为前提，以"现象"为核心，所以他的表达方

[1] 沈从文.凤凰往事[M]南京:江苏人民出版社,2014:93-94.

式是感性的。因此，相较于鲁迅小说思想的凝重与深邃，沈从文的小说呈现出悠扬的雅韵与清丽的哀婉，从这个意义上说，两位作家的创作殊途同归。

结语

沈从文之所以一生致力于湘西人性美的塑造，就是在着力探讨一种健全国民性建立的途径。无论是《三三》中的三三还是《边城》中的翠翠，都是他心目中湘西人性美的化身。他以艺术家特有的直觉创造了他心目中美好的人物形象，但这不是其创作目的之所在。沈从文的湘西小说虽以人性美为人称道，但其创作旨归在于对生命、人性的揭示以及对城乡的对比性关照，而其深层次的指向则是作家对文化的理解、思考和对理想人性的建构。沈从文的作品承继鲁迅批判国民性的工作，从人性的角度揭示城市文明的孱弱与湘西文明的粗野，同时又着力塑造了一种理想的人生形式，对如何建设国民性进行了深入探讨。沈从文在城市和乡村的比照中所体现出的强烈的生命意识，在艺术形式上体现出的独特的田园牧歌情调，使其在中国现代小说史上占据重要的一席之地。

张爱玲：
乱世中绽放的生命之花

　　读张爱玲的文字让人心里沉静。她的作品仿若一个旧式女子穿着一袭别致的旗袍从烟尘弥漫的历史深处不紧不慢地走来，没有经过五四的精神洗礼，也没有文学革命的惊涛骇浪，古典文学不知怎么从她这儿就被接上了头，以其独有的方式一下子就跳进了现代。

　　柯灵在《遥寄张爱玲》中说："我扳着指头算来算去，偌大的文坛，哪个阶段都安放不下一个张爱玲；上海沦陷，才给了她机会。"[1]此言切中肯綮。张爱玲不属于"五四"新文学，也不同于传统文学，如果真要给她的存在找一个源头的话，"鸳鸯蝴蝶派"小说似乎与其有些渊源，她的《沉香屑　第一炉香》《沉香屑　第二炉香》分别于1943年5月、6月刊登在周瘦鹃主编的《紫罗兰》月刊上（这是她与通俗文学密切相关的明证），但她的作品又比鸳鸯蝴蝶派小说更新潮、更真挚也更严肃，尤其是弥漫着洋场文化的战时香港故事背景，散发着末世情调的异国风情，这是鸳鸯蝴蝶派小说所没有的。张爱玲是张恨水的书迷，但即使张恨水创作鼎盛时期的作品如《金粉世家》《啼笑因缘》等，也很难像《金锁记》《十八春》这样真知灼见、佳句频出又雅俗共赏。客观而言，张恨水还是偏于通俗的，而张爱玲的通俗

[1] 柯灵.遥寄张爱玲[M]//张爱玲全集.海口:海南出版社,1995:425.

中却自透着一种与生俱来的高贵与典雅，其中自有雄厚的古典文学底子，又有西方现代文学的浸淫，总之，张爱玲就是这样一个亦新亦旧、亦古亦洋、亦雅亦俗的独特存在。

一、天赋、教育与家世成就的文学天才

张爱玲堪称一位文学天才，这首先源于她与生俱来的早慧与聪敏，她对人事物的感知能力远远超出了比她小一岁的弟弟。张爱玲曾在《私语》里说到带自己的保姆何干经常受到带弟弟的保姆张干的欺负，因为何干自觉自己带的是个女孩子，便处处让着张干，张爱玲发现了这一端倪，便发奋图强，"张干使我很早地想到男女平等的问题，我要锐意图强，务必要胜过我弟弟"[1]。而弟弟张子静却对此毫无察觉，他说："我姐姐早慧，观察敏锐，那么幼小的年纪，已经知道保姆的勾心斗角，从而'想到男女平等的问题'。我虽只比她小一岁，对这些事，一直是懵懂无知的，觉得保姆都差不多……"[2]在年纪很小的时候，弟弟尚且懵懵懂懂，张爱玲已经敏锐地觉察到了保姆之间的明争暗斗，并由此发出争取女性平等的宏愿，这种天生的敏感也养成了她要强的性格。

有一次，张爱玲看到父亲在饭桌上打弟弟，为弟弟感到委屈，便抱着饭碗哭起来。当后母取笑她时，她跑到浴室发誓要报仇，而弟弟好像没什么感觉，不一会儿在阳台上玩起皮球来了。张爱玲对此感到悲哀，"他已经忘了那回事了，这一类的事，他是惯了的。我没有再哭，只感到一阵寒冷的悲哀"[3]。张子静后来说："那时，我也没有悲

[1] 张爱玲.流言[M].北京:北京十月文艺出版社,2012:116.
[2] 张子静.我的姐姐张爱玲[M].长春:吉林出版集团,2009:46.
[3] 同[1],2012:108.

哀。"[1]相比较弟弟而言，张爱玲更加敏感、要强且对周遭的人事物有着深刻的洞察力与明显的反应力。这是一种天生的感知力，即便与她一母同胞的弟弟也无法复制。

除了先天因素，后天的教育也给张爱玲成为"天才"创造了得天独厚的条件。张爱玲的母亲黄素琼作为父亲的遗腹子，没出生前就被本家们盯上了，如果生出来是个女婴，族人们就要分绝户的家产。张爱玲在《小团圆》中写道："等到月份快到了，围住房子，把守着前后门，进进出出都要查，房顶上都有人看着。生下来是个女的。是凌嫂子拎着个篮子出去，有山东下来逃荒的，买了个男孩子，装在篮子里带进来，算是双胞胎。"[2]作为张爱玲自传小说的《小团圆》与生活真实究竟有多少出入现已无法考证了，但如果黄家只有黄素琼这个女孩子的话，家产肯定是要被瓜分的，由此可以想见黄素琼的弟弟自小在家中的独一无二的优越地位。无论这个弟弟是否亲生，黄素琼从生下来就已经被男尊女卑的世界包围了。张子静说："……在我母亲的成长过程中，大外祖母仍免不了有男尊女卑的传统思想，使我母亲的性格深受影响。譬如说，她自小饱受缠足之苦，而我舅舅则可以在花园里玩皮球。缠足之辱，是母亲一生最大的恨事。又譬如受教育，她也受到不平等待遇。"[3]由于张爱玲的母亲深感作为一个女子的苦，对张爱玲的教育就很重视。张爱玲在《私语》里写到母亲很小就教她认字："每天下午认两个字之后，可以吃两块绿豆糕。"[4]张子静也认为母亲对姐姐的教育很关心，即便婚姻失败，也坚持在离婚协议里强调女儿日后的教育问题需要征求她的同意。"对我姐姐的教育，她从未放松，每一阶段都适时地抓紧，几次回国也都是为了我姐姐的教育

[1] 张子静.我的姐姐张爱玲[M].长春:吉林出版集团,2009:2.
[2] 张爱玲.小团圆[M].北京:北京十月文艺出版社,2012:33.
[3] 张子静.我的姐姐张爱玲[M].长春:吉林出版集团,2009:88.
[4] 张爱玲.流言[M].北京:北京十月文艺出版社,2012:116.

问题。"[1]在张爱玲逃出父亲的家后，母亲接纳她同住，开始在待人接物等日常细节方面培养她，并以当时每小时5美元的高价给她请英文家教，张爱玲也不负众望地以远东地区第一名的成绩考取了伦敦大学（后因战事改读香港大学）。可以说，如果没有张爱玲母亲的坚持，很难有张爱玲日后深厚的西方文学素养。

当然，张爱玲的父亲对她的教育也功不可没。作为一个清末遗少，张廷重坚守着与妻子截然不同的传统教育理念，张爱玲回忆说："家里给弟弟和我请了先生，是私塾制度，一天读到晚，在傍晚的窗前摇摆着身子。读到'大王事獯鬻'，把它改为'大王嗜熏鱼'方才记住了。"[2]这种幼时的私塾启蒙教育虽然在孩子眼中无趣，却也加深了她的古典文学根底。父亲喜爱《红楼梦》，爱读通俗小说，尤其是旧派言情小说或鸳鸯蝴蝶派小说如《醒世姻缘传》《海上花列传》等，家里还订阅了许多通俗小报，这些文学书刊都引发张爱玲浓厚的兴趣。多年后，张爱玲回忆起来说："属于我父亲的这一边必定是不好的，虽然有时候我也喜欢。我喜欢鸦片的云雾，雾一样的阳光，屋里乱摊着的小报（直到现在，大叠的小报仍然给我一种回家的感觉），看着小报，和我父亲谈谈亲戚间的笑话——我知道他是寂寞的，在寂寞的时候他喜欢我。父亲的房间永远是下午，在那里坐久了便觉得沉下去，沉下去。"[3]虽然知道是不好的，是渐渐沉下去的，但张爱玲还是按捺不住自己对他们的喜欢——这种兴趣犹如天赋一样也是与生俱来的。无论是张爱玲起初对助她走上文学道路的通俗文学刊物《紫罗兰》的投石问路，还是她后来对《红楼梦》《海上花列传》及张恨水作品执着的迷恋，以及字里行间流露出的古典文学修养，都难以磨灭父亲对她的影响。

---

[1] 张子静.我的姐姐张爱玲[M].长春:吉林出版集团,2009:91.

[2] 张爱玲.流言[M].北京:北京十月文艺出版社,2012:117.

[3] 同上,2012:120.

先天禀赋与后天教育之外，还有一个促使张爱玲创作出经典作品的动力，那就是她的家世。她的祖父张佩纶是清末名臣，祖母李菊耦是李鸿章的长女。她的生母包括继母，都是出身名门。然而，作为前朝大老的外曾孙女，张爱玲并未享受过太多荣华富贵的遗泽，相反，她一生中大部分时候都在窘迫中度过。名门望族所遗留给她的，仿佛只有那些弥漫着鸦片气息的老宅里的悱恻流言，而正是这些流言成了她小说中的重要题材。张子静说："她的小说人物，可说俯拾即来，和现实人物的距离只有半步之遥。在她生活周边的知情者，一看她的小说就知道她写的是哪一家的哪一个人。"[1]

1971年张爱玲在美国旧金山接受水晶先生的访问时也曾表示，其《传奇》里的人物故事大都"各有其本"。《金锁记》的故事背景是张爱玲的太祖父李鸿章次子李经述一家，《花凋》《琉璃瓦》《鸿鸾禧》的故事背景都是张爱玲舅舅一家。《红玫瑰与白玫瑰》《倾城之恋》的故事原型都是张爱玲母亲的朋友。时代的宏大主题不是她不愿写，而是她深知那不是自己所熟知的。她清楚，写小说最好的材料是作家所深知的材料，事实证明，她最经典的作品无一不是自己所熟悉的。艺术来源于生活，优秀的作品大都是有生活原型的，而张爱玲显赫的家世及其母亲奇特的经历给她提供了许多常人难以接触到的故事题材，这既成就了张爱玲作品的选材独特，也显示出其创作的严谨性。

二、生命意识的压抑与舒展

小说里的张爱玲大都是世故老练的，而散文中的张爱玲则大都是率真可爱的，尤其是《童言无忌》《私语》《烬余录》等带有自传性质的文章，张爱玲几乎是毫无保留地将内心真实敞露给读者。在这些作

[1] 张子静.我的姐姐张爱玲[M].长春:吉林出版集团,2009:194

品中，我们一点点看到她被压抑的生命意识是如何慢慢舒展开来的。

据张爱玲的散文拼接她的人生经历可以看出，从幼时父母不睦的家庭争吵到逃出父亲的家后在母亲的家被调教，以及后来香港求学的各种遭遇，张爱玲的生命意识其实长期处于一种被压抑的状态。两三岁时，张爱玲就记得自己被保姆抱到母亲房间教识字，而母亲起初是不开心的，总是和她玩了大半天才慢慢高兴起来，幼小的张爱玲那时候就已经懂得察言观色了，似乎自己肩负着哄母亲开心的责任。再大一点，父母时常激烈地吵闹乃至摔东西更使幼年的张爱玲内心恐惧。四岁的时候，母亲就出国了。母亲的出国是出于对婚姻失望的无奈，实则舍不下一双年幼的儿女。仆人让四岁的张爱玲去劝母亲启程，她眼睁睁看着离别在即的母亲伏在床头哭却又不知所措，但她却没哭。一个四岁的孩子，明明知道要离开母亲了，而母亲这一走隔山隔海千里万里，她却不哭，过早的懂事使她作为孩子的生命本能处在一种压抑状态。

五岁时，家里就给张爱玲和弟弟请了私塾先生。"塾师是一个三家村学究，头脑冬烘的老夫子，每天端坐在窗前，摇头晃脑地教他们背文句深奥的四书五经……"[1] 可以想见此时的张爱玲是如何的不情愿，她常常为背不出书而困恼，而作为一个清末遗少的孩子，她除了背古书似乎也别无他途。八岁那年，母亲终于要回来了，母亲这第一次的回来给了年幼的她无尽的希望，虽然已经不太记得母亲的模样，但聪慧的她敏锐地觉察到母亲这次的回家会给她带来不一样的生活。她迫不及待地穿上她最心爱的小红袄紧张地等候母亲的归来，没想到母亲见到她第一句话就说："怎么给她穿这样小的衣服？"[2] 可以想象当时孩子的兴奋与热情如何被浇一头冷水，父母尤其母亲十分关心她

[1] 孔庆茂.流言与传奇——张爱玲评传[M].北京:商务印书馆,2013:17.
[2] 张爱玲.流言[M].北京:北京十月文艺出版社,2012:118.

的教育与成长，但似乎从来没有读懂过她的心。她在1944年写的一篇散文《造人》里说："小孩是从生命的泉源里分出来的一点新的力量，所以可敬，可怖。小孩不像我们想象的那么糊涂。父母大都不懂得子女，而子女往往看穿了父母的为人。我记得很清楚，小时候怎样渴望把我所知道的全部吐露出来，把长辈们大大的吓唬一下。"[1]父亲和母亲都在固执地以自己认为对的样子塑造张爱玲，殊不知，他们的孩子本身就是一个独立的生命个体，而且有着异于常人的敏锐。

父母离婚后，继母的出现更是使张爱玲生活在枷锁中。精明强干的继母从娘家带了一箱子自己的旧衣服给张爱玲。一方面可能想拉拢继女，另一方面应该也有着省掉给孩子置办新衣花费的盘算。而对青春期的张爱玲来说，这却是一段没齿难忘的屈辱。"有一个时期在继母治下生活着，拣她穿剩的衣服穿，永远不能忘记一件黯红的薄棉袍，碎牛肉的颜色，穿不完地穿着，就像浑身都生了冻疮；冬天已经过去了，还留着冻疮的疤——是那样的憎恶与羞耻。一大半是因为自惭形秽，中学生活是不愉快的，也很少交朋友。"[2]她因穿继母送给她的"碎牛肉"颜色的衣服而深感自卑，在学校也沉默寡言。在张爱玲老师的眼中，从外表看，她是一个很不起眼的学生。"穿着样式过时、色泽陈旧的宽袖衣服，头发也不像多数姑娘那样烫的飘逸，而是一副很土气的装扮，就像一个灰姑娘。"[3]十六岁，正是爱美的年纪，张爱玲所就读的教会学校的女孩子也都是打扮入时的，唯有她是那样寒酸土气，其受压状态可想而知了。更艰难的是，父亲受了继母的挑拨对她越来越冷漠，甚至连零花钱都不给了，以前衣食无忧的大户小姐如今成了一个常年穿同一件旧衣服的穷孩子，可以想见此时的张爱玲内心深处的落差。"八岁我要梳爱司头，十岁我要穿高跟鞋，十六岁我

[1] 张爱玲.流言[M].北京:北京十月文艺出版社,2012:109.
[2] 同上,2012:103.
[3] 孔庆茂.流言与传奇——张爱玲评传[M].北京:商务印书馆,2013:40.

可以吃粽子汤团，吃一切难于消化的东西。"[1]幼时所有对美好生活的憧憬都已被现实击碎，为什么她能一眼看穿人性的真实？因为从年轻的时候开始，她就已经尝尽了人世的沧桑。

最严重的一次生命重创是父亲对她的暴打及长达半年的囚禁——当然，这里又有继母的挑拨及父亲对母亲的仇恨，一个花样年纪的女孩子就这样又一次成为了父亲与生母矛盾的牺牲品。1944年再来回忆这段日子时，她依然能清晰地感知那时的心情："数星期内我已经老了许多年。我把手紧紧捏着阳台上的木阑干，仿佛木头上可以榨出水来。头上是赫赫的蓝天，那时候的天是有声音的，因为满天的飞机。我希望有个炸弹掉在我们家，就同他们死在一起我也愿意。"[2]年轻的生命被父亲、继母压制到一个地步，产生了刻骨的仇恨，甚至不惜与他们同归于尽。紧接着，当她患病未能得到及时救治以为自己会死掉时，已然像死过一次的人一样。没有哭过长夜的，不足以语人生；没有经历过生死熬炼的人，也不足以认识生命。少女时代的张爱玲在这样一段非同寻常的日子里曾经那么近距离地接近死亡，这使她对生命有了更透彻的认识。她渴望自由，渴望生命，即使死，也要拉上她所仇恨的父亲与继母一起。在痛彻心扉的仇恨中，我们看到了张爱玲在长期受压下终于爆发出来的不屈的个性与坚强的生命力。

终于死里逃生到母亲那里，母亲却也对她百般挑剔。在父亲家里常年衣来伸手饭来张口的生活已经使张爱玲失去了生活自理能力，做饭、洗衣、补袜子等一概不会，待人接物的常识一概不懂，母亲用两年的时间调教她却以失败告终。在母亲的家里，张爱玲再度陷入自卑之中。她常常跑到公寓的阳台上转来转去，"仰脸向着当头的烈日，我觉得我是赤裸裸的站在天底下了，被裁判着像一切的惶惑的未成年

[1] 张爱玲.流言[M].北京:北京十月文艺出版社,2012:103.
[2] 同上,2012:123.

的人，困于过度的自夸与自鄙。"[1]无论在父亲家里被强行打压还是在母亲家里被调教，张爱玲自己的生命需求始终都是被压抑的。一面来讲，她心疼着母亲的付出，惭愧着自己不能符合母亲的要求；另一面讲，她又开始在被压抑中寻找自己生命舒展的可能。她在1939年创作的《天才梦》中说："生活的艺术，有一部分我不是不能领略。我懂得怎么看'七月巧云'，听苏格兰兵吹bagpipe，享受微风中的藤椅，吃盐水花生，欣赏雨夜的霓虹灯，从双层公共汽车上伸出手摘树颠的绿叶。"[2]张爱玲是一个生活在艺术世界中的人，世俗的世界对她来讲仿若是一个不真实的存在，相对于待人接物与人情世故而言，她更注重艺术。或者说，她活在艺术中。在她看来，眼前的物质世界是虚幻的，她要通过作品对那些在爱情中寻求永远的男女们传达一个观点，那就是世上没有什么是永恒。在心理层面，人的心思、情感、意志是主要的生命构成，对于女性而言，情感居首位。而当心理层面的生命意识被压抑时，人的情感表现为冷漠、疏离，似乎与现实世界里的人、事、物格格不入。张爱玲在与人交往时之所以表现得孤冷高傲，就与其早年生命意识受压抑有关。

长期压抑的生命意识使得张爱玲看待人、事、物更为客观，也更为冷静、犀利。所以，在她的作品里，无论和故事人物原型有怎样深厚的情感，她依然能够不动声色地像局外人一样逼真地描摹，一针见血地将客观真实呈现出来。我们在她的小说中很难发现撕心裂肺的痛，也难有彻底的爱与恨，只在娓娓道来中隐现着对世界的敏锐洞察与对人性本相的深刻剖析。《花凋》中的川嫦原型是张爱玲舅舅黄定柱家的三女儿黄家漪，据张子静说："我姐姐和三表姐最要好。她们同年，兴趣、爱好、性情也相近，两人一起谈起小说就没完没了。姐

[1] 张爱玲.流言[M].北京:北京十月文艺出版社,2012:125.
[2] 同上,2012:3.

姐去舅舅家，大多为了找三表姐聊天。"[1]她们的亲密交往一直持续到1939年张爱玲去香港读书。1942年，黄家漪死于肺痨，两年后，张爱玲发表了《花凋》。张子静认为，姐姐创作这篇小说是哀悼自己知心的女伴。通读小说会发现，哀悼的成分是有一些，但不是主要的。从张爱玲的文字里，我们感受不到情同手足的表姐去世的哀恸，更多的则是一种冷静客观的叙述。小说通篇都在以第三者的口吻叙述一个女子一生的经历：出生在一个坐吃山空的遗少家里，幼时在吃穿用度上被姐姐们欺负，长大后在婚姻上被父亲利用，生病后因父亲不肯拿钱为她治病而失去求生的希望，甚至最后让保姆背着去买安眠药自杀都成为一件可望而不可即的事情。"她身边带着五十块钱，打算买一瓶安眠药，再到旅馆开个房间住一宿。多时没出来过，她没想到生活程度涨到这样。五十块钱买不了安眠药，况且她又没有医生的证书。"[2]求生不得，求死也不能，就是在这样冷静的叙述中，使人感受到一个弱女子在临终之前凄凉的无奈与浓重的悲哀。这是川嫦最后一次上街，她知道自己将不久于人世，然而没有人会在意一个年轻生命的消逝。她的瘦骨嶙峋的病体在路人眼中被视为"怪物"，她从世人的眼中看不到丝毫悲悯。张爱玲在小说中写道："世界对于他人的悲哀并不是缺乏同情：秦雪梅吊孝，小和尚哭灵，小寡妇上坟，川嫦的母亲自伤身世，都不难使人同声一哭。只要是戏剧化的、虚假的悲哀，他们都能接受。可是真遇着了一身病痛的人，他们只睁大了眼睛说：'这女人瘦来！怕来！'"[3]寥寥数语，将人性的真实揭示出来。

在世人眼中，虚假的同情不难，但真正的感同身受是不可能的。《祝福》中祥林嫂的儿子阿毛被狼叼走后也曾有不少人前来打探事情经过，并流下许多同情的眼泪；然而，当人们的好奇心满足之后，便

[1] 张子静.我的姐姐张爱玲[M].长春:吉林出版集团,2009:214.
[2] 张爱玲.张爱玲文集（第一卷）[M].合肥:安徽文艺出版社,1992:149.
[3] 同上,1992:150.

开始对她厌烦了。鲁迅先生曾指出中国国民性中最缺乏的就是"诚"和"爱"，在《论睁了眼看》中，他进一步指出："中国人的不敢正视各方面，用瞒和骗，造出奇妙的逃路来，而自以为正路。在这路上，就证明着国民性的怯弱，懒惰，而又巧滑。一天一天的满足着，即一天一天的堕落着，但却又觉得日见其光荣。"[1]张爱玲所揭示的人性真实正和鲁迅先生殊途同归。在《花凋》中，何止是路人，即使连川嫦的亲生父母，也是怕花钱不给女儿治病，只请川嫦的男友来给打"免费"的空气针。到最后，父亲不肯花钱给女儿买药，母亲怕暴露自己有私房钱，也不肯出钱。在父母面前，这个女儿成了拖累。张爱玲对人性的了悟与描摹是深入骨髓的，她年轻时就看穿了人与人之间关系的本来面目，因此对人情就淡漠许多。她曾在《天才梦》中说："在没有人与人交接的场合，我充满了生命的欢悦。"[2]反之，在人与人交接的场合中，她充满着无尽的烦恼。

正是因为生命意识曾受到过度的压抑，张爱玲对自我舒展的渴望也表现得尤为强烈。张爱玲被压抑的生命意识到1939年以远东地区第一名的成绩考取伦敦大学时开始伸展，虽然到了香港大学读书后依然为没有钱而受难为，但一直名列第一的优秀成绩与两次奖学金的获得使她的自我开始舒展。尤其1943年，《沉香屑 第一炉香》《沉香屑 第二炉香》发表后，她一举成为知名作家，同年创作的《倾城之恋》《封锁》《金锁记》更是使她成为老上海的一枝新秀；她在这一年发表的《公寓生活记趣》中说："凡事牵涉到快乐的授受上，就犯不着斤斤计较了。较量些什么呢？长的是磨难，短的是人生。"[3]她看透了一切，也放下了一切。1944年5月，傅雷在《万象》发表《论张爱玲的小说》，将《金锁记》当作"文坛最美的收获之一"，同年8月，

[1] 鲁迅.论睁了眼看[M]//鲁迅大全集3.武汉:长江文艺出版社,2012:222-223.
[2] 张爱玲.流言[M].北京:北京十月文艺出版社,2012:3.
[3] 同上,2012:28.

收录了《金锁记》《倾城之恋》等十篇经典作品的小说集《传奇》由《杂志》出版社出版，四天内便被抢购一空，张爱玲迎来了人生中的高光时刻。9月，上海《杂志》社再版《传奇》时，她在《<传奇>再版的话》中发出"出名要趁早"的感慨，到这个时候，张爱玲前半生被压抑的生命意识终于得以自由地舒展了。

三、恋爱中苍凉的素朴与悲哀的放恣

在 20 世纪 40 年代民族危机的大背景下，民族与民主问题成为文学的两大主题，战争、讽刺暴露成为这一时期文学创作的主要题材。1944 年，当傅雷指出张爱玲的小说题材受限于男女问题时，张爱玲在《自己的文章》里作出了回答：

> 一般所说"时代的纪念碑"那样的作品，我是写不出来的，也不打算尝试，因为现在似乎还没有这样集中的客观题材……战争与革命，由于事件本身的性质，往往要求才智比要求感情的支持更迫切。而描写战争与革命的作品也往往失败在技术的成分大于艺术的成分。和恋爱的放恣相比，战争是被驱使的……[1]

这是张爱玲执着于不写战争而写婚恋的原因。虽然书写的是婚恋，但她关注的却是恋爱中所透视出的人性。可以说，致力于对人性之本相的揭示是张爱玲创作的首要目的。虽以"传奇"著称，但张爱玲的创作一直重在求真。她的经典作品大都以真人真事为故事原型，揭示其中蕴涵的人性。

---

[1] 张爱玲.流言[M].北京:北京十月文艺出版社,2012:94.

张爱玲对爱情的描摹非常现实。就对爱情的理解上，她和鲁迅是有一致之处的。1923年12月26日，鲁迅在北京女子高等师范学校文艺会上作过一场《娜拉走后怎样》的演讲，其中说道："娜拉既然醒了，是很不容易回到梦境的，因此只得走；可是走了以后，有时却也免不掉堕落或回来。否则，就得问：她除了觉醒的心以外，还带了什么去？倘只有一条像诸君一样的紫红的绒绳的围巾，那可是无论宽到二尺或三尺，也完全是不中用。"[1]张爱玲在《炎樱衣谱》中曾说："鲁迅有一次对女学生演说，也提到过'诸君的红色围巾'。"[2]之所以对鲁迅提到的"诸君的红围巾"感兴趣，想必张爱玲也对鲁迅提出"娜拉出走后怎样"的问题有过仔细的考量。从某种程度上讲，张爱玲从小就对出走的"娜拉"非常熟悉。她的母亲和姑姑都是那个特殊年代出走的娜拉，无一不曾为生计发过愁；张爱玲自己逃离了父亲的家后，又何尝不是又一个出走的娜拉呢？因此，爱情要以金钱为前提，这是张爱玲早就了悟于心的。这就使她很难在小说中写出不食人间烟火的纯美爱情，每个恋爱中都藏着世俗的考量与现实利益的算计。表现在作品中，便是残缺的人物形象与残缺的情感。在张爱玲的小说中，主要人物形象无一不是残缺的，而每一桩情感也都是千疮百孔的。

《金锁记》的曹七巧一生没有得到过真正的爱情，却在对爱情的渴望里消磨了一生，最终变成了心灵扭曲变态乃至歇斯底里的人。《倾城之恋》里范柳原和白流苏之间的恋爱不是爱情，只是一个寻找长期情妇、一个寻找长期饭票的两个人之间的权衡角逐。《红玫瑰与白玫瑰》里的佟振保无论对情人王娇蕊还是对妻子孟烟鹂都没有爱，娇蕊不过满足他的私底下的性欲与情感慰藉，烟鹂维持着他外面道貌岸然

[1] 鲁迅.娜拉走后怎样[M]//鲁迅全集（第一卷）.北京:人民文学出版社,2005:167.
[2] 张爱玲.流言[M].北京:北京十月文艺出版社,2012:235.

的"好人"形象。当二者都不再无条件地满足他的需要时，他开始嫉妒且肆无忌惮地堕落起来。当然，这种堕落依然不能影响他第二天又变成一个好人。从这个世俗标准的优秀男人身上，可以看到人性一切美德："侍奉母亲，谁都没有他那么周到；提拔兄弟，谁都没有他那么经心；办公，谁都没有他那么火爆认真；待朋友，谁都没有他那么热心，那么义气，克己。"[1]但就是这样一个标准好男人，唯独在爱情中变得自私而冷酷。张爱玲看准了人只有在恋爱中才会袒露真实的人性本相，也才会将自己全部的弱点暴露无遗。她的婚恋小说并没有给人们描摹理想的爱情愿景，只是将人在恋爱中赤裸裸的人性真实揭示出来。因此，她的小说中少有完美的爱情。

反而在一篇散文《爱》中，她讲了一段纯情的故事。故事开篇便说："这是真的。"这的确是真的。据胡兰成《今生今世》所载，故事的主人公原型为胡兰成发妻玉凤的庶母，她的经历与《爱》中的那个女孩一模一样。张爱玲从胡兰成口中听来了这个故事，便写成了这篇文章。1944年2月，她结识了胡兰成，8月，23岁的张爱玲与38岁的胡兰成结婚。11月，胡兰成离开上海去了武汉，在武汉另结新欢，后又移情别恋。1947年6月，张爱玲与胡兰成彻底决裂。仔细算来，胡兰成对张爱玲专一的爱只持续了9个月的时间。就是在此期间，张爱玲写出了散文《爱》，发表于1944年4月《杂志》月刊第十三卷第一期。在此之前的张爱玲的作品中，我们很难看到纯美的爱情，而偏偏这篇小文，却如此的诗意如此的柔软：春天的夜晚，月白的衫子，人面桃花，邻家男孩，擦肩而过，瞬间永恒。多么富有诗意的古典主义浪漫情怀，这里寄托了张爱玲内心深处对爱情的认识与向往。因为时代的苦闷与家庭的失爱，张爱玲已经把自己封闭在孤独、寂寞的精神"孤岛"上，当与其相谈甚欢的胡兰成要带她走出孤岛——而她也

[1] 张爱玲.红玫瑰与白玫瑰[M]//张爱玲文集（第二卷）.合肥：安徽文艺出版社,1992:125.

觉得自己太需要走出"孤岛"寻求爱的抚慰——明知是凶多吉少，她也愿孤注一掷。但是就在最热烈地肯定"爱"的同时，她还是忍不住要担忧：这爱，恐怕也不过是稍纵即逝的温暖。从这个角度上讲，《爱》是张爱玲写给自己、表明心迹的一首散文诗。她要向读者"证实自己的存在"——在"沉没"的时代与为殖民地的文化所浸淫的上海滩，她也只有飞蛾扑火般抓住这转瞬即逝的绚烂以获取瞬时的温暖。都说恋爱中的女人智商为零，难得的是，聪明如张爱玲者在深爱之中依然保持着世故的冷静与隐忧。就像她在《倾城之恋》中写一座城的沦陷为成就一段世俗姻缘一样，虽然明知胡兰成不是一个值得托付终身的人，但潜意识里也在渴望着上海"孤岛"的封锁能够锁住她自认为天长地久的爱情。她心里很清楚自己所嫁的本就不是终身，而是相知相属的爱情——倘若这爱情能够长久固然好，即或不然，那就只好随他去。

可以说，《爱》里的爱情在张爱玲的作品中应该是最纯美的一种表达了，没有利益算计，没有恩怨纠结，仅仅是因两个灵魂之间的偶然相遇与惺惺相惜，浸透着岁月的温情与生活的温暖，这是多少人梦寐以求的双向奔赴的爱情，却刚刚开始就已经结束。"于千万人之中遇见你所遇见的人，于千万年之中，时间的无涯的荒野里，没有早一步，也没有晚一步，刚巧赶上了，那也没有别的话可说，惟有轻轻的问一声：'噢，你也在这里吗？'"[1]爱情是一种天时地利人和的相遇，但即便天时、地利、人和都占住了，就一定不会错过吗？未必。张爱玲在这里要表达的，依然是一种乱世中的虚无感。在她的心里，乱世中的人没有永远的爱情，只有永远的回忆。

1944年1月，张爱玲在散文《烬余录》中写道："时代的车轰轰地往前开。我们坐在车上，经过的也许不过是几条熟悉的街衢，可是

---

[1] 张爱玲.流言[M].北京:北京十月文艺出版社,2012:85.

在漫天的火光中也自惊心动魄。就可惜我们只顾在一瞥即逝的店铺的橱窗里找寻我们自己的影子——我们只看见自己的脸，苍白，渺小，我们的自私与空虚，我们恬不知耻的愚蠢——谁都像我们一样，然而我们每人都是孤独的。"[1]在乱世中，人们会发现自己的渺小、苟且与虚无。而揭示乱世中现代人之存在的孤独感与虚无感，是张爱玲创作的主旨之一。这样一种末世情绪，便是乱世男女人性孱弱的真实写照。在这种末世情绪中，爱情也不过是一种遇见，就像《爱》里的两个年轻人，他们之间并没有发生任何故事，似乎只是一种偶遇、一种命运的安排、一种可遇而不可求的机缘。那个刚巧遇见的人，是最懂你心的人，最能与你无间隔地进行心灵沟通的人。胡兰成曾经对张爱玲说："因为相知，所以懂得。"而张爱玲则回复对方说："因为懂得，所以慈悲。"在张爱玲看来，第一重要就是"懂得"。既然懂得，就不需要太多语言的解释，不需任何回报的付出。哪怕人世无常，仅仅因"懂得"而产生一段爱恋，足够了。为什么这"懂得"那么重要？因为孤独。张爱玲深知人内心深处的自私、苍白与孤独，人的心灵是需要被理解的，为了这份理解，多少代价都肯付。甚至明知结局是悲剧，却依然固执地以身试火，可以说，张爱玲自身便带有这种悲壮与感伤的末世情绪。

在张爱玲看来，一句"原来你也在这里"就足以抵得过千言万语，彼此心照不宣，无须更多解释。一个"你"字，直截了当，没有任何礼貌与客套，没有任何多余的寒暄与假装，就是那么自然真实。两个人的情感距离越远，越需要许多外面的客套与寒暄来填充本质的空洞；越是真诚的情感，反而越是自然本真。当一个人对另一个人直截了当地说话而不感觉到突兀，在张爱玲看来，那就是爱了。胡兰成第一次见张爱玲时就说："你长得真高，你怎么可以长得这么高呢？"

---

[1] 张爱玲.流言[M].北京:北京十月文艺出版社,2012:59.

如此失礼的语言张爱玲并不觉得生气，反而微笑以待。后来，张爱玲赠给胡兰成的照片背后写了这样一句话："见了他，她变得很低很低，低到尘埃里，但她心里是欢喜的，从尘埃里开出花来。"这便是张爱玲对胡兰成初识那句话的回应。同样，一句"原来你也在这里"，正符合当时张爱玲对爱情的认识与感知。有一种相知相属的默契，一种"蓦然回首，那人正在灯火阑珊处"的会意。这是作家笔下的爱情，也是她心目中理想的爱情、真切的爱情。正因为真实，张爱玲在这篇散文中坦言：再纯美的爱情也难免世俗的摧残。所以正当我们拭目以待接下来美好的继续时，一句"就这样完了"，使这梦幻的爱情故事戛然而止。美丽的开始没有后续，后续都是如此凌乱不堪。后来，这个女子被亲眷拐卖又数次被转卖，经历了无数人生之苦难与艰险，难能有爱，也难能再有对爱的希冀，却依然念念不忘那年，那人，那事。在张爱玲心目中，即便世事无常，能有这样的一份知己之爱，足以抵挡一世岁月艰辛。

然而，这样的一份知己之爱，在真实的世界中也不过如镜花水月，转眼间了无踪影。张爱玲无奈地认为，这也没有什么不可以，因为这就是现实。她品读的人生便是这样世俗的人生，残缺不全的人生，"日光之下，并无新事"。她执着于以男女之爱书写这样的人生真实，认为这才是人生安稳的一面，带有永恒的意味。所以，她是那么喜爱"苍凉"。在《自己的文章》里，她写道："我不喜欢壮烈。我是喜欢悲壮，更喜欢苍凉。壮烈只有力，没有美，似乎缺少人性。悲壮则如大红大绿的配色，是一种强烈的对照。但它的刺激性还是大于启发性。苍凉之所以有更深长的回味，就因为它像葱绿配桃红，是一种参差的对照。"[1]这种苍凉固然美，却是一种凄美。在《爱》这篇文章中，世俗的现实与理想的唯美形成鲜明的对比，在这种参差对照中

---

[1] 张爱玲.流言[M].北京:北京十月文艺出版社,2012:92.

自有一份苍凉，这是张爱玲创作的旨归。所以她作品中的人物多是平凡而现实的，没有大起大落的壮烈，只有琐碎具体中的悲哀。在张爱玲看来，"悲壮是一种完成，而苍凉则是一种启示。"[1]既然是一种启示，那就更为深刻也更耐人寻味。她喜欢这样的启示，因为她以为对于她所身处的时代，只有这以素朴作底子的苍凉所产生的启示才是真实的。她无意于拔高生活塑造典型，亦无意于描摹任何浪漫唯美的故事，她只认真地描摹她所感知的世界。所以她在给苏青《浣锦集》写的序言中说："如果必须把女作者特别分作一栏来评论的话，那么，把我同冰心白薇她们来比较，我实在不能引以为荣，只有和苏青相提并论我是甘心情愿的。"[2]这昭示出张爱玲的创作旨趣，无意于对时代大起大落的描摹，致力于身边小人物婚恋的真实书写，她以自己对世界独特的认知视角来讲述她对这世界悲欢爱恋的真实感受，并从中咀嚼人性的真实。

1950年，她开始以"梁京"的笔名在上海《亦报》连载《十八春》，这篇小说讲述了一段毫无功利的恋爱。顾曼桢是一位独立、坚强的女性，她的善解人意与独立自强深深地吸引着世钧；而世钧的含蓄、内敛与温和也打动了曼桢。两个年轻人的相爱如此真实又如此自然，曼桢写给世钧的那封信既朴素又动人："世钧！我要你知道，这世界上有一个人是永远等着你的，不管是在什么时候，不管你是在什么地方，反正你知道，总有这样一个人。"[3]而世钧读到这封信却是十八年以后。十八年，诸多的命运波折与辗转足以让两个人放下当年至死不渝的爱恋。在这段爱情中，曼桢固然以惊人的意志隐忍了十八年，而世钧却因意志的薄弱与内心的自卑错过了这段生死之恋。1967年，张爱玲到美国十年后开始对《十八春》进行改写，1969年，小

[1] 张爱玲.流言[M].北京:北京十月文艺出版社,2012:92.
[2] 张爱玲.我看苏青[M]//流言.北京:北京十月文学出版社,2012:237.
[3] 张爱玲.十八春[M]//张爱玲文集（第三卷）.合肥:安徽文艺出版社,1992:286.

说易名为《半生缘》由皇冠出版社出版。在《半生缘》中，抛开了当年的政治束缚的张爱玲可以自由地在作品中表达她的爱情观，小说明显的结局改变也证实了她内心真实的主张。

与1951年上海《亦报》出版的《十八春》不同，《半生缘》删掉了曼桢与慕瑾投身于东北建设的光明结尾，而是停留在曼桢与世钧的最后一次见面，曼桢坦然道出了二人回不去的现实。一向坚韧的曼桢对命运的无常已然接受，而在这段爱情中，世钧自始至终都是一个软弱的妥协者。再美的爱情又如何呢？谁能抵得过世事无常的捉弄呢？张爱玲是一个彻头彻尾的虚无主义者，她不相信有超越现实的爱情，经济、门第、误解等等任何一个打岔都可能成为羁绊。所以对曼桢与世钧之间如此纯美的爱情，她偏偏要改写成这样一个虚无的结局。这符合她一贯的作风，也再一次表达她对人性的怀疑：即使再纯洁的爱情，或因人的自卑、怯懦，或因人的清高、固执，即或这些都没有，少不经事的轻狂及误会都可能使其毁于一旦。就像她在小说开篇所写的："日子过得真快——尤其对于中年以后的人，十年八年都好像是指缝间的事。可是对于年青人，三年五载就可以是一生一世。"[1]时年三十岁的张爱玲仿若一个历经沧桑的老者悠悠地诉说着她对人世的解读，执着地于恋爱故事中寻找着人们最素朴也最放恣的人性真实，而寻找的结果是更深的悲哀与落寞。

结语

纵观张爱玲的一生，夹杂在清末遗少父亲与新青年母亲的矛盾中悲喜无常的童年，在败家的父亲和继母烟榻前郁郁寡欢的少年，为钱而发愁的自卑、孤独、苦闷的青年，直到1943年，23岁的张爱玲终

---

[1] 张爱玲.十八春[M]//张爱玲文集（第三卷）.合肥:安徽文艺出版社,1992:3.

于在孤岛上海一举成名，却又陷入与胡兰成苦恋的不归路。在这个被人生命运、生活挫折双重压制下的女人身上，我们看到了生命的柔韧与刚强。奇异的天赋与显赫的家世使她成为中国现代文学史上一位书写传奇的独特作家，其实，她的人生本身就是一个传奇。再来回望张爱玲的生平与创作，仿佛一切都在冥冥之中安排好了似的，就连父母乃至继母的出身都成为了张爱玲实现"天才梦"的助力。有时候，灾难也会成为考验的魔咒，进入她的笔下，成为小说的经典段落。正如《倾城之恋》末尾所说的：

> 香港的陷落成全了她。但是在这不可理喻的世界里，谁知道什么是因，什么是果？谁知道呢……一个大都市倾覆了。成千上万的人死去，成千上万的人痛苦着，跟着是惊天动地的大改革……流苏并不觉得她在历史上的地位有什么微妙之点。[1]

以这段话来注解张爱玲的一生再合适不过了。

---

[1] 张爱玲.倾城之恋[M]//张爱玲文集（第二卷）合肥:安徽文艺出版社,1992:84.

辑 二

生命意识的觉醒与张扬

生命本相与救赎之路
——《雷雨》主题新解

在中国现代文学史上，如果说有哪一部作品能够像《狂人日记》那样一出世就是高峰，恐怕只有《雷雨》可与其相提并论。《雷雨》是曹禺19岁开始构思、23岁创作完成的处女作，却能够在思想上达到令人震撼的深度，在艺术上也达到相当成熟的地步，不能不说是现代文学史上的一个奇迹。《曹禺传》的作者田本相先生说："他写出《雷雨》时才23岁。这个岁数，对于一般人来说，也许正处在人生朦胧的阶段，而他却拿出了这样一部杰出的作品，这本身就给他的创作蒙上一层神秘莫测的色彩。曹禺，他究竟是怎样一个人，是什么力量推动着他创作？他的生活积累又是从哪里来的？"[1] 我想这是每一位喜爱《雷雨》的读者都想探究的答案。下面，我们尝试以生命意识为视角解析作家的创作缘由及其生命内涵，进而考察《雷雨》的思想主题及其文学史意义。

一、《雷雨》创作动因——苦闷与敏感的生命体验

曹禺是一个感情很丰富的人，他坦承自己不能冷静。而促使他对《雷雨》创作的，正是这种情感的迫切需要。曹禺从幼年起便对生

---

[1] 田本相.曹禺传[M].北京:东方出版社,2009:158.

命与死亡有着切身的体验与认知，与生俱来的敏感与阴郁的成长环境
更推动着他去思考人的生命存在。他的父亲万德尊是一个军人出身的
文官，曾做过黎元洪的秘书。黎元洪下野后，他也赋闲在家，终年郁
郁寡欢，直至抑郁而终。曹禺的生母薛夫人在生下他三天后便因产褥
热去世。父亲因怜惜他便请其生母的孪生妹妹来帮忙照看，并与之成
婚。在姨母视如己出的照料下，小曹禺得以健康成长。但他才五六岁
时便被与姨母不睦的下人告知真相，这对一个孩子心灵的创伤是难以
估量的。加之父亲对同父异母的哥哥动辄打骂的管教，使曹禺从小就
敏感多思，心灵深处的孤独与痛苦是难以言说的。失去生母的心灵创
伤难以抚慰，生父的严厉与权威又使他少与父亲有沟通，继母的疼爱
终究无法弥补失去生母的痛苦，所以，曹禺的童年是苦闷而忧郁的。
童庆炳先生曾经指出童年经验对一个作家的影响：

> 他的童年的种种遭遇，他自己无法选择的出生环境，
> 包括他的家庭、他的父母，以及其后他的必然和偶然的不
> 幸、痛苦、幸福、欢乐，他的缺失，他的丰溢，他的创伤，
> 他的幸运，社会的、时代的、民族的、地域的、自然的条
> 件对他幼小生命的折射，这一切以整合的方式，在作家的
> 心灵里，形成了最初的却又是最深刻的先在意向结构的核
> 心。这个先在结构核心是如此顽强，可能对他的一生都起
> 着这样和那样的引导、制约作用。我们甚至可以这样说，
> 作家后来创作的成败，作品的基调、情趣、风格等，起源
> 于他的先在结构的最初的因子。由童年经验所建筑的最初
> 的先在意向结构具有最强的生命力。[1]

---

[1] 童庆炳.作家的童年经验及其对创作的影响[J].文学评论,1993:(4).

诚如童庆炳先生所言，曹禺独特的童年体验对他的创作产生了深远的影响。物质生活的富足与精神世界的压抑形成鲜明的对比，内心深处的孤独与苦闷无处可宣泄。与父亲来往的政界各色人等在幼年曹禺的眼中粉墨登场，他称自己的经历是"光怪陆离"的，生性敏感的性格与幼年的特殊经历使曹禺有了创作的欲望。曹禺曾寄给中国戏剧史研究专家田本相先生一份并未发表的手稿，更细致地谈及了《雷雨》的创作起因。其中谈到一些情感上的积压，可以看出他内心急需寻找发泄口的苦闷：

> ……我的心像在一片渺无人烟的沙漠里，豪雨狂落几阵，都立刻渗透干尽，又干亢燠闷起来，我不知怎样往前迈出艰难的步子。
>
> 我开始日夜摸索，醒着和梦着，像是眺望时有时无的幻影。好长的时光啊！猛孤丁地眼前居然从石岩缝里生出一棵葱绿的嫩芽——我要写戏。
>
> 我觉得这是我一生的道路。在我个人光怪陆离的境遇中，我看见过、听到过多少使我同情、使我思考的人物和世态。无法无天的魔鬼使我愤怒，满腹冤仇的不幸者使我同情，使我流下痛心的眼泪。我有无数的人像要刻画，不少罪状要诉说。我才明白我正浮沉在无边惨痛的人海里，我要攀上高山之巅，仔仔细细地望穿、判断这些叫作"人"的东西是美是丑，究竟有怎样复杂的个性和灵魂。[1]

曹禺在这篇未发表的文章里所谈及的《雷雨》创作动因非常宝贵。我们从中可以看到这位剧作家年轻的时候情感深处有着怎样强烈

---

[1] 田本相.曹禺传[M].北京:东方出版社,2009:157-158.

的创作欲望。在心理生命意识层面，曹禺对情感的渴望始终有一个缺口。虽然家里人都很疼爱他，连严苛的父亲对他都很和蔼，但是没有人能真正走进他的内心，没有人能理解他为什么苦闷，又为什么愤怒。当父亲与各色人等打交道的时候，恐怕不会想到自己的幼子比他更为仔细地在观察着世态万象。他看那些恃强凌弱的人为"魔鬼"，那些孤苦无依的弱者为"不幸者"，魔鬼激起他内心愤怒的情绪，不幸者又使他流下同情的眼泪。这些复杂的、真实的、愤懑的情绪挤压在他的心中，成为他丰富情感的一个动力源泉。情感挤压久了需要释放，找不到释放渠道的他内心更加苦闷彷徨。直到有一种冥冥之中的召唤——他要写戏！他从创作中找到了情感发泄的突破口，《雷雨》的创作正源于这种情感发泄的迫切需要。

当情感层面的生命意识有着强烈的表达需要时，情感便冲破理智的束缚而占上风。这时，波涛汹涌的情感成为作家创作源源不断的动力，灵感也随之迸发，一部伟大的作品就此产生。试看中国现代文学史上的许多经典作品，莫不来源于这种情感发泄的渴望。郭沫若的《女神》，沈从文的《边城》，郁达夫的《沉沦》……不胜枚举。理性固然也能产生伟大的作品，但那是另一种的美，一种折射着思想之光的美；而情感产生的作品则不仅具有浑然天成的艺术魅力，同时也具有深邃的智慧之光，这种智慧是来自心灵深处的灵感迸发，读者可以明显感受到迸发之后的灵魂的愉悦与畅快，如吐胸中块垒一般。当作家的创作完成时，他自己都不能解释这一过程。正如他在 1936 年《雷雨》序言中所说：

　　《雷雨》对我是个诱惑。与《雷雨》俱来的情绪蕴成我对宇宙间许多神秘事物一种不可言喻的憧憬。《雷雨》可以说是我的"蛮性的遗留"，我如原始的祖先们对那些不可理

解的现象睁大了惊奇的眼。我不能断定《雷雨》的推动是
由于神鬼，起于命运或源于哪种显明的力量。情感上《雷
雨》所象征的对我是一种神秘的吸引，一种抓牢我心灵的
魔……《雷雨》的降生是一种心情在作祟，一种情感的发
酵，说它为宇宙一种隐秘的理解乃是狂妄的夸张，但以它
代表个人一时性情的趋止，对那些"不可理解的"莫名的
爱好，在我个人短短的生命中是显明地划成一道阶段。[1]

《雷雨》的创作源于一种艺术直觉，一种情感上的迫切需要，一
种心灵深处的感动与催促，这是作家生命本能的推动。不是他主动要
写，乃是《雷雨》撕扯着他的心要他来写，这种抓牢他心灵的"魔"
便是作家自身生命意识的体验与表达。

二、情热欲求中隐藏的生命意识

钱理群先生说，在《雷雨》中，"几乎每一个人都陷入一种'情
热'——欲望与追求之中"[2]。这种欲望与追求来自哪里？《雷雨》到
底要表达什么？如何有效评估《雷雨》的思想价值？要回答这些问
题，我们需要以人的生命意识为视角来解读这部剧作。《雷雨》生命
意识的独特性在于以不同人物形象的个性特征展示出不同的生命意
识，又以不同生命追求的矛盾使剧中人物产生争执，这些争执制造并
推动着戏剧冲突的发展，使原本复杂的人物关系更加盘根错节，进而
揭示人最本真的生命欲求。由此，人性的复杂得以彰显，"人"作为
生命体存在的本相及其意义成为剧作的主要思想内涵。

[1] 曹禺.雷雨[M].北京:人民文学出版社,1994:180.
[2] 钱理群,温儒敏,吴福辉.中国现代文学三十年[M].北京:北京大学出版社,1998:139.

　　生命意识在身体层面的表达在剧作中首先体现为人对物质的欲望。《雷雨》虽然以资本家周朴园一家为轴心展开故事，但剧本开篇却以佣人鲁贵和女儿四凤的对话描绘出社会底层人的生存状态。侍萍不愿自己的悲剧在女儿身上重演，坚决不允许四凤去别人家做帮佣，但鲁贵为了满足吃喝赌的欲望，背着妻子把亲生女儿送到周家做丫鬟。从鲁贵与女儿的对话中可以看出，他所关注的不过是四凤从大少爷那里拿到了多少钱，大少爷给她买了戒指或衣料等"好处"，甚至不惜以女儿的隐私作为捞取钱财的威胁。在描写这个人的外在形象时，作家也特别刻画了他肉体的欲望："他的嘴唇，松弛地垂下来，和他眼下凹进去的黑圈，都表示着极端的肉欲放纵。"[1] 在物质面前，鲁贵已然像动物一样失去了人性，作家将其比作一只狼，而他如狼一般对物质的关注与贪婪将人在身体层面的欲望表达得淋漓尽致。

　　鲁贵的女儿四凤是一个青春、美丽又很端庄的少女。作为一个帮佣，她爱上了周家的大少爷，这几乎是平民出身的少女普遍爱做的灰姑娘的美梦，相比较物质需要而言，她更看重她的爱情。虽然周家二少爷追求她，年龄也与她更般配，但她依然拒绝了周冲。为了爱周萍，她不惜舍弃自己最亲爱的母亲，放下自己的父亲、哥哥与周萍远走；虽然对爱情还懵懂，但四凤对周萍的爱是以心相许，在发现周萍是自己同母异父的哥哥后，她无法接受这个现实而发疯般地选择触电身亡，可以看出，她是以生命来投入这段爱情的——她的爱是全心全魂全力的倾注。在这个人物身上，我们可以看到蓬勃的生命力，也看到人在灵魂层面的生命意识对情感不惜一切代价的付出。

　　同样是对爱的欲求，四凤对周萍是倾其所有的付出，繁漪虽然对周萍也可以不顾一切甚至提出可以和四凤共事一夫，但当她发现周萍对她不再有爱情时便因爱生恨，像复仇的美狄亚一样不惜以自己的亲

[1] 曹禺.雷雨[M].北京:人民文学出版社,1994:14.

生儿子为代价来发泄心中的愤恨。"一个女子，你记着，不能受两代的欺侮。"[1]当她的爱情被轻视甚至践踏时，她感受到了侮辱，心里产生了对昔之所爱的怨恨。在繁漪心里，爱已然成为她生命存在唯一的价值，当她付出爱后得不到同样的回报，便如同失去生命意义一般。从这个人物形象身上，我们虽然看到一种执着、坚毅甚至勇敢的生命力，但这种生命力带着罪恶的污秽与狭隘，如同一把利剑直刺人的心脏。因爱生恨的除了繁漪，还有侍萍。从三十年后侍萍与周朴园的对话中，我们可以看到侍萍与周朴园两个人对待感情的不同态度。

> 周朴园（冷冷地） 三十年的功夫你还是找到这儿来了。
> 鲁侍萍（怨愤） 我没有找你，我没有找你，我以为你早死了。我今天没想到到这儿来，这是天要我在这儿又碰见你。
> 周朴园 你可以冷静点。现在你我都是有子女的人。如果你觉得心里有委屈，这么大年纪，我们先可以不必哭哭啼啼的。
> 鲁侍萍 哼，我的眼泪早哭干了，我没有委屈，我有的是恨，是悔，是三十年一天一天我自己受的苦。你大概已经忘了你做的事了！三十年前，过年三十的晚上我生下你的第二个儿子才三天，你为了要赶紧娶那位有钱有门第的小姐，你们逼着我冒着大雪出去，要我离开你们周家的门。
> 周朴园 从前的旧恩怨，过了几十年，又何必再提呢？[2]

在二人的对话中，周朴园的态度一直是理性、冷静乃至冷漠的，而侍萍的态度则是悲愤而激烈的。她对周朴园"早死"的诅咒，三十

---

[1] 曹禺.雷雨[M].北京:人民文学出版社,1994:67.
[2] 曹禺.雷雨[M].北京:人民文学出版社,1994:88.

年来一天都不能忘记的悔与恨根源于周朴园对爱情的背叛。此时她的悔恨正显示出当初的爱之深、情之切。在某种意义上，侍萍和繁漪同样面对了爱情的背叛，只是繁漪的选择是报复，侍萍的选择是远离。她们两个人正显示出生命意识在心理层面上善与恶的两端，这种爱而不得的生命欲求所生发出的悔恨正是生命意识在心理层面的凸显，从这两个人物形象身上可以看到，爱与恨在人类的情感天平上竟是如此接近，二者本质上可能是同一个东西——爱欲。

如果说爱欲是繁漪、侍萍生命意义的彰显，周朴园则将爱作为生命存在的装点。学生们曾在课堂上对周朴园心里到底有没有爱进行过激烈的讨论，有人认为他的保留旧家具以及对旧衣物、旧照片的留恋等不过是给自己包装的深情人设，他实际上是个冰冷自私的人，不然不会在侍萍站到他面前时问谁指使她来的。也有人认为他能记着侍萍每年的生日、即使是在大热天依然保留着侍萍关窗的习惯等细节证明他是深深爱过侍萍的，不然一个人不可能装三十年，也没有必要搞这种深情人设。最后得出结论：周朴园爱，且只爱当年的侍萍。问题的关键是，周朴园的这种爱之于他的生命存在有何意义？换言之，爱情在周朴园心目中占据多少位置呢？从后来周朴园辞退鲁贵、四凤及以金钱弥补侍萍的举动可以看出，爱情在周朴园心里已然没有什么地位了。他唯一看重的是他的公司、家庭、地位、名声，当年荒唐的爱情跟这些比起来不值一提。所以，周朴园作为一个生命存在，对于情感没太大欲求（即使有，对那张旧照片的怀念足以慰藉），他的欲求在于名利地位。看起来他比鲁贵高雅，本质上并无区别，也是在物质层面的生命欲求。

在《雷雨》中，生命意识不仅体现为鲁贵对物质肉欲的放纵、周朴园对名利地位的维护，四凤、周萍对情感的渴求与迷失，也体现为繁漪、侍萍爱而不得的愤懑与仇恨。这些都是身体与心理层面的生命意识，也可以说是肉体的欲望，这种肉体的欲望正是普通人生命意识的集中体现。而超越人类肉体欲望的只有一个人，就是周冲。如果说周萍、繁漪、周朴园与侍萍的爱都是在心理生命意识层面，周冲的爱乃是发自心灵深处的生命感动，更博大也更纯粹。他爱四凤，但不是像周萍那样将四凤据为己有，而是希望她能接受教育，成为一个有作为的人；于是，他央求父亲把自己学费的一部分给四凤。他爱四凤，也爱与四凤有关的一切人，包括她粗鄙的父亲、鲁莽的哥哥，甚至她的心上人。当四凤被解雇后，他为她鸣不平，并亲自探访送钱慰问。他对四凤说："你不是个平常的女人，你有力量，你能吃苦，我们都还年轻，我们将来一定在这世界为着人类谋幸福。我恨这不平等的社会，我恨只讲强权的人，我讨厌我的父亲，我们都是被压迫的人，我们是一样。"[1] 这俨然一个思想解放的五四青年向着封建等级社会的慷慨宣言。在周冲心里，爱情是人生理想追求的动力，他的生命价值实现乃是在于和爱的人一起为全人类谋幸福，显示出接受了自由平等思想的年轻人对社会、对自身生命价值实现的渴望。如果说四凤对周萍的爱情是思想蒙昧而情感冲动的话，周冲对四凤的爱情则是心灵开启后的情感爆发。周冲的爱来自于灵魂深处，是生命意识在心灵层面的集中彰显，散发着经启蒙思想开启之后的理性光辉。然而，面对周冲对爱情的憧憬与畅想，四凤并不感兴趣。她的回应是："您渴了吧？我给您倒一杯茶"，"让我再伺候伺候您。"[2] 她骨子里的等级思想注定了不可能理解周冲的爱。事实上，《雷雨》中没有一个人能理解周冲心灵深处的渴望，因为他们灵魂层面的生命意识尚未开启。

　　《雷雨》的人物设置是很巧妙的。鲁贵与周冲分别代表身体与灵魂两个层面的生命意识，又以周萍、四凤、繁漪、侍萍、周朴园等人

[1] 曹禺.雷雨[M].北京:人民文学出版社,1994:116.
[2] 同上,1994:116.

物代表心理层面的生命意识，将人之生命意识的三个层面生动而全面
地呈现出来。事实上，现实生活中的大多数也大都在心理生命意识层
面生活，真正得到灵魂生命开启的少之又少，动物一般完全活在肉欲
支配下的人也不多。从这个意义上说，《雷雨》也因此而具有代表性
与普及性。更重要的是，剧本中每个人物形象的生命意识彰显都有其
独特性。鲁贵与周冲的独一无二自不待言，即便同为女子，四凤与繁
漪、侍萍在爱欲的表现上也不尽相同。即使繁漪与侍萍同样有着被爱
人抛弃的仇恨，反映在心理层面也有善恶之别。以生命意识视角观
之，每个人物形象都是不可替代的"这一个"，这正是《雷雨》剧本
的独特内涵之所在。

三、《雷雨》中的罪与宿命

关于《雷雨》的主题，一直存在争议。在"中国社会向何处去"
大讨论的历史时期，《雷雨》一度被视为批判封建势力及资本家的作
品。曹禺在数十种关于《雷雨》的文章或讲话中关于该剧主题的论述
也不尽一致。1936年，曹禺谈及《雷雨》主题时说："有些人已经替
我下了注释，这些注释有的我可以追认——譬如'暴露大家庭的罪
恶'——但是很奇怪，现在回忆起三年前提笔的光景，我以为我不应
该用欺骗来炫耀自己的见地，我并没有明显地意识着我是要匡正，讽
刺或攻击些什么。"[1]。然而，后来他却改弦易辙，尤其20世纪50年
代三次对《雷雨》的修改，有意强化了剧作的阶级批判意识。1959
年中国戏剧出版社出版的《雷雨》不仅删掉了序幕和尾声，而且对剧
中人物形象的描述带有明显的阶级印记。直到80年代初，他才开始
以人本主义视角来重谈该剧，回归他在30年代的主张。曹禺晚年曾

[1] 曹禺.雷雨[M].北京:人民文学出版社,1994:179-180.

对巴金敢于在《随想录》中说真话羡慕不已，并着重强调自由创作的必要性，30 年代的主张更接近他的创作初衷。

还原曹禺的创作初衷，就会发现，对"人"本身的着力表现是作品的核心指向。2001 年，傅光明在《曹禺剧作》前言中说："……像写小说一样，戏剧的最深刻意义同样是刻画人的灵魂。他（笔者按：指曹禺）说作为一个戏剧家，最该倾心的就是写'人'，全部的心思都该用在如何刻画人物上。"[1] 此话一语中的。曹禺最关注的就是写"人"，而《雷雨》之所以八十年来备受关注就是因为它对"人"的剖析直击读者（观众）心灵。作品抓住了人之本性，将人类所共有的隐藏在内心深处的东西解释出来，引发人对自我的反思，这是其思想价值之所在。我们可以借几个人物形象来窥探曹禺要借此表达什么。

繁漪是曹禺第一个构思的人物，曹禺对繁漪这个人物形象是同情的，他知道这个女人所爱非人，在世人眼中又有着乱伦的耻辱，遭到遗弃与唾骂是必然的。而曹禺没有用世俗的道德标准来审判这个女人，因为他深深懂得这类得不到爱情的女子内心深处的渴望与苦闷。她们就像张爱玲笔下那只"绣在屏风上的鸟"，一生不得自由，死也死在屏风上。曹禺的本意是要借繁漪这个特立独行的女性形象来表达他内心深处的郁热，同时也表达对不幸女子命运的同情。这类女子果敢阴鸷，却也不乏良善。当她阴差阳错地迫使周朴园与鲁侍萍的关系公布于众时，周萍和四凤都受到了极大的刺激。繁漪对周萍说了一句话："萍，我，我万想不到的是——是这样，萍——"[2] 从这一句话里，我们可以看到繁漪歇斯底里背后的善良——她也是无辜的受害者，只是在不知不觉中成了大家庭的掘墓人。当四凤万念俱灰地跑出去时，繁漪特意嘱咐周冲跟去看看，她也怕四凤出事，没想到自己

[1] 傅光明.曹禺剧作[M].浙江文艺出版社,2001.
[2] 曹禺.雷雨·日出[M].天津:天津人民出版社,2008:125.

的儿子也跟着一起触电身亡，导致了她彻底疯狂。繁漪在毁灭别人的同时，自己也彻头彻尾地被毁灭。

繁漪的原型本为曹禺一位同学的嫂子，曹禺曾谈及这个人："我有一个很要好的同学，我常到他家去玩。他有个嫂嫂，我和她虽然见过面，却没有说过几句话。她丈夫是一个相当好的人，她也很贤慧。后来，我听说她和我那个同学有了爱情关系。我很同情她。因为我知道，他是不会为这个爱情牺牲什么的。这个女人就像在我心中放了一把火，当我写《雷雨》时，就成了现在的繁漪。"[1]其实，不止这一个原型，在曹禺生活的年代，繁漪这种境遇的女人并不少见。曹禺在《雷雨》序言中说：

> 我算不清我亲眼看见多少繁漪……她们都在阴沟里讨着生活，却心偏天样地高；热情原是一片浇不熄的火，而上帝偏偏罚她们枯干地生长在砂上。这类的女人有着美丽的心灵，然为着不正常的发展，和环境的窒息，她们变为乖戾，成为人所不能了解的。受着人的嫉恶、社会的压制，这样抑郁终身、呼吸不着一口自由空气的女人在我们这个现实社会里不知有多少吧。在遭遇这样的不幸的女人里，繁漪自然是值得赞美的，她有火炽的热情，一颗强悍的心，她敢冲破一切的桎梏，做一次困兽的斗。[2]

繁漪这个人物形象浓缩了几千年来得不到爱情滋养的旧式女子一切的情感不幸，曹禺对她是充满同情和怜悯的。复旦大学陈思和教授却对这个人物形象的评价提出了质疑，他说："我不大赞同有些研究

[1] 张葆莘.曹禺同志谈创作[N].文艺报,1957(2).
[2] 曹禺.雷雨[M].北京:人民文学出版社,1994:183.

者用非常热烈的语言去赞美繁漪，认为她是黑暗当中的一道光明，或者是像一团火熊熊燃烧，摧毁整个罪恶的大家庭，等等。"[1] 在陈教授看来，繁漪重复了周朴园前任妻子不幸的命运，却不甘心在无爱的婚姻中安静地等死，抓住周萍便成了她唯一活下去的希望。"繁漪爱上周萍，理所当然，这是一个人性的欲望大爆发。可以说，这个人性的欲望的大爆发，从一开始的起点上就有罪的成分……繁漪爱上周萍的时候，她有一种强烈的自救欲望，她要拯救自己……"[2] 我非常赞同陈思和教授的观点，并且认为，繁漪对周萍的乱伦之爱是人性求生的本能，其情可悯，却也暴露出人性骨子里的自私与罪恶。她只顾将周萍作为自己的救命稻草，却不理解这个年轻人内心深处的感受与需要，也全然不顾自己的儿子周冲。可以说，繁漪这个女人是人性自私欲望集中的总和。我们从她身上看不到无私奉献的母性光辉，也看不到一个人对爱人的真正理解和奉献，只能看到她的孤傲、她的倔强、她的歇斯底里的需要。有人说她是五四女性个性自由解放的代表，但我们从她宁肯和四凤一起服侍周萍的诉求中看到的却是一个旧式女子妻妾共事一夫的愚昧思想。用现代的语言说，就是这个女人太"恋爱脑"，将爱情视为自己人生的全部，却又不能走出无爱的大家庭，只能奢望甚至祈求一个不爱她的软弱的继子陪她一起生活，甚至怂恿他去杀父娶母。从这个意义上讲，繁漪身上集中体现了人性的自私、阴鸷与罪恶。曹禺在剧本中对繁漪的描述是这样的："她会爱你如一只饿了三天的狗咬着她最喜欢的骨头，她恨起你来也会像只恶狗狺狺地，不，多不声不响地恨恨地吃了你的。"[3] 爱与恨在这个女人身上都如此鲜明，她的性格就是如此的阴鸷果敢。软弱的人容易引起人的同情，而繁漪这样的女子却只能使人敬而远之。曹禺所说对繁漪的同情

---

[1] 陈思和.中国现当代文学名篇十五讲[M].北京:北京大学出版社,2003:187.
[2] 同上,2003:190.
[3] 曹禺.雷雨[M].北京:人民文学出版社,1994:33.

是基于她所承载的几千年来不幸女人的命运，而对于她在《雷雨》中的所作所为是难以引发人的同情的。她为维护自己的乱伦之爱不惜利用自己单纯的儿子，希望儿子得知周萍与四凤相爱的事实后来毁灭自己的情敌。当周冲让哥哥带四凤走，并托付哥哥好好待四凤时，繁漪的反应是异常剧烈的：

> 周繁漪：（整个幻灭，失望）哦，你呀！（忽然，气愤）你不是我的儿子；你不像我，你——你简直是条死猪！
>
> 周冲：（受侮地）妈！
>
> 周萍：（惊）你是怎么回事？
>
> 周繁漪：（混乱地）你真没有点男子气，我要是你，我就打了她，烧了她，杀了她。你真是糊涂虫，没有一点生气的。你还是你父亲养的，你父亲的小绵羊。我看错你了——你不是我的，你不是我的儿子。[1]

在繁漪的身上，我们看到一个长久受压制的生命的总爆发，这是她人性扭曲之后的变态反抗，也是对自己儿子心灵最大的伤害。从繁漪极端自我的言行里，我们看不到一个女子的可亲可爱，只看到人性自私之欲望张扬到极点时的可怕可怜。陈思和教授对繁漪有一段精彩的评价：

> 一开始，繁漪的爱是一种罪，这种罪慢慢就演化成一种恶。她通过罪的方式使自己生命有了意义，但因为是罪的方式，所以它不能持久，它得不到法律的认可，得不到道德的允许，得不到伦理的理解，得不到舆论的同情，所

---

[1] 曹禺.雷雨[M].北京:人民文学出版社,1994:166-167.

有的都不保护它。这种情况下，她只有靠一种不正常的邪恶手段，像一个鬼一样地紧紧缠住周萍，就是说，你把我抛弃了，我不幸福，你也别幸福。或者说，你要害了我，我让你也没有好下场。她就是用大家庭女人的这种恶的手段，大家庭的女人通常都会搞阴谋诡计的，以此来挽救已经明显出现的问题，所以，我们可以看到，繁漪从一开始就非常有心计，虽然她有点神经病，但不妨碍她对付四凤，对付其他人的这一系列行动，但在这当中，她一错再错，而且恰恰是伤了几个无辜的纯洁的人，四凤爱周萍，她是无辜的；周萍想摆脱这个罪恶，想得到一个新生，这也是无可非议的；周冲更是无辜的，一个非常纯洁的小天使一样的人，最后，都陷进去了，所以，这个家庭里就有祸了，就是说，有一个像魔鬼似的人物在里面搅，把这个家庭搅得天翻地覆。[1]

陈教授的评价直击要害。繁漪对周萍的爱并不是什么五四女性个性自由解放的产物，乃是对自己欲望的满足，是人之"罪"的一种集中彰显，而且在这个过程中一步步发展到恶。但是，陈教授并没有在这里说明"罪"指的是什么。从他表达的上下文语境来看，似乎依然与法律、道德、世俗舆论等的评价有关。但曹禺看待繁漪的眼光是超越了这些世俗标准的，那么，我们如何对繁漪的"罪"有更清晰的认识呢？曹禺说："平心讲，这类女人总有她的'魔'，是个'魔'便有它的尖锐性。也许繁漪吸住人的地方是她的尖锐。她是一柄犀利的刀，她愈爱的，她愈要划着深深的伤痕。"[2] 曹禺所说繁漪的"魔性"便是"罪性"。可以说，繁漪这个人物形象身上体现了人之罪性的总

[1] 陈思和.中国现当代文学名篇十五讲[M].北京:北京大学出版社,2003:192.
[2] 曹禺.雷雨（序）[M].北京:人民文学出版社,1994:183.

和——这里的"罪性"不是杀人犯法的罪，也不是道德败坏的罪，这里的罪性与世俗社会无关，乃是人性骨子里与生俱来的，生命深处的原罪。

以前多有研究者从基督教文化角度探讨《雷雨》的原罪意识，曹禺说："我接触《圣经》是比较早的，小时候常到教堂去，究竟是个什么道理，我自己也莫名其妙。人究竟该怎么活着？为什么活着？应该走什么样的人生道路？那时候去教堂，也是在探索解决这些问题吧？"[1] 但我们不能以这段话就说明曹禺的创作是受基督教影响。曹禺说自己到教堂去也是要探索人为什么活着的哲学问题，我们可以只从知识、哲学的层面来考察《圣经》原著对《雷雨》的影响。究其实，罪性是一种邪恶性情，是人性恶的源头，人因有着灵魂深处的罪性因而产生罪行，行出来的罪性也就成为"恶"。

至此，再来看《雷雨》中人物的"罪"就清晰得多了。在《雷雨》中，几乎每个人（周冲除外）都带有这种"罪"。繁漪为满足一己之情欲，对继子周萍威逼利诱无所不用其极，最后将家庭搞得死的死、疯的疯，跑的跑；周朴园在哈尔滨包修江桥，故意叫江堤出险淹死两千二百个小工，每个小工的性命扣三百块钱；周萍背着父亲与继母发生关系，甚至扬言要杀父娶母；对繁漪始乱终弃后又转向追求四凤，进而与四凤兄妹乱伦，最后导致了四凤、周冲的触电身亡。还有鲁侍萍、四凤背叛母亲与男人私会的未婚先孕；鲁贵的吃喝嫖赌样样俱全；鲁大海动不动就发怒打人的粗鲁，等等。周朴园、鲁侍萍、周萍、四凤等剧本中的主要人物大都带着一种负罪感在生活，当侍萍得知周萍和四凤在不知情的情况下产生乱伦恋并未婚先孕时，她向老天承认自己的罪，并愿意担待一切惩罚：

---

[1] 曹禺.曹禺谈《雷雨》[M]//王兴平等.曹禺研究专辑.福州:海峡文艺出版社,1985:109.

啊，天知道谁犯了罪，谁造的这种孽！……我一个人
有罪，我先走错了一步。（伤心地）如今我明白了，我明白
了，事情已经做了的，不必再怨这不公平的天；人犯了一
次罪过，第二次也就自然地跟着来。——（摸着四凤的头）
他们是我的干净孩子，他们应当好好地活着，享着福。冤
孽是在我心里头，苦也应当我一个人尝。他们快活，谁晓
得就是罪过？他们年轻，他们自己并没有成心做了什么错。
（立起，望着天）今天晚上，是我让他们一块走，这罪过我
知道，可是罪过我现在替他们犯了；所有的罪孽都是我一
个人惹的，我的儿女们都是好孩子，心地干净的，那么，
天，真有了什么，也就让我一个人担待吧！[1]

　　侍萍这段向天对白袒露出藏在她内心深处的罪孽感，就像一个被
罪所挟制的人穷其一生寻找救赎的出路而最终发现兜兜转转依然回到
原点时的绝望。侍萍被抛弃后气死了母亲，原本以为她再嫁他人、自
食其力可以重获新生，没想到不仅后来又嫁了两次都不如意，心爱的
女儿却走上了自己当年的老路。当她试图用一生的艰辛赎第一次犯的
罪，却发现第二次也就自然地跟来，罪如同魔鬼一样如影随形，三十
年后依然不放过她。于是，她把自己当作罪之产生的根源，让老天降
罚于她。从这个意义上讲，侍萍就像《创世纪》中的夏娃一样，无意
中种下了罪的基因，让自己的儿女世世代代活在罪中。

　　如果说《雷雨》中除周冲以外的人都是一个个带有"罪"的普通
人的话，周冲就是一个天使般的人物。曹禺说："在《雷雨》里的八
个人物，我最早想出的，并且也较觉真切的是周繁漪，其次是周冲。
其他如四凤，如朴园，如鲁贵都曾在孕育时给我些苦痛与欣慰，但成

---

[1] 曹禺.雷雨[M].北京:人民文学出版社,1994:163.

了形后反不给我多少满意。（我这样说并不说前两个性格已有成功，我愿特别提出来只是因为这两种人抓住我的想象。）"[1] 为什么这两种人抓住曹禺的想象呢？因为这两种人最能集中表现曹禺的情绪与苦闷。前文我们曾说过曹禺的生长环境及他天性里的敏感，如果要找剧中人来表达曹禺多年来被压抑的生命意识及其情感深处的渴望的话，可能只有周冲最适合。据田本相在《曹禺传》中记载，周朴园的专横与冷酷是带有曹禺父亲的影子的，而周萍身上也带有曹禺大哥的印记。据此来看，周冲身上是不是也带有曹禺自己的影子呢？我们可以先来看一下曹禺对周冲这个人物的评价：

周冲原是最可喜的性格，他最无辜，而他与四凤同样遭受了残酷的结果。他藏在理想的堡垒里，他有许多憧憬，对社会，对家庭，以至于对爱情。他不能了解他自己，他更不了解他的周围，一重一重的幻念茧似的缚住了他。他看不清社会，他也看不清他所爱的人们。他犯着年轻人 Quixotic 病，有着一切青春发动期的青年对现实那样的隔离。他需要现实的铁锤来一次次敲醒他的梦……这样的人即便不为"残忍"的天所灭，他早晚都会被那绵绵不尽的渺茫的梦掩埋，到了与世隔绝的地步……理想如一串一串的肥皂泡荡漾在他的眼前，一根现实的铁针便轻轻地逐个点破。理想破灭时，生命也自然化成空影。周冲是这烦躁多事的夏天里一个春梦。[2]

曹禺在评价繁漪时是以局外人的身份来鉴赏的，但在评价周冲这

---

[1] 曹禺.雷雨[M].北京:人民文学出版社,1994:182.
[2] 同上,1994:184.

个人物形象时却显得对这个人物内心深处的一举一动了如指掌，而且带着毫不客气的批评，甚至可以说是一种自我反思。由此可以看出，周冲这个人物原型虽然不能说是曹禺本人，但至少代表了他年轻时的一个梦。这个梦是什么？这个梦的核心就是：爱。周冲爱母亲，爱父亲，爱哥哥，爱四凤，也爱四凤的家人（包括贪婪的鲁贵和粗鲁的鲁大海），总之，他爱一切的人。他的爱如晴天一样明朗，他的爱就是为别人付出。他请求父亲能够拿出自己一部分教育费给四凤，供她读书；他看到父亲对四凤一家的处理，很为此打抱不平。弱小者使他同情，不幸者使他难过，他想帮助一切可以帮助的人。在他的心目中，一切都是那么可爱可亲，一切都值得他去爱。在剧本中，曹禺这样来描述周冲的梦："我想，我像是在一个冬天的早晨，非常明亮的天空，……在无边的海上……哦，有一条轻得像海燕似的小帆船，在海风吹得紧，海上的空气闻得出有点腥、有点咸的时候，白色的帆张得满满地，像一只鹰的翅膀斜贴在海面上飞，飞，向着天边飞……"[1]这是一个多么单纯、明快、可爱的梦，梦里只有光明、爱、无尽的向往。如果说繁漪代表了无尽黑暗的深渊、侍萍代表了人类向善而不得的绝望的话，周冲这个天使一般可爱的形象则代表了无限的光明。在《雷雨》这个充满欲望、罪恶、郁热的大家庭里，沉闷压抑的气氛使人透不过气来，唯有周冲的出现才使人们看到一点光明，受到一丝安慰。

现在我们知道为什么曹禺说最能抓住他想象的两个人物是繁漪和周冲了。这两个人物，一暗一明，一个代表现实，一个代表梦想；一个是人性罪恶的集中彰显，一个代表人性之善的微光；一个充溢着肉体与情感生命意识受压的郁热，一个抒发着灵魂生命意识的圣洁与高昂；一个是魔鬼罪性的综合，一个是神圣性情的代表。在曹禺的创作

[1] 曹禺.雷雨[M].北京:人民文学出版社,1994:116.

过程中，这二者紧紧地抓住了他的想象，使他不知不觉写出了这两个精彩的人物形象。当然，《雷雨》中除了这两个人物，其他人物形象也都很丰满。比如周朴园，通行的评价都说他是一个虚伪的资本家，固然如此，但是从他本身的角度看，他也是一个情感常年受压制的不幸的人。年轻时他受着门第观念的影响，不能和心爱的女子结合，娶的那位有钱有门第的小姐不能给她爱情；后来再娶的繁漪又是一个喜怒无常异常果敢的女子，更无法满足他的愿望。

妻子反抗他，儿子怕他，没有人理解他，他只有在日常的生活习惯中，在每日观看年轻时的侍萍的照片中寻找心理安慰。当他意外发现鲁妈就是当年的心上人时，真实的情感立刻被理性所压抑，质问鲁侍萍是谁指使她来的——他以为鲁贵是幕后主谋，他以为鲁侍萍会和鲁贵一样敲诈勒索他——在周朴园的心里，他已经不再信任任何人，即使对爱人旧情难忘，也只是难忘那个当年的梅侍萍。由是可见，周朴园所爱的不过是自己年轻时失去的青春爱恋，是活在记忆中的侍萍，而非现在的鲁妈。在这个人物形象身上，可以看到人性之复杂。《雷雨》的剧中人物形象之所以精彩，就是因为他们是充满艺术张力的，每个人物身上都有着善恶交织、理性与情感相抵牾的矛盾性。

除此之外，剧中还有一个让人难以言状的点就是它的宿命感。所谓宿命，即是指"不得不"的命运，你怎么也逃不掉的安排。剧中的每个人物的出场都带着一个美好的梦：周朴园的梦想是平歇矿山的罢工热潮，维持住整个家庭秩序；周萍的梦想是逃出这个让他感到窒息的大家庭，到矿上做点实实在在的事情，同时和四凤建立自己的小家庭；周冲的梦想是能够和四凤一起读书，恋爱，过美好的生活；周繁漪的梦想是能够留下周萍和自己一起继续乱伦恋，或者周萍把她带走，哪怕是和四凤一起；鲁侍萍的梦想是能够把女儿带在身边，以免她走自己的老路；四凤的梦想是母亲能够允许周萍和她一起建立家庭，因为她爱周萍，且已经有了身孕；鲁贵的梦想是能够继续在周公馆帮工，并且攀得贵婿以便有经济来源过他的吃喝嫖赌的日子；鲁大海的梦想是希望罢工胜利，为工人们争取应得的权益。可是到最后，他们所有人的梦想都随着真相大白而破灭，八个人，四死、两疯、一逃，只剩下一个衰老的周朴园在教堂的钟声中忏悔，疯了的鲁侍萍年年在窗前等待自己亡命天涯的小儿子……这部剧实在太惨了。太黑暗，太阴森，太可怕。若是没有序幕和尾声中和一下，实在得不到一丝安慰。细读《雷雨》的读者应该可以觉出来，曹禺在《雷雨》中绝不仅仅是表面上写一个资本家家族的罪恶与毁灭的过程，单单以阶级分析的角度来解读剧本是不够的。因为我们不能忽略这个剧本还有一个至关重要的序幕和尾声。

1935 年 4 月 27、28、29 日，《雷雨》在日本东京神田一桥讲堂举行了公演，当时的戏剧导演是吴天、刘汝醴、杜宣。在演出前，吴天和杜宣曾向曹禺写信表示因为戏剧太长，不得已把序幕和尾声去掉了，曹禺回信表示了惋惜：

> 我写的是一首诗，一首叙事诗，……这诗不一定是美丽的，但是必须给读诗的一个不断的新的感觉。这固然有些实际的东西在内（如罢工……等），但绝非一个社会问题剧。……在许多幻想不能不叫实际的观众接受的时候，……我的方法乃不能不推溯这件事，推，推到非常辽远的时候，叫观众如听神话似的，听故事似的，来看我这个剧，所以我不得已用了"序幕"和"尾声"。[1]

虽然曹禺强调序幕和尾声的重要性，但依然没能改变在后来的演

[1] 田本相.曹禺传[M].北京:东方出版社,2009:176.

出时被删掉的命运。因为四幕剧已然四个多小时，序幕和尾声就成了
"累赘"。为此，曹禺做过多次努力，"我曾经为着演出'序幕'和'尾
声'想在那四幕里删一下，然而，思索许久，毫无头绪，终于废然地
搁下笔。这个问题需要一位好的导演用番功夫来解决……然而目前我
将期待着好的机会，叫我能依我自己的情趣来删节《雷雨》，把它认
真地搬到舞台上。"[1] 由此可以看出曹禺对序幕和尾声是多么地看重。
那么，序幕和尾声到底意味着什么呢？曹禺在《雷雨》序中曾有过这
样的表述：

> 《雷雨》有许多令人疑惑的地方，但最明显的莫如首尾
> 的"序幕"与"尾声"。聪明的批评者多置之不提，这样便
> 省略了多少引不到归结的争执，因为一切戏剧的设施须经
> 过观众的筛漏，透过时间的洗涤，那好的会存留，粗恶的
> 自然要滤走。……"序幕"和"尾声"的用意，简单地说，
> 是想送看戏的人们回家，带着一种哀静的心情。低着头，
> 沉思地，念着这些在情热、在梦想、在计算里煎熬着的人
> 们。荡漾在他们心里应该是水似的悲哀，流不尽的；而不
> 是惶惑的，恐怖的，回念着《雷雨》像一场噩梦，死亡，
> 惨痛如一只钳子似的夹住人的心灵，喘不出一口气来。……
> 我不愿这样戛然而止，我要流荡在人们中间还有诗样的情
> 怀。"序言"与"尾声"在这种用意下，仿佛有希腊悲剧
> Chorus 一部分的功能，导引观众的情绪入于更宽阔的沉思
> 的海。[2]

曹禺在《雷雨》序言中谈到序幕和尾声的前两句话其实已经表

[1] 曹禺.雷雨[M].北京:人民文学出版社,1994:188.
[2] 同上,1994:187.

明，序幕和尾声实则是引到该剧的"归结"。为什么曹禺多次强调序幕和尾声的重要？若是删掉了序幕和尾声，这部剧就仅仅变成了一个社会问题剧，与曹禺的表达初衷南辕北辙，而这也恰恰是目前学界依然在误读《雷雨》的重要原因之一。

曹禺要借序言和尾声给观众带来一种时间和空间上的距离感，以减少这部悲惨戏剧对人心灵的冲击力，在情绪上稍有舒缓后再带人进入沉思。然而，为什么要用一个这样的"序言"和"尾声"呢？为什么是教堂，为什么是弥撒，为什么是赞美诗？有论者以此为依据认为这部剧带有基督教文化背景，但这依然是表面的，且也无法就此指认曹禺写这部剧有什么宣教的意义，他本身也没加入任何宗教。抛开此不谈，还原曹禺创作《雷雨》时的初始生命意识或许可找到答案。他既是受着一种情感的催迫如此构造"序幕"和"尾声"，就像当初构造繁漪和周冲这两个人物形象一样，也是为满足他情感的需要，甚至也同样为满足观众情感的需要。只有这样才能确切使一个人苦闷、压抑的情绪得着安抚。如果说四幕剧是一个人将自己内心深处的丑恶真相袒露出来的话，序幕和尾声就像一张面纱，遮住这些裸露丑恶之后的痛苦与血淋淋的真实，给人以温柔的抚慰。剧中撕心裂肺的痛苦与哭天抢地的悲哀仿若一个前世的神话，序幕和尾声中的冬日里傍晚的教堂、远处的钟声、静静的音乐、姐弟俩的对话，无不浸透着现世生活的真实与温暖。不仅如此，这种舒缓的情绪将人引入深思：《雷雨》的悲剧根源何在？如何才是人类悲剧命运的出路？

其实，曹禺自己也没有答案。他说："至于雷雨象征什么，那我也不能很清楚地指出来，但是我已经用力使观众觉出来。"[1]我们或许可以尝试这样来解析：如果说繁漪象征着人心里的魔鬼的话，周冲便象征着人心中良善的一面。以繁漪为集中彰显的"魔性"（罪性）与

[1] 田本相.曹禺传[M].北京:东方出版社,2009:177.

以周冲为核心代表的"神性"在剧中产生着激烈的争执，剧中每个人物身上都有这两种生命的显出，而且都在善恶交织的矛盾中困惑、挣扎，企图能够逃离宇宙这口残酷的井，然而，所有的努力都失败了。侍萍三十年来远走他乡的挣扎就像俄狄浦斯王一样，越是企图改变命运反而距离命运越近。周朴园不断地搬家是逃离，周萍到矿山是逃离，四凤与周萍私奔也是逃离，就连鲁大海也不断地逃离，然而，无论他们如何逃离，最终都没有逃得过悲惨的命运，这种无处可逃的无助感便是曹禺在剧中着力要表达的一种情绪。他认为这些人物之所以无处可逃是因为冥冥之中有一个主宰，他说：

> 《雷雨》所显示的，并不是因果，并不是报应，而是我所觉得的天地间的"残忍"……这种种宇宙里斗争的"残忍"和"冷酷"。在这斗争背后或有一个主宰来使用它的管辖。这主宰，希伯来的先知们赞它为"上帝"，希腊的戏剧家们称它为"命运"，近代的人撇弃了这些迷离恍惚的观念，直截了当地叫它为"自然的法则"。而我始终不能给它以适当的命名，也没有能力来形容它的真相。因为它太大，太复杂。我的情感强要我表现的，只是对宇宙这一方面的憧憬。[1]

在曹禺看来，剧本的结局之所以这么悲惨不是因为某个人所导致的，而是天命如此。老子在《道德经》第五章中说："天地不仁，以万物为刍狗；圣人不仁，以百姓为刍狗。天地之间，其犹橐籥乎，虚而不屈，动而愈出。多言数穷，不如守中。"[2]天地视万物为平等，人

---

[1] 曹禺.雷雨[M].北京:人民文学出版社,1994:180.
[2] 陈鼓应.老子今注今译[M].北京:商务印书馆,2016:93.

之生死悲喜犹如草木一枯一荣一般，一切都遵循自然规律而演变，不会强加制止，也不会推波助澜。曹禺却认为《雷雨》剧中的故事发展背后有个主宰，而且这个主宰太大、太复杂，他的情感要他表现的，便是这个"主宰"。

他对这个主宰其实并没有很清楚的认知，只是照着自己能感受到的将这宇宙间渺小的圣灵们的喜乐悲欢描述出来。他要描述的并不是某一个阶级，或某一类群体，乃是普遍的人类。他的戏剧背景是宇宙，他的主角是人类以及在人类背后的主宰。所以，在他笔下的人物是难以言状的。他们没有单纯的善与恶，乃是一个个丰富的生命体。他描写繁漪的恶中有善，描写周冲单纯中有糊涂，描写周朴园假中有真，描写周萍软弱中有其坚持，他描写的每个人物都是复杂的，都是罪性与神性的交织。这帮人在这如一口残酷的井一般的宇宙间哭号、挣扎，却无论如何也逃脱不了人欲望的坑。他也不知道如何是好，只有以序幕和尾声给人们安慰，带给人们启迪——人类是带有罪性的，而人类通过努力的自我拯救是毫无希望的。宗教也不过是人类一厢情愿的拯救方式，而《雷雨》悲惨的结局已然断定：人类自我救赎之路必然是失败的。那么，人类得以灵魂救赎的真正途径在哪里？答案需要在剧本的序幕和尾声中去探寻。

娜拉出走的启示：从孟丽君到冷清秋
——女性生命意识的压抑与觉醒

清中叶女作家陈端生所著的弹词《再生缘》在各类剧种中广泛传播，曾被改编为京剧、扬剧、越剧、闽剧、黄梅戏等近百种戏剧。其女主人公孟丽君博学多识、聪慧机敏，以"女扮男装"身份闯入男权社会，实为女中翘楚。她对王权、父权、夫权激烈抗争，导致最后吐血昏迷，其情可悯，其悲可叹。无独有偶，民国作家张恨水所著的《金粉世家》也曾被改编为越剧、黄梅戏舞台剧及电影，深受现代观众喜爱。其主人公冷清秋作为一个嫁入豪门的平民女子，为维护自己人格的独立，勇敢放弃贵妇生活，走出家门、自力更生，成为一名独立自主的女子，与孟丽君颇有相似之处。

这两个异代女子均是风华绝代、才貌盖世，都在家庭与社会的双重逼迫下践行着女性自主意识，主动追求与男子平等的社会权利，并依靠自己的才能获得生存资本。对比研究这两个人物形象会发现，二者都具有娜拉出走的象征意蕴，且都对"娜拉出走后怎样"进行了实践性尝试，并在此过程中体现出女性自主意识的觉醒与迷失，而其心灵深处的矛盾也显示出女性的生命意识在男权社会中的觉醒与压抑。对比研究二者生命意识的不同呈现方式及其发展程度，可探寻女性生命意识从清朝到民国时期渐进发展的过程，探讨文学作品中女性生命意识书写的困境与局限，进而发现生命意识在中国文学由古代到现代发展史中被遮蔽的路径。

一、发现"自我"：女性生命意识渐进过程的再现

在清朝与民国时期，女性生命意识在中国文学作品中的内涵主要表现为女性自主意识和独立意识的彰显，具体呈现为人格意识的独立和权利意识中要求与男子平等自由的理念，以及为国为民、"兼济天下"的社会责任感。在这种时代思想的影响下，女性生命意识的觉醒主要体现为"自我"的发现与张扬。

西格蒙特·弗洛伊德认为，一个人的人格由本我（id）、自我（ego）和超我（superego）三部分动力系统组成。"本我"是与生俱来的先天本能欲望，完全无意识地按"快乐原则"活动，具有很强的原始冲动力；而"自我"既满足人本能需求又受外界影响，按"现实原则"活动，是本我和超我矛盾的协调者；"超我"是道德化的自我，它抑制本我，监督自我，按"至善原则"活动。他指出，"我们整个心理活动似乎都是下决心去追求快乐而避免痛苦，而且自动地受唯乐原则的调节"[1]。本我和超我存在本能与理想之间的矛盾，而"自我"则协调二者，三者此消彼长。如果一个人的"自我"很强，就能在本我与超我之间完成这种平衡，孟丽君就是一个"自我"很强的人，她试图在本我和超我之间寻求平衡，在男权社会中寻找一个这样的"自我"——一个既能满足本能需求又符合道德原则的"自我"，一个不违背本心生存于世的理想的"自我"，这也是她作为一个独立"人"的意识觉醒之后对"自我"的放逐与追寻。她以"女扮男装"身份闯入男权社会，其对王权、父权、夫权的激烈抗争，对实现理想抱负的不懈坚持，闪耀着"自我"生命意识的光芒。

[1] [奥]弗洛伊德.精神分析引论[M].上海:上海商务印书馆,1988:285.

　　如果说孟丽君起初的抗婚出逃是传统伦理观念中的"保全贞节"所驱，那么当她女扮男装连中三元之后，不仅为两家平冤昭雪，而且位列三台，就不再是"保全贞节"的问题了。这时的孟丽君已然不是当年出逃的孟丽君，她小心翼翼地掩护着自己男子的身份，不肯再回归女儿身。"为什么，弃却金貂和玉带？为什么，换将翠髻与红裙？别人识破无可奈，自己如何反说明"[1]。此时孟丽君的"自我"在男性性别的掩护下取得了无比宽松的发挥空间，也得到了极大的满足。即使在皇甫少华识破她时，她也当庭反驳，竭力掩护自己的男性身份。为什么孟丽君的性格有如此大的发展呢？在弗洛伊德看来，"本我"以追求快乐为目的，"自我"以追求现实为目的，"超我"则以实现"理想自我"为目的。"自我"作为人格的中间层，不仅要寻求满足"本我"的事物，而且还要考虑到这种满足不能违背"超我"的价值观。所以他指出，"自我"要服侍于三个主人，"它的三位专制的主人是外部世界、超我和本我"[2]。由此看来，"自我"既要满足"本我"的欲求，又要符合"超我"的道德原则，的确是很难扮演的一个角色。对于"自我"软弱的人来讲，焦虑或人格分裂就有可能发生；但对于"自我"强大的人而言，他不仅可以在符合道德原则的前提下满足本我需要，还可以满足"自我"本身的需要——如此，作为"自我"的协调才能得到最大限度的发挥，作为"自我"的价值在现实中得到体现与认可。

　　孟丽君通过女扮男装的形式在符合"超我"要求的前提下满足"本我"权力欲望的渴求，同时展现出其"自我"惊人的协调能力及优越的才干，成功地实现了她的理想，其胜利成果之一便是以状元的身份身居宰相要职，实现其经世治国之理想。许多研究者盛赞孟丽君

[1] [清]陈端生.再生缘[M].郑州:中州书画社,1982:481.
[2] [奥]弗洛伊德.精神分析引论[M].上海:上海商务印书馆,1984:286.

的惊世骇俗之举，如有论者指出："《再生缘》的独特价值在于它没有停留于'中状元、喜团圆'的旧模式，而把孟丽君独立地推上了权力的巅峰。在这其中，孟丽君的独立之路已经走得非常遥远。她以女儿躯实践了封建男性的终极追求：拜宰相、立朝纲、平天下。她已经完全认同于这种角色，并内化为自我意识，时时处处享受着由它所带来的自由和荣华。"[1]研究者们普遍认为孟丽君坚守其男性身份就是因为其对男性自由与地位荣华的迷恋，仔细推敲，我们会发现，孟丽君所坚守的"男性"身份承载的除了"本我"的权力欲望，"超我"的道德化要求，更重要的是还有一个在现实中将"本我"欲望与"超我"要求得以协调并实现的"自我"。

弗洛伊德认为："人体是一个复杂的能量系统，其中操纵人格结构运转和作用的能叫心理能。人格获得的能量是一定的，一个人有坚强的自我，就意味着本我和超我势必虚弱。人格的动力状态是由能量在整个人格中的不同分布决定的，而一个人的行为则取决于其所具有的动力状态。如果大部分能量被超我控制，他的行为就很有道德；如果大部分的能量被自我支配，他的行为就显得很实际；如果能量还停留在本我，他的行为就具有冲动性。"[2]孟丽君在放逐"自我"以后发现了"自我"的真正价值，尤其升任宰相以后，她收获了一个无比强大的"自我"。在此过程中，她不断认识自我、张扬自我、肯定自我，也不断追寻自我，坚守自我。此时，她的大部分能力被"自我"所支配，于是就显出很实际的行为来，这就不难解释她惊世骇俗的言行举止了。因此，她的"自我"实现需求已然压抑了"本我"天然欲求与"超我"道德要求，她的那个"自我"不仅可以游刃有余地协调"本我"与"超我"的需求，而且显示出其对"本我"与"超我"强大

[1] 蒋悦飞.超时代的女性意识和权力困惑——《再生缘》在现代视角下的人文价值[J].妇女研究论丛,2000(2).
[2] 倪海.论弗洛伊德人格理论及其贡献[J].理论月刊,2002(10).

的管控力，她对男权社会一切的反叛动力即来自于此，也满足于此。

在孟丽君身上，最具戏剧冲突的问题就是"复装与否"。剧中每一个人都认为孟丽君应该复装，而她却坚决抗拒。"丽君虽则是裙钗，现在而今立赤阶。浩荡深恩重万代，唯我爵位列三台。何须必要归夫婿，就是这，正室王妃岂我怀？"[1] 她已然认同了自己在社会中的男性角色，坚守着"自我"苦心经营的一切。缘何？马斯洛认为，人若无法满足被爱的需要，就会"强烈地感到孤独，感到在遭受抛弃、遭受拒绝、举目无亲、浪迹人间的痛苦"[2]。作为普通女人的孟丽君也有对天伦之爱、夫妇之情的需要，不然，她不会在得知皇甫少华将娶刘燕玉时黯然神伤。然而，她却在人前百般抵赖，并极力说服自己"何须嫁夫方为要，就做个，一朝贤相也传名"[3]。为了"自我"的苦心经营，她全然不顾自己作为正常人情感的需要，忍受着众人包括血肉至亲的误解与指责。那么，寻找"自我"的代价是否要以接受男权社会的秩序为前提呢？这是《再生缘》中孟丽君必须要面对的问题。陈端生没有给出答案，事实上，在传统男权社会中，她也无法给出答案。她无法超越社会时代背景预知百年后妇女解放，更无法想象女性可以在社会独立工作谋生。所以，《再生缘》中的女性自主意识只能通过一场浪漫主义的幻想来实现，在关键时刻，戛然而止于孟丽君的吐血昏迷。

波伏娃在《第二性》中说："女人是逐渐形成的。"[4] 尤其在男权思想为核心的传统社会中，女性自主意识的产生与发展更是一个渐进的过程。在《再生缘》中，孟丽君的生命意识经历了萌芽与发展的过程。起初女扮男装的动因不过是保守自己的名节，实现功名的愿望是

[1] [清] 陈端生.再生缘[M].郑州:中州书画社,1982:607.
[2] [美] 马斯洛.动机与人格[M].北京:华夏出版社,1991:50.
[3] [清] 陈端生.再生缘[M].郑州:中州书画社,1982:514.
[4] [法] 西蒙·波伏娃.第二性[M].李强,选译.北京:西苑出版社,2004:121.

附带的，颇像一个孩子离家出走"试一试"的冒险心情，那时她的女性自主意识还停留在潜意识层面。但随着连中三元、擢升兵部尚书的荣耀，以及为未婚夫一家申冤的快意经历，孟丽君潜意识中要与男子平等的自主意识开始彰显且日益强烈，她发现了自己作为女性受到束缚和限制的才华原来具有那么大的潜力，因此，在潜意识里，她产生了对自我的觉醒与肯定。诚如有论者所说："她在改变角色、涉足男性领地、广泛参与社会生活的过程中，充分发挥了自己的聪明才智，真正发现了自身的价值和潜能，有一种自我实现的满足感、成就感。"[1]如果说起初的"女扮男装"是孟丽君尝试性的冒险，那么到了连中三元之后，她的女性独立思想开始得到现实性的实践，至此，她的女性自主意识得到全面的张扬。

　　与孟丽君相似，冷清秋的女性自主意识也是逐渐产生的。起初，冷清秋对于金燕西是百依百顺的，即使丈夫新婚未满一周就开始夜不归宿，她对此却并无明显的不满，竟然宣布不干涉丈夫的自由，安心做贤妻良母——对公婆小心侍奉自不待言，对处处刁难她的三嫂也是谦恭有礼，一言一行都再三考量。当初嫁燕西是因为他表面上才识过人且数次以物质引诱，如今刚结婚不久就看出了他的真实面目，也看清了大家族败絮其中的实质，冰雪聪明的清秋却只是温顺地接受现状。当她的温顺并没有换来燕西的回心转意，而金铨暴病身亡导致的经济恐慌促使二人矛盾加剧时，冷清秋开始反思自己当初不该受物质引诱而嫁给金燕西。她说："像我们做女子的，第一步就是要竭力去了寄生虫这个徽号，所以我们的第二步是干，不是作了丈夫的寄生虫之后，再变成一个社会或人类的寄生虫。"[2]正是在婚姻失败的过程中，冷清秋独立的人格意识及自主的女性意识开始得到发展。

[1] 吕启祥:梦在红楼之外——《再生缘》与《红楼梦》[J].红楼梦学刊,1996(2):248.
[2] 张恨水:金粉世家[M].武汉:长江文艺出版社,2008:638.

可以说，倘若没有刘奎璧与皇甫少华的婚配之争，皇甫家没有被陷害，孟丽君的贞节没有受到威胁，她"女扮男装"的梦想可能只停留在一个闺阁女子的白日梦中；同样，倘若金铨没有意外身亡，金燕西没有受情利引诱而变心，冷清秋的委曲求全可以换来片刻安宁，她也不会离家出走。这两个女子女性意识的发展有着惊人的相似：她们都遇到来自婚姻的变故、社会的困迫，这种变故与困迫催生着她们内心被压抑的女性意识逐渐觉醒，开始向男权社会抗争，并身体力行走出绣阁这个束缚女性自我意识的牢笼，将自己置身于男权社会中并运用自己的才华获得谋生能力。这两部作品都书写了一个女性自主意识从萌芽到发展、成熟的过程，在女性主义文学史上具有代表意义。

二、迷失"自我"——经济制约下的悲剧

有论者指出："在端生的文本里，孟丽君所言所行皆为男，而所思所想却俱是女，这两种情境却是不能同时存在的，也即是说，软弱的女性内质与其所扮演的男性角色总处在紧张的撕扯当中，由于性别换装所带来的身分不纯粹使得孟丽君/郦君玉这两者实质上只能轮番缺席。可见，孟丽君注定是个分裂的个体，我们可以看到她在不停地自我质疑、自我否定同时又在自矜与自卑之间苦苦挣扎，而女性通过换装来成为一个完整主体的欲望注定只是一场游戏一场梦。"[1]此言道出了孟丽君心理的真实情形。就是在最热烈地追求自己的梦想时，她内心深处也忍不住自问：我还能坚持多久？孟丽君作为一个女性，试图通过"自我"协调能力在男权社会实现"本我"权力欲望与"超我"道德要求之平衡，并在此基础上彰显"自我"之社会价值，其精

---

[1] 赵咏冰.带着脚镣的生命之舞——从《再生缘》看传统中国女性写作的困境[J].明清小说研究,2005(2).

神勇气令人叹服，其结局之悲剧性却是在所难免。

作为一个有三层人格的人，她不仅要满足"本我"欲求、"超我"道德要求，还要满足"自我"价值的肯定，这三种需求不可能同时实现，这就注定了孟丽君只能满足她有限的一部分需要（即实现"自我"社会价值的需要），其他需要不仅得不到满足，而且压抑了"本我"对情欲的需求及"超我"对人伦的遵守，也就压抑了作为一个天然人真实的"自我"，注定了她真正"自我"的迷失。孟丽君最后被逼到吐血昏迷的地步，也昭示着她对"自我"追寻的失败，这是作家陈端生不愿承认的，所以她就此搁笔。由此看来，表面上孟丽君悲剧的原因在于她以一己之力对男权社会反叛的失败，是个人与社会矛盾所致；但从心理学角度来看，孟丽君之悲剧在于她在放逐自我、满足自我之后，已经无法再回归那个"本我""自我""超我"三重人格平衡统一的状态。而当她的男性身份被揭穿，"自我"无法再协调"本我"与"超我"的矛盾，且不能继续被满足，又不愿回到未觉醒前的"自我"，那么这个觉醒了的"自我"便无处安放，吐血昏迷也昭示着孟丽君内心真实"自我"放逐之后的迷失。

许多人对《再生缘》的断章扼腕叹息，并有后人续写孟丽君与苏映雪、刘燕玉三女共事一夫的结局。郭沫若曾为《再生缘》设计了一个"一尘不染归仙界"[1]的结局：丽君吐血而亡，少华、映雪隐退，燕玉代奉双亲。那么，陈端生心目中真正的结局该是如何呢？最后，几乎所有人都希望孟丽君能够显明真身，而孟丽君以一己之力抵抗太后、皇帝、皇甫少华及其父母的逼迫，随处都是陷阱，步步惊心、险象环生，任凭她才高八斗、胆识超群，最终也难免吐血昏迷的窘境。后人种种猜测，其实陈端生就此搁笔才是最明智的选择。对于孟丽君而言，吐血昏迷才是最"好"的结局。也只有这样的结局可以使孟丽

---

[1] 郭沫若:序《再生缘》前十七卷校订本[N].光明日报,1961-08-07.

君的性别角色互换游戏优雅地退场，在一场现实纷争里，女主人公以吐血倒下的方式宣布："game over"（游戏结束），让所有在场人瞠目结舌，形成一种强烈的悲剧性冲突，达到一种现实与理想鲜明的比照，其结局扣人心弦、引人深思。这一悲剧性结局宣告了孟丽君苦心孤诣所追求的"男女平等"理想的破灭，也引出一个真理启示：女性解放若没有社会解放作基础，不过是飞蛾扑火，以卵击石。诚如有论者说："自强独立的孟丽君永远在苦苦挣扎，在与男权社会坚持不懈地斗争。她的生命历程是一场女性渴望挣脱封建枷锁、越出礼教牢笼的战斗，她虽然做了一次又一次努力，但终于无法与强大的社会世俗和封建礼教的力量抗争，只能以失败的结果为自己曾经的辉煌画上句号。女性自主意识的觉醒，给女性追求平等自由带来了曙光，但它的真正成功只能由时代的进步来推动，在陈端生所处的时代，不可能真正成功。"[1]笔者赞同这一观点。在陈端生创作《再生缘》的时代，由于男权社会的限制，女性独立意识的发展遮蔽了女性自我意识的欲求，使得女性自主意识的追求只能成为一个黄粱梦。可以说，孟丽君的悲剧是个人与社会反抗的悲剧，是具有历史必然性的。

别林斯基指出，悲剧的本质"是在于冲突，即在于人心的自然欲望与道德责任或仅仅与不可克服的障碍之间的冲突、斗争"[2]。如果说"满足自我"是孟丽君的"自我"生发的欲望，那么她所处的环境便总是与其"自我"格格不入。有论者称赞说："孟丽君竭尽全力追求和维护的，不是作为'某人妻'的小幸福，而是作为'人'的大尊严，孟丽君在心理、行动上真正实现了和男性的平等，这在整个中国古典文学中都是寥寥无几的。"[3]殊不知，这种"男女平等"是孟丽君

[1] 赵越：《再生缘》中女性意识的觉醒及其悲剧结局[J].安徽文学,2008(5):173.
[2] 别林斯基：别林斯基论莎士比亚·戏剧诗李邦媛译,[M]//曹葆华:古典文艺理论译丛.北京:人民文学出版社,1962:138.
[3] 张俊：《再生缘》三论[D].重庆:重庆师范大学,2003,13.

作为一个"男性"在社会上生存才能达到的，是以其否定自己作为一个女性为代价的。作为一个社会中的"人"，她不仅有实现自我社会价值的需要，还有爱与归属的需要，有做一个正常女子的需要，这种需要在男性性别的掩饰下难以实现。

追求"自我"的首要前提便是经济基础。1923 年 12 月 26 日，鲁迅在《娜拉走后怎样》的演讲中指出娜拉的结局——要么堕落，要么回来。他说："钱这个字很难听，或者要被高尚的君子们所非笑，但我总觉得人们的议论是不但昨天和今天，即使饭前和饭后，也往往有些差别。"[1]鲁迅以幽默的笔法暗示了金钱在现实生活中的基础性作用，无论多么高尚地谈论理想与各种主义，都逃不开经济基础，倘若没有稳定的经济支撑，一切放逐"自我"的行为最终将走向迷失。鲁迅的《伤逝》对五四女性解放思想提出了一针见血的经济问题，这对"五四"婚恋小说亦是一个质疑与反思。而难能可贵的是，在清中叶的《再生缘》中，陈端生对娜拉走后怎样的问题就已经有了独特深入的思考。作为一个游走于男权社会的冰雪聪明的女子，孟丽君清楚地知道女性要独立自主，首要的基础就是经济。她说："宰臣官俸虽尪尪在，自身可养自身来。"[2]作为一个女子，能够像男子一样自己供养自己，何须出嫁从夫呢？孟丽君之所以能傲然发表独立宣言，正因她有着坚实的经济基础。同时，这一经济基础又促使她在心理上更坚定地践行女性独立思想，使其心理独立与经济独立相得益彰。

如果说陈端生以孟丽君的才华改写了鲁迅所预言的娜拉的结局，那么张恨水则为冷清秋设置了另一种图景：她像娜拉一样离家出走后，能够在街头现场写字，以书春、教书自食其力，还能抚养她和金燕西的儿子。然而，冷清秋实现了经济独立，在心理上依然没有走出

---

[1] 鲁迅:鲁迅全集（第1卷）[M].北京:人民文学出版社,1981:160.
[2] 吕启祥:梦在红楼之外——《再生缘》与《红楼梦》[J].红楼梦学刊,1996(2):607.

过去的阴影。当她在街头卖春时说:"这实在也是不得已才去这样抛头露面。稍微有点学问有志气的人,宁可饿死,也不能做这沿街鼓板一样的生活。……一个人什么事不能做,何必落到这步田地呢?"[1]她对自己的独立生活非但没有孟丽君的骄傲自信,反而感到羞赧与惭愧,即使在践行着女性独立自主意识的同时,她也忍不住怀疑自己。恩格斯说:"一个人物的性格不仅表现在他做什么,而且表现在他怎样做。"[2]她"做"时的犹豫、纠结与羞惭正是其女性解放不彻底的表现。因此,她的女性自主意识只停留在经济层面,心理上对女性自主的认识与践行远没有孟丽君决绝与果敢。对此,张恨水解释道:"在《金粉世家》时代(假如有的话),那些男女,除了吃喝穿逛之外,你说他会具有现在青年的意思,那是不可想象的。"[3]这是张恨水作为一个传统知识分子对"现代青年"认识的局限,也是其作为一个男性作家对女性主义认识的局限。《金粉世家》中的慧厂口口声声喊着妇女解放,自己却对丈夫在外花天酒地置若罔闻。玉芬虽然在一定程度上控制了丈夫,也拥有家庭的经济支配权,但始终是同床异梦,难以得到真正的幸福。《京华烟云》中的牛素云可谓财大气粗的官宦之女,尽管她和经亚没有什么感情,但是经亚主动要求离婚也使她羞愧得无地自容。由此可见,女子要摆脱"附属品"地位,也不只是经济上的问题,而在更深层的心理上,能够从心里不再寻求对男人的依附,或许是妇女解放的可行性途径之一。以《金粉世家》为代表的民国婚恋小说对女性独立的探讨虽然聚焦在经济层面,认为经济独立是女性个性解放的基础,但对女性解放的心理层面探索远远不够。这就使女性主义在民国婚恋小说中只能是一种浮浅朦胧的表达,且尚在萌芽状态就已经被消解于无形。

[1] 张恨水:金粉世家[M].武汉:长江文艺出版社,2008:3.
[2] 马克思,恩格斯:马克思恩格斯全集(第29卷)[M].北京:人民出版社,1965:582.
[3] 张恨水:金粉世家[M].武汉:长江文艺出版社,2008:31.

　　而在传统文学作品中，女性独立的例子倒也不止孟丽君一个。稍早于陈端生的《再生缘》，思想超越的吴敬梓在《儒林外史》第四十和四十一回中塑造了一个极具个性解放色彩的自尊自立的女性——沈琼枝。沈琼枝是常州才女，因不甘受骗嫁给扬州盐商宋为富为妾，只身逃到南京，在秦淮河畔靠卖诗画和刺绣为生。沈琼枝的自救自养行为，已经在经济上、心理上完全独立，可以说是出走娜拉的成功实践，但后来她又被夫家发现抓了回去，小说这样的安排无疑仍带有男性作家特有的男权意识。如果说沈琼枝是男性作家视野的独立女性，那么孟丽君则是女性作家视野的独立女性，两者的相继出现在古代文学作品书写女性解放的层面上具有重要意义。相比较而言，民国婚恋小说在此方面却逊色于清代文学作品。

　　总之，在《金粉世家》中，经济独立并没有为冷清秋的心理独立提供足够动力，而在《再生缘》中，经济因素不仅是女性独立的基础，还为孟丽君提供了重要的心理保障。孟丽君在经济、心理两方面双重的独立不仅在除《儒林外史》之外的同时代的文学作品中很难找到，即使在民国时期的婚恋小说中也是凤毛麟角，其对女性生命意识的强烈彰显，使得《再生缘》在女性主义文学史中有着重要的开创性意义。

三、寻找"自我"：以男权秩序反抗男权社会的矛盾与困惑

　　阻碍女性思想解放的根本原因何在？归根结底，从前的中国社会还是一个男权社会。在男权社会中，女性尽管在经济上可以独立，但面对传统思想的种种束缚，她们心灵深处依然承受着两难的矛盾与焦灼。郭沫若说孟丽君"挟封建道德以反封建秩序，挟爵禄名位以反男尊女卑，挟君威而不从父母，挟师道而不认丈夫，挟贞操节烈而违抗

朝廷，挟孝弟力行而犯上作乱"[1]，道出了孟丽君以男权秩序反抗男权社会的困境与无奈。最后，当矛盾焦点集中在孟丽君"复妆与否"的问题上时，她的心灵承受着巨大的压力。其实复妆与不复妆，对她而言都是两难："复妆"意味着她对女性自主意识追求的放弃，意味着她苦心经营的社会话语权的消失。"不复妆"，表面看起来她在男权社会游刃有余，但男子身份使她无法拥有正常的人伦情爱，无法尽为人女的孝道，无法体会为人妻的幸福，更不可能为人母，做一个完整的女人，这是孟丽君内心深处的两难境地。

透过复妆与否的表象看本质，我们会发现孟丽君所谓"男女平等"的追求不过是放弃了女性之所以成为"女性"的权利，而将女性这一角色放在男性角色的模子里刻一个出来而已。这种"男女平等"并不是男女"性别"的平等，乃是"社会角色"的平等，为了追求这一"社会角色"的平等，孟丽君宁肯放弃"性别角色"的真实，通过"女扮男装"的形式将女性伪装成男性。从这一角度看，孟丽君对男权社会的反抗不过是女性对男权的另一种形式的认同，或男权社会对女性的异化。诚如乐黛云教授所说："孟丽君只能用假装的男性身份来存活，她只能用男性的名、称谓和话语来构筑自己的梦，而这种男性的身份、名、称谓和话语又必然导致对男性秩序的认同与回归。"[2]我们是同意这一观点的。当然，孟丽君心里绝非只要男女社会角色的平等而不要性别角色的真实，但苦于当时男权社会的局限，她无法在保守自己女性性别角色的前提下实现男女社会角色的平等，只好两害相权取其轻了。而孟丽君作为一个自我意识觉醒的女性，在追求女性社会权利的过程中内心深处的矛盾与焦灼便透露出一个女性在男权社会中争取个性解放的艰难与辛酸，也显示出男权社会中女性受压抑的

[1] 郭沫若:《再生缘》前十七卷和它的作者陈端生[N].光明日报,1961-05-04.
[2] 乐黛云:无名、失语中的女性梦幻——十八世纪中国女作家陈端生和她对女性的看法[J].中国文化,1994(10):162.

真实状态，这正暗合了法国女权批评所强调的对女性受压抑状态的书写方式。追根溯源，孟丽君的心灵困境由男权社会所致，也是由其内心对女性自主的渴望而生，两下权衡、较量的过程正是女性主义冲破男权社会突围的过程。所以，作品对"复妆"与否的描写不仅具有戏剧性冲突，更具有女性主义在男权社会中发展之艰难的象征意义。

如果说孟丽君的两难集中在"复妆"与否的问题上，冷清秋的两难就集中在"离婚"与否的问题上。当冷清秋发现她与金燕西婚姻已名存实亡的本质后，内心深处对离婚问题也有诸多纠结与矛盾，她反思道："自己是个文学有根底，常识又很丰富的女子，受着物质与虚荣的引诱，就把持不定地嫁了燕西……女子们总要屈服在金钱势力范围之下，实在是可耻。凭我这点能耐，我很可以自立，为什么受人家这种藐视？……一个女子做了纨绔子弟的妻妾，便是人格丧尽。她一层想着逼进一层，不觉热血沸腾起来。心里好像在大声疾呼地告诉她，离婚，离婚！"[1] 从自己受物质引诱的反思，到对女子屈服于金钱的否定，再到对自己婚姻实质的认识，冷清秋发现了自己真实的处境：当燕西带着"赏玩"的私心把她娶回家时，她就已经成了他的附属品。经过心理矛盾斗争，她终于勇敢地走出婚姻牢笼，着实是女性自主意识集中的彰显，也是妇女解放的成功，然而，这种成功却极其有限。虽然她走出了大家族婚姻牢笼，却在心理上始终没有走出金燕西的影子。小说尾声中写道，十多年过去了，冷清秋和儿子去看以金燕西为原型与主角拍的电影，一边议论故事情节与实际的出入，一边掉眼泪，以至于没看完就中途退场了。作者说："没有原故，她不会母子花了两块钱来看电影的。"[2] 这里的"原故"便是冷清秋对金燕西的不能忘情与耿耿于怀，这是冷清秋内心深处矛盾与彷徨的表现，在

---

[1] 张恨水.金粉世家[M].武汉:长江文艺出版社,2008:580.
[2] 同上,2008:721.

心理上，冷清秋依然不能走出金燕西的阴影。此时，她虽然不再爱燕西，但她的恨已然演化成爱的另一种方式，存留在她的血液里，恐怕要存一辈子。从本质上讲，在潜意识里，冷清秋始终没有摆脱金燕西所代表的封建夫权思想的控制——她恪守着自己的贞操孤老终生便是明证，其心灵深处对男权秩序的认同是不言而喻的。

如果说孟丽君以男权秩序反抗男权社会，以女性性别权利换取社会权利，从反面印证了她对男权秩序的认同；那么冷清秋则是以女性性别的自我认同来争取独立自尊，但其骨子里是认可男权秩序的。二人在争取女性社会权利的过程中表现出共同的矛盾与困惑：既想争取与男性同等的社会权利，又无奈地默认男权秩序为核心的男权社会，表面上挣脱了男性为中心的思想藩篱，而内心深处却依然寻求女性性别角色的回归。二人心灵深处的矛盾显示出女性自我觉醒之后面对男权社会的困惑，诚如子君在涓生说出"不爱"的真实后无路可走的困境，两部作品对女性心灵困境的书写是具有典型意义的。

四、回归"自我"：娜拉出走的启示

真正的文学是深入心灵乃至人内心深处隐秘的，这样的文学才能超越时代散发出经典作品的光芒。孟丽君形象之所以深入人心，正与她对"自我"的认识与追寻息息相关。透过这个人物形象，我们甚至可以解读自己的心灵，不是性别的问题，也不是女权主义或男权主义的问题，乃是一个人如何面对"自我"的问题，是我们如何直面自己内心深处最真实的生命渴望时所持的态度问题。这不仅是情与理的矛盾、"本我"与"超我"的矛盾，也是"肉体"与"律法"的矛盾。这启示我们揭示"人"之本真意义的途径——在世界文学中，人类作为受造之物探讨其与造物主之关系正是人对"理想自我"的追寻路径，而人在宇宙中找到其存在的价值，人类的"自我"才真正得以回归。世界公认的人生三大哲学问题"我是谁？我从哪里来？要到哪里去"的古老命题，正是世界文学探及的母题之一。以此视野观之，中国文学从古代到现代，都自发地与世界文学同步，甚至在某些方面已具有了超前性。

其实，在世界文学史中，人类从来没有停止过对"自我"价值的寻找。从俄狄浦斯王到美狄亚再到哈姆莱特，这种寻找从古代到现代再到当代从未间断过。1925年，鲁迅先生创作了一篇诗剧《过客》，其中刻画了一个过客，他并不知道自己从哪里来，到哪里去，只知道要往前走。至于前方是什么，他依然不知道，揭示出人在自我觉醒之后对人生意义的探寻；1934年，意大利小说家、戏剧家路伊吉·皮兰德娄的戏剧《寻找自我》获诺贝尔文学奖，除了戏剧技巧的精彩之外，"寻找自我"的命题也使其尤为突出；1953年，爱尔兰现代主义剧作家塞缪尔·贝克特的《等待戈多》首演，两个流浪汉苦苦地在一片荒芜中等"戈多"，而"戈多"一直都没有来，这场无望的等待昭示着人生是一场无尽的等待，表达了现代人在寻找不到"自我"人生价值之后感到的世界荒诞、人生痛苦。而"女扮男装"的孟丽君和鲁迅笔下的过客、等待戈多的两个流浪汉在心灵本质上是相似的，他们都在找寻人之"自我"存在的价值，探寻人生之本真意义，却都在失败无望中坚持着往前去。从这个意义上说，孟丽君的吐血昏迷与鲁迅的反抗绝望有相通之处。

孟丽君之悲剧体现出来的绝不只是对人"欲望"的发现、肯定与张扬，也是对人性真实面目的探寻、放逐与回归。善与恶交织的律正是人性之矛盾的真实。孟丽君这一人物形象之可贵在于，在她身上正体现了本我、自我、超我这这三种生命的交织、纠结与矛盾。她不仅揭示了人性之真实，也无意间触摸到了人类之真理——人之生命意识的发展必然产生其对自我存在价值的叩问，而这一叩问最终指向对人与造物主之关系的考量，进而抵达对人类命运的终极关怀。从这个角度上讲，孟丽君这个人物形象是属于全人类的，她可以代表任何一个男人或女人对"自我"的追寻与质疑，她所有传奇的经历都代表着对人类本心之找寻的路径之探讨，当然，囿于历史的局限，她没有找到便迷失在回归"自我"的途中，但是这种寻找具有超越时代的实践意义。这种探寻如同哈姆莱特"to do or not to do"的探寻，具有超越时代的人类自身价值探寻之意义。

不可否认，在中国传统的价值观中，孟丽君的探寻是不被肯定的。《论语·先进第十一》中载："季路问事鬼神。子曰：'未能事人，焉能事鬼？'曰：'敢问死。'曰：'未知生，焉知死？'"[1]季路对"死"的询问是在探讨人生之价值与意义。而孔子对"生"的关注乃是避开人类终极问题，将"生"作为人类的终极目的。很多人穷其一生在追求"生"，直到临死时依然不能改变虚无人生的本质。倒是那些真正洞彻死亡的人，不去孜孜以求"生"的热烈，凡事淡然处之，以致物我两忘，方才活出了生命的本义。因此，积极地追求"生"而避讳"死"不过是一种表面的积极，本质上不过是对"死"的困惑与逃避。而懂得"向死而生"，才是一种达观与积极。

没有一个人生下来不是往死里去的，然而人类因为不懂得"死"的含义，就无法明白"生"的价值，而错把生命之外的名利权情当作目标，因此遮蔽了"自我"。孟丽君的宝贵之处在于，她勇敢表达了人类对超越名利权情的"自我"的追寻，肯定人对"自我"的发现，并坚守着人类寻找自我之路，这不仅在中国戏剧文学史上，在世界戏剧文学史上也是具有代表意义的。诚如有论者指出："悲剧精神和现实主义、乐观主义不仅不冲突，反而很靠近。……所有悲剧的真正含

---

[1] 杨伯峻.论语译注[M].北京:中华书局,1980:113.

义，决不是使人永远在痛苦悲伤的苦海中沉沦下去、万劫不复，而是使观众在审美关照中更加具备关于人的尊严感、使命感和责任感。"[1] 孟丽君正是在追寻自我的过程中体现出其作为"人"的尊严感与使命感，其悲剧精神及其价值也在此。二百多年过去了，孟丽君这个形象为何能散发久远的艺术魅力，并始终在戏剧文学史上熠熠闪光？这很大一部分程度上来自于她的悲剧内蕴对人类的启示：在现代社会，我们似乎更应思考这些古老的哲学命题：我是谁？我从哪里来？要到哪里去？人需要活得单纯，更需要将人回归"人"本身。

与《再生缘》不同，在《金粉世家》创作的 20 世纪二三十年代，男女平等已经成为时代呼声，妇女解放运动已经如火如荼展开。"个性解放"成为"五四"后妇女解放运动的主题。陈独秀指出："解放云者，脱离夫奴隶之羁绊，以完其自主自由之人格之谓也。"[2]罗家伦在《新潮》杂志发表《妇女解放》一文，呼吁妇女不要再做男人的附属品。作为一名二十年代的知识分子，冷清秋也或多或少受了影响，所以她能够突破门第观念与金燕西成婚。当发现自己与丈夫无爱婚姻的真相时，她毅然抱着孩子离家出走，以实际行动践行了女性的独立自主。这既是女性主义在现实中的实践与彰显，也表现出社会发展到 20 世纪后可以达到的女性解放的程度。可以说，孟丽君想做而没有做到的事，冷清秋做到了。当然，并不是冷清秋比孟丽君的女性主义更彻底，乃是她所处的社会时代比孟丽君更开放，更容许女性自主意识实践的发生。因此，孟丽君只能作为一个"男性"在男权社会中谋取生存资本，而冷清秋则可以作为一个"女性"在男权社会中独立生活，这昭示着女性主义在民国时期得到了进一步发展，社会文明到了可以容许女性在性别与角色两个方面和男子达到平等的地步。正如张

---

[1] 谢柏梁.世界悲剧通史[M].上海:上海古籍出版社,2013:12.
[2] 陈独秀.独秀文存(第一卷) [M].合肥:安徽人民出版社,1987:4.

恨水所说:"现在潮流所趋,男女都讲究经济独立,自谋生活。"[1] 然而,虽然社会条件许可了,冷清秋的守节孤老却证明她依然没有摆脱金燕西为代表的封建夫权的控制,这正是《金粉世家》真正的悲剧性之所在。如果说《再生缘》的悲剧是囿于社会历史的局限,那么《金粉世家》的悲剧则是囿于个人思想认识的局限:孟丽君以吐血身亡来反抗娜拉出走后"回归"的局面,冷清秋则以对金燕西的念念不忘昭示出她身体的离家而内心的依附与回归。从这个意义上讲,《金粉世家》不如《再生缘》所显露出来的女性主义那么强烈,其悲剧性也没有《再生缘》显得彻底、深刻。因此,孟丽君比冷清秋在女性生命意识探索的道路上走得更远。

究其原因,可从两位作家的创作动机来考察。《再生缘》的作者陈端生称自己"短昼不堪勤绣作,仍为相续《再生缘》"[2],"管隙敢窥千古事,毫端戏写《再生缘》"[3]。可见其创作的初衷是不愿自己的才华浪费在别处,于是通过写作施展出来。从 1768 年 9 月到 1770 年 3 月,仅一年半的时间就写出 60 多万字,足以见出其淋漓酣畅的才情,亦可感受到她作为一个女子对自由舒展才华的渴望。陈寅恪先生说:"《再生缘》一书之主角为孟丽君,故孟丽君之性格,即端生平日理想所寄托,遂于不自觉中极力描绘,遂成为己身之对镜写真也。"[4]此言很有道理。陈端生将自己平日想做而不能做之事寄托于书中人物,颇有"言志"意味。因此,《再生缘》也就是陈端生文人自娱、抒发情怀、寄托理想之作,孟丽君则是陈端生个人心灵的写真。既然孟丽君是陈端生的写真,那么陈端生其人如何呢?

据考察,陈端生出身于官宦之家,自幼聪慧,工于吟咏。祖父为

[1] 张恨水.金粉世家[M].武汉:长江文艺出版社,2008:3.
[2] 陈端生.再生缘[M].郑州:中州书画社,1982:53.
[3] 同上,1982:924.
[4] 陈寅恪.论《再生缘》[M]//寒柳堂集.北京:生活·读书·新知三联书店,2001:65.

雍正年间进士，良好的家境与诗书的熏陶加之天生的才华使其不安于针黹女红。然而其祖父虽名重当世，但其父辈均才资平庸，其弟年幼亦未有明显天分。"端生处此两两相形之环境中，其不平之感，有非他人所能共喻者。职此之故，端生有意无意之中造成一骄傲自尊之观念。此观念为他人所不能堪，在端生亦未尝不自觉，然固不屑顾及者也。"[1]作为一个"才自清明志自高"的女子，陈端生不满于束缚女性发挥才华、张扬个性的传统社会，在胸中自有一股不平之气与傲骄之感。从心理学角度来看，由于天生才华卓越，她的"本我"便产生一种突破现实社会束缚、发挥才干的欲望，而"超我"又要求她符合传统伦理道德要求，这就促使她的"自我"在二者之间协调，使得现实中得不到释放的"本我欲望"在作品中表达出来。所以，陈端生平日所思所想也即是孟丽君所思所想了。以陈端生骄人的才干，她在作品中为"自我"提供了一个协调"本我"与"超我"的妙计——女扮男装，并精心安排故事情节，一连串的巧合为孟丽君大开绿灯，实现其作为一个女子的治国理想。由此可见，孟丽君对"自我"的放逐与追寻正是陈端生在想象中对"自我"放逐的一个大胆尝试。

张恨水出身于一个小官吏家庭，从小饱读诗书，原本志在赴英留学，18岁时父亲的突然病故改变了他的命运，从此作为一个新闻工作者、报刊编辑卖文为生。因此，他在创作《金粉世家》时的心态决然不同于陈端生。他说："而我的全家，那时都到了北京，我的生活负担很重，老实说，写稿子完全为的是图利。"[2]彼时，全家30多口人都靠他一支笔生活，他夜以继日撰稿，在1924—1929年间创作了《春明外史》（90万字）、《金粉世家》（约100万字）、《啼笑因缘》（约31万字）三部重要的社会言情小说，共计220余万字。在这种高强

[1] 陈寅恪.论《再生缘》[M]//寒柳堂集.北京:生活·读书·新知三联书店,2001:64.
[2] 张恨水.写作生涯回忆[M]//张占国、魏守忠.中国文学史资料全编(现代卷)10:张恨水研究资料.北京:知识产权出版社,2009:28.

度的工作状态下，什么理想、志愿都退而居其次了，他首先考虑的就是稿子好卖、读者欢迎。因此，对读者的迎合、对报刊主编的附和、对文字市场的唱和使得《金粉世家》这部作品不可能像《再生缘》那样抒情言志、承载作家的理想情怀，因此，冷清秋不可能像孟丽君那样具有超越时代的主张了。

结语

就女性生命意识而言，孟丽君与冷清秋娜拉般的离家出走体现了女性对自我生命意识的觉醒与发现，她们对女性独立自主的追求以及在此过程中的心灵困境与突围在文学史上具有开拓性。与此同时，《再生缘》和《金粉世家》对女性自主意识逐渐发展的再现、对经济独立与心理独立之关系的考量、对争取女性权利过程中女性内心深处困惑与焦虑的表现以及对悲剧性结局的呈现与反思，真实地表现了传统小说女性生命意识书写的艰难。通过对二者进行对比研究，我们可以看到从清中叶至民国初年，女性的生命意识在文学作品中经过了艰难的跋涉：从思想自主到经济独立再到心理的独立，孟丽君向我们展示出一个勇敢、悲壮的娜拉，而冷清秋向我们展示出一个自尊、矛盾的娜拉。一部经典的作品是可以超越时代的，在这一点上，《再生缘》具有历史预见性，而《金粉世家》还带有鲜明的时代局限。这不仅是男性作家对女性自主意识认识的局限，也是由作家创作环境及创作心态所致。由此可见，在清至民国时期，女性的生命意识在通俗文学中的表达是隐晦曲折的，作家身处的客观环境及其主观认识局限都成为女性生命意识自由书写的限制。

乡土变迁中的精神流浪与生命哀歌
——论罗伟章《谁在敲门》

《谁在敲门》自 2021 年 4 月问世以来便备受读者好评，不仅被列入"名人堂·2021 年度十大好书""《扬子江文学评论》2021 年度文学排行榜""《亚洲周刊》2021 年全球华人十大小说"，而且一举斩获"2021 年度长篇五佳""第六届长篇小说年度金榜（2021）"领衔作品，这部小说究竟以何俘获人心？又缘何赢得学界褒奖？带着疑问打开作品，一股熟悉的乡土气息扑面而来。小说最具社会价值的是在以"变化"为主旋律的当前社会捕捉到"不变"，揭示出传统乡土文明的本质特征，为求新求变的现代社会提供另一种思考与启示。

一、新乡土文学：对乡土变迁中"不变"的追寻

《谁在敲门》以"我"返乡为父亲庆生开始，将许成祥及其六个儿女一家的生活铺叙开来，由父亲的生日写起，到父亲生病，父亲的葬礼，再到大哥被迫搬家，大姐夫银铛入狱及大姐的自尽，这一个家族的遭遇浓缩了老君山脚下世世代代村民们的苦乐悲欢与生死离合。小说家借父亲、大哥、大姐等一个个鲜活的乡村人勾勒出两代农民身上血脉相连的文化形象，进而刻画出乡土社会最核心的特征：稳定、持守、执着。而小说正是将这些人物置入变化的时代中，叙述他们如

何以生命守护自己的家园，甚至以生命为逝去的乡土文明殉葬。正是在这些看似平凡却震撼人心的乡村人物身上，我们触摸到流淌在每一个现代人里面的祖先的倔强与坚韧、痛苦与艰辛；也启示着我们如何在越来越快的变化中把握不变，如何以淳朴的乡土文明为滋养，以一颗清明自守的心坦然面对瞬息万变的现代文明。

《周易·系辞下》中说，"穷则变，变则通，通则久"，乡土文化印记较深的人大都不喜变，人不到山穷水尽时是不肯去改变的，愚公宁肯移山也不愿意搬家，中国人安土重迁，讲究叶落归根。即使为讨生活不得不背井离乡，也在心里为故乡留一个情感空间，等待着老去后回归故里。尤其传统的乡土社会，更是以稳定不变为要义。费孝通在《乡土中国》中说：

> 乡土社会是一个生活很安定的社会……向泥土讨生活的人是不能老是移动的。在一个地方出生的就在这地方生长下去，一直到死。极端的乡土社会是老子所理想的社会，"鸡犬相闻，老死不相往来。"不但个人不常抛井离乡，而且每个人住的地方常是他的父母之邦。"生于斯，死于斯"的结果必是世代的黏着。这种极端的乡土社会固然不常实现，但是我们的确有历世不移的企图，不然为什么死在外边的人，一定要把棺材运回故乡，葬在祖茔上呢？一生取给与这块泥土，死了，骨肉还得回入这块泥土。[1]

凡从乡间走到城市的人，大都带有一种"漂泊感"，他们怀着内心的眷恋靠"回忆重组"来书写自己的故乡，或美化或批判，都是从心上发出的文字，乡土文学便由此产生。鲁迅起初将 20 世纪 20 年代

---

[1] 费孝通.乡土中国[M].北京:商务印书馆,2018:20.

的"北漂"们所写的乡土小说称为"流寓者文学"便很精准地抓住了乡土文学的核心特征。这种无家可归的漂泊感必然产生一种忧伤情绪，百年前的乡土小说家们便以此为创作的情感动力，为他们故乡不可挽回的失去唱出一首首挽歌，鲁迅的《故乡》也不例外。

但是现代社会的一个核心特征就是"变化"。从农耕文明变到工业文明，又从工业文明变到信息文明，1946年世界上第一台电子计算机诞生于美国宾夕法尼亚大学时，大家对电脑、网络还无从想象，不到八十年的时间，机器人已经开始进入人类生活了。随着人工智能时代的到来，我们无法预知未来会怎么变，唯一可以确定的，就是变化本身。变化不仅一直存在，而且越来越快，这对传统乡土社会是一种冲击，对被乡土文化浸染的现代人也是一个震撼。瞬息万变的社会颠覆着人们的认知，事实上，这种颠覆早在清末民初就开始了。中国近代史的开端被大炮轰开后，中国人就开始了西学东渐、百日维新等穷则思变的起跑，透过百年乡土文学史来关照中国现代文学发展历程会发现，即便是当下，我们也还在由传统文学走向现代文学的历史进程中。从20年代鲁迅、王鲁彦、蹇先艾等以启蒙为初衷的乡土小说，到30年代沈从文的湘西小说和茅盾左翼乡土小说，再到40年代赵树理的"山药蛋派"、50年代周立波的《山乡巨变》等对时代风云的把握，八九十年代莫言、路遥、陈忠实、贾平凹等当代乡土小说家对社会历史的思索，中国文学史走进21世纪，迎来了一个罗伟章。

无论是《饥饿百年》中的苦难叙事，还是《声音史》中苦苦追寻乡村声音的杨浪，抑或是《隐秘史》中受尽屈辱产生幻觉的桂平昌，都在诉说着日渐消失的乡村悲苦。罗伟章犹如一位历史揭幕人，当他以文字拉开一道道帷幕，便也揭开了隐藏在人心灵深处的伤疤——这是处在时代变化中的人必然历经的痛楚，犹如孕妇生产前的阵痛，预示着一个未知世界的到来。罗伟章秉承1920年代乡土小说的思想启蒙与八九十年代乡土小说的写实传统，不仅塑造出杨浪、桂平昌等独具特色的乡村留守农民形象，更以鲁迅"画灵魂"的笔触深入乡村人的心灵深处，感同身受地叙述着乡民们内心深处的隐痛，抒发失去乡土的无奈与悲哀。从《饥饿百年》《大河之舞》《太阳底下》到"三史"、《不必惊讶》《世事如常》，再到《谁在敲门》，罗伟章的小说以乡土社会的"变"为核心，再现了传统乡土社会逐渐被"人类新文明"代替的过程，以冷静的观察与真切的体验为底层乡土留守者发声，对信息网络文化侵蚀传统农耕文化进行了反思，对乡土文化消失的危机提出隐忧，深广的忧愤哲思与真诚的沉郁悲哀有机地融合，形成乡土小说独具一格的美学风格，可称其为"新乡土文学"。

二、乡土之根：对生命世代相传的热望

罗伟章是带着真切的生命体验来创作的，他笔下的乡土就是他地域上的故乡，那个勉强算作大巴山余脉的叫作老君山的地方。而他的祖先，就是明洪武年间"奉旨入川"的湖湘民众。那些被迫离开故土的农民迁徙到这里，以他们故土的名字给老君山脚下一个山连山的山窝窝命名为"千河村"。久而久之，他们认下了这个故乡。"第一批老人在山里去世了。父母的坟头长着这里的荒草，父母的尸骨肥着这里的土地，这里就是他们的家。"[1]这里也成了罗伟章的家。王鼎钧先生说："所谓故乡，不过是祖先流浪的最后一站。"

其实，我们的故乡究竟在哪里是无处可寻的，我们只能寻到我们祖先流浪的最后一站。若干年后，当我们再流浪到无法想象的远方，我们的后代又将怎样追寻他们的故乡呢？从这个意义上讲，地域上的故乡即便有迹可循也只是一个相对的存在。而祖先们的生死悲欣却涌

---

[1] 罗伟章.谁在敲门[M].桂林:广西师范大学出版社,2021:671.

入了生生不息的血脉涌动，每个现在的我们身上都流淌着祖先的血液，每一个未来的后代身上也必将我们来自于祖先的执着与坚韧传承下去。从这个意义上讲，真正的故乡来自世世代代流传的生命。初读《谁在敲门》时，我还没能体会到小说后记的真正内涵。直到三年后再来读这本书的后记，我才真正明白了作家创作的初衷，也真正读懂了《谁在敲门》。

罗伟章是一位用生命来书写故土的作家。他仿佛生来就是探寻自己血脉之根的人，甚至自觉地背负起祖先最初的生命体验。从《饥饿百年》到《谁在敲门》，他的文字蘸着血泪向世界诉说着祖辈们的歌声与流浪、安稳与漂泊、死亡与坚强。他书写着祖辈们世世代代耕耘的艰辛与劳作，也关注着他们寂寞而执着的内心世界。在他看来，那些孤独而坚韧、坚韧而孤独的祖先们创造了人类文明，又将这文明的延续潜入当下每一个认真思索的生命。生命就像一条河，无论过去多少年，祖先们当年的生死爱恨、艰辛劳作以及寂寥的欢歌一直流在他的心里。《谁在敲门》后记中写道：

> 《饥饿百年》是山的文明，《谁在敲门》是河的文明。山河这个词，说的正是它们的骨肉联系——传统文明和现代文明的骨肉联系……
>
> 山千千万万年矗立在那里，人类和存续于人类的文明，则如同河水，流动既是河水的体态，也是河水的使命。一滴水，再加一滴水，不是两滴水，是一大滴水，这是水与河的关系，是自我与他者的关系，也是个体与时代的关系。但没有一个时代是孤立的。每个时代下的人们，骨髓里都敲打着古歌。祖辈的付出与寂寞，沉潜于我们的生命。而前方和更前方，是生命唯一的方向，我们的歌哭悲欣，证

明了我们在朝着那个方向，认真生活。

每念及此，就让我深深感动。[1]

读到这里，我才明白，《谁在敲门》最触动人心的不是拉拉杂杂一大家子的外部叙事，不是阴差阳错的离奇命运与隐晦曲折的爱恋情仇，甚至不只是父亲、大哥一代留守农民对失去故土的哀伤，而是以最小的单位"家"投射整个民族乃至人类对生命的认真思索与执着追寻。

小说中的"父亲"宁肯守着小儿子也不肯到大哥、二哥家，更不肯到"我"的省城的家，在他眼里一直柔弱的小儿子就是他的家。父亲死后，大哥又像父亲那般固执地守着自己的老家。在那个山上的老家里，留存着父亲母亲生前的气息，留存着大哥故乡一切的记忆。当政府要求贫困户搬迁且要推倒老房子时，大哥坚决不接受这个现实。"母亲曾在这家里生孩子，父亲曾在这家里生病，母亲洋溢的血气和父亲病中的叮嘱，都成了废墟，成了野草和虫子的世界。"[2]他无法想象，这浸润着许家血脉的老房子竟然要变成一堆废墟。于是，大哥成了搬迁的钉子户，不仅拒绝补偿款，而且准备了汽油桶。他做好了心理准备，若有人来抓他去关黑屋子，他就要与他们同归于尽。"他怕的不是关黑屋子，是推了他的家；他想点汽油桶，不是因为抓他去关黑屋子，是将他关起来后好推掉他的家。"[3]这个不怕关黑屋子甚至不怕死的大哥不惜以命来守护的家正代表着当下日益远去的乡土。身处百年未有之大变局中，瞬息万变的科技文明渗透人生存的环境也影响着人的思想，变化已是势不可挡，但人总是试图在变迁之外去寻求一种不变的东西，惟其如此，才能心安，这是生命深处最本真的需

[1] 罗伟章.谁在敲门[M].桂林:广西师范大学出版社,2021:671-672.
[2] 同上,2021:626.
[3] 同上,2021:629-630.

求。苏轼有词云："此心安处是吾乡"，一语道出了人内心最切实的需要。如果人的内心不得安宁，外面就显示出浮躁。如果世代流传下来的安稳环境被打破，人可能就会拼命去守护。这就是《谁在敲门》中"我"的大哥、大姐不惜以生命为代价守护老家与追求脸面的启示。

这种守护乡土的文化认知来自于哪里？是农民需要被启蒙的固执甚或愚昧吗？当然不是。这是千百年来流传下来的乡土之根，是祖辈们以血汗换来的劳动果实，看似贫瘠的土地与破旧的房屋中蕴藏着先辈们对苦难的不屈、对生活的热望与对子孙后代无私的爱。《谁在敲门》中大哥守护的那个家是母亲去世半年后父亲亲手起的房子，辛苦劳作了一天的父亲在集体收工后，饿着肚子在自留柴山里拿着斧头砍下尚未长成的小树，为的是给大哥二哥造个窝，娶个媳妇。小说写道：

> 太阳早已落土，月亮升上来，父亲饿着肚子，借着月光，斧子把月光劈成碎片，在山的对岸碰出回声，给他应答。那些树是多么小啊，父亲不把他们叫树，叫树儿，他抚摸着那些孩子般的树儿，心里积聚着难言的愧疚和痛楚。[1]

难以想象，那个壮年失去妻子的父亲，那个以一己之力养活六个孩子的父亲，那个看似软弱却又无比坚韧的男人如何忍着难言的苦楚与悲痛来造这所房子。父亲不忍心砍下这一棵棵尚未长成的小树，不仅由于他与生俱来的善良，还由于对那原本可以长成栋梁的小树之夭折的痛惜，所以，当时的父亲心里积聚着难言的愧疚和痛楚，那一斧头、一斧头砍下去的，正是生性温软的父亲不得不面对生活艰辛的无奈与坚强。父亲原本是孤儿，好不容易有了一大家子，妻子又早逝。

[1] 罗伟章.谁在敲门[M].桂林:广西师范大学出版社,2021:618.

当他忍受着孤寂与痛苦辛苦将儿女养育成人时，自己也不得不面对老、病、死。以父亲为代表的老一代农民正是日益老去的乡土文明的象征，这个人物形象里饱含着乡村人对日渐远去的故土的无比眷恋，却也不得不承认这是无法挽回的结局。父亲葬礼上，大姐哭道："你就放心走吧，我活一天，许成祥就在我身上活一天，我爸爸就在我身上活一天。你的子孙代代传，我爸爸就活万万年。"[1]这是作家对生命代代相传的希望，也是对远去的父辈们深情的祭奠与安慰——尽管，作家本人也知道，这安慰是苍白无力的。

三、精神流浪：对生命的记录与尊重

小说中的"我"作为一个被故乡驱逐的精神流浪儿时常充满了诗意的哀伤，但当"我"回到故乡面对亲人时，是写不出诗歌来的。这个已然走出乡村看似变成"城里人"的知识青年骨子里依然保留着故土的眷念。故乡的一草一木养育了现在"我"，将"我"送出了大山，而离开故乡的"我"却已然注定了再也不可能原路返回了。送走父亲后，"我"一个人在房间里时想：诗本身并不存在。诗只在诗心里存在。在我眼睛深处，仿佛站着一个人，只有模糊的剪影，看不清是谁，我听见一个声音说："你和那个人一同出生，你却把自己当成旁观者。"[2]

在"我"的身上，似乎有两个人存在。一个是那个生于斯长于斯的乡村农民，一个是生活于现代社会的城市人。"我"自觉承担起了光宗耀祖的使命，家里人有困难也纷纷找我。大哥找我帮忙勾销"贫困户"，二姐夫办工厂找我办证，他们以为"我"这个城里人有能力

---

[1] 罗伟章.谁在敲门[M].桂林:广西师范大学出版社,2021:345.
[2] 同上,2021:157.

帮他们解决一切困难。殊不知，我不过是一个普通的文人，一不为官二不经商，什么实际的难处也解决不了。当家人们对"我"失望时，便纷纷不怎么搭理我了。作为家里唯一的大学生，当初承载着父辈乡邻的希望走向城市，却没有能力为家乡人做一点实事，"我"实在惭愧，不得不面对被故乡驱逐的现实。父亲去世后，"我"才感到自己彻底失去了故乡。"我发现，自己在外面混得越久，欠亲人的就越多，欠故乡的也越多。这辈子，我是永远享受不到荣归故里的感觉了……我丢掉了故乡，也不敢有乡愁。"[1]如果说父亲和大哥失去乡土是由于外在环境的变化，"我"失去乡土则在于"我"本身的变化——作为一个"城里人"，我已然不属于那个乡间，又不能如当初所愿回馈于故乡，自然被故乡撇弃。"我"在外面看来与变化的现代社会息息相关而内心却十分疏远；在心里与生养"我"的故土紧密相连，却被故乡抛在了外面。于是，"我"成了一个无家可归的流浪儿，一个失去故土又不被城市接纳的尴尬存在。

罗伟章一方面怀着对故土的眷恋以深沉浓重的情感书写故乡亲人的喜怒悲欢，一方面又以一个理性睿智的局外人身份客观审视着故乡中的人事物，不止这些，甚至连"我"自己，都成为小说家审视的对象。小说写到父亲生病住院时，大哥二哥听医生说情况不乐观，就想把老人送回去。"我"知道他们是担心花钱，便承诺住院费由"我"一个人出，"大哥二哥听了，放下心来。大哥有些过意不去的样子，二哥扯了下脸，没说话。"[2]"我"的付出在二哥看来理所应当，而他则连将自己的空房子让出给父亲办葬礼都不太情愿。但我在给父亲输完那480元一支的白蛋白时，也放弃了治疗。"我"看似比大哥二哥更孝顺，的确也付出更多，但在生命与生存面前，人性的真实袒露无

[1] 罗伟章.谁在敲门[M].桂林:广西师范大学出版社,2021:508.
[2] 同上,2021:187.

遗。本质上，"我"和兄弟是一样的，所谓血脉相连所继承的不只是人性里的温良与诚朴、踏实与忠厚、勇敢与坚强等正面词语所涵盖的品格，还有许多负面词语所描绘的弱点，比如虚伪，比如懦弱、不敢担当……

罗伟章的可贵之处在于，他并没有以弱势群体失去故土的哀伤来对人类新文明进行道德绑架，也没有以现代知识分子高高在上的眼光对坚守乡土文明的农民进行"启蒙"，而是以一个走出乡村又依恋乡村、被乡村驱逐又渴望回归的"离去—归来"者的身份客观审视当前乡土文化的尴尬处境，思索如何在当前农耕文明、工业文明、信息文明等多元文化共存的社会背景下深情又理性地面对乡土。这种深情与理性得益于作家丰厚的生命意识与自觉的生命体验，以及他对生命真切细致的感受力。在小说中，老君山下的一草一木、一只狗、一头猪，都带有生命的热度，他甚至可以细致入微地写出这些动植物对生命的感受。他了解它们的伤痕，懂得它们的寂寞，也对它们的哀伤感同身受。他在《文学的远方是故乡》中说道："我五岁多时，母亲就病逝了。母亲的过早离世，成为我心里最痛也是最大的遗憾。所以在我的作品中，读者可能会感受到一种天然的呼唤，还伴随着一种默默的孤独和忧伤，这可能也与我心底的情感缺失有关吧。我见不得别人受苦，哪怕是一只小动物或者一株植物。有时候走在路上，如果恰好看见一粒种子掉到水泥地上，无论如何我也要把它捡起来扔进土里，如果不这样做，我怕这粒种子会被踩碎，就不能完成属于种子的梦想了。这可能来自我内心深处对生命无声的悲悯吧！"[1] 这段话为我们解读作家的创作密码提供了有力证明。

《谁在敲门》看似写故乡，实则写生命。因为在罗伟章看来，故乡就是生命。他的故乡不仅由大山大河中鲜活的生命组成，也由一个

---

[1] 罗伟章.文学的远方是故乡[J].父母必读，2024(10).

个乐观坚强的山里人组成。在他的记忆中，山区生活非常艰苦，但没有人叫苦，他们是那么执着地相信明天，相信未来。《下庄村的道路》中那个现代愚公一般的村支书毛相林带领村民开山修路，硬是以锤子、锄头等最原始的工具开出了一条通往外面世界的隧道；《声音史》中那个能原样传声的杨浪，以惊人的天赋收录各种飞鸟走兽及各色人等的声音，孤独又倔强地守护着这些日渐消失的乡村声响；《寂静史》中那个不幸的土家女祭司林安平，在半岛上听到祖先声音后发出了悲怆的长歌当哭……在罗伟章的笔下，这些人都是故乡文明的传承者，他们作为一个个历史的载体而存在，守护乡土、为乡土付出是他们与生俱来的历史使命；然而，失去乡土却也是他们的宿命。正是这些热爱乡土的人失去了乡土，他们内心的焦灼与伤痛才显示出乡土中生命存在的原始力量。

罗伟章在《谁在敲门》后记中说，"为什么这样写，又将写成一部怎样的小说，我是不知道的"[1]，这正证实了作家自觉的生命体验与自发的创作意识，他一直关注的，不是自己想写什么，而是生活要他写什么，惟其如此，他的小说才带有震撼人心的艺术力量。只有发自心灵深处的文字才有可能抵达人心，罗伟章这种发自生命深处的文字正是当前文坛所需要的。感谢罗伟章，感谢他对生命真实的记录与尊重。

[1] 罗伟章.谁在敲门[M].桂林:广西师范大学出版社,2021:669.

多元文化交锋下的心灵成长
—— 评石一枫《逍遥仙儿》

近年来，青年作家石一枫以对社会问题强烈的现实关怀备受文坛瞩目。他的小说以"写好人物"为核心，以人物"对时代发言"为旨归，不仅践行了新文学创始以来"为人生"的小说功能观，而且探索了新时代文学创造性转化及创新性发展的有效经验，为讲好"中国故事"提供了典范。

《逍遥仙儿》便是一个有力的证明。这部作品的独特之处在于其深厚的老北京文化内涵，小说开篇便在描述京郊保洁员"偷"大黄鸭的过程中透露出老北京的霸气与仗义。作为生在皇城根儿下的人，老北京有种与生俱来的"坐地户"的优越感，与此相应的，老北京"倍儿要面儿"，最怕被人瞧不起，最讲"仁义"。小说中最能代表老北京文化的人物当属"道爷"。道爷本是京郊一个村子里的村长，当年带领村民种菜，宁肯把菜烂在地里也决不用农药化肥，最终打出了名气，使本村的菜价比别处高出好几倍。道爷的地道还在于老北京人独特的讲究——仁义。早年"农转非"时村民们争相将户口迁出，道爷自愿替他们养活老娘、认领土地。拆迁后，道爷歪打正着分到了"半扇楼"，却被那些失去机会的村民嫉妒；道爷成为"吃播网红"后被"我"以情义相劝为饭馆代言，却由于剧组牟利被网民"人肉"，以致患上厌食症。在这个传统的老北京人身上，凝聚了时代巨变面前新旧道德观、价值观的抵牾与纠结，从农业社会走向信息社会的道爷带着一种"拧巴"的状态跟那些嫉妒他的村民们、也跟女儿甚至跟自己较劲。作家以犀利的眼光深挖这个人物身上的文化根脉与矛盾根源，不仅成功塑造了"道爷"这一典型的老北京人，而且使人物对时代发言。陷于网络风波中的道爷感慨道："一辈子不想亏欠别人，怎么老被戳脊梁骨呢？"[1]这一发问代表着传统文化濡养下的"老北京人"对时代的叩问，对社会的诉求，道出了现代社会中老百姓的精神与道德困境，据此，"道爷"也成为一种独特的老北京文化符号，代表着传统文化在新时代文明变迁中的困惑与坚守。

以文化视角观之，《逍遥仙儿》里的每个人物都代表一种文化立场。如果说道爷代表老北京文化，苏雅纹则代表"新北京人"。表面看来，两种文化在教育理念上产生了水火不容的冲突，实际上则是人生观、价值观、道德观的碰撞与交锋：被苏雅纹"开化"了的王大莲与村长父亲的斗争成为两种文化的较量。长期以来，王大莲以父亲马首是瞻：为照顾父亲放弃去城里读书的机会，替父亲顶名认领土地分得半扇楼，甚至连爱情都是为父亲掏炕灰被人欺负时遇到"六"的保护而产生。浸淫在传统文化中的王大莲，是父亲的左膀右臂，是孩子们的母亲，是坐拥数套高档房产的富婆，却不是她自己。在苏雅纹象征的"新北京人"文化启发下，王大莲毅然以"现代理念"为武器向父亲发起强攻并取得胜利，脱离了父亲的控制，走出家庭活出了一个新的、独立的自我。然而，过去活在父亲脸色下的王大莲，后来却活在了苏雅纹的脸色下。王大莲的精神困惑是一种一夜暴富的拆迁户的心灵迷失，也是一种传统文化遭遇现代新文化冲击后的不知所措。一向孤高冷傲、条理清晰的"新北京人"苏雅纹似乎一直清楚自己要的是什么，不仅熟稔各种国外教育理念，也把小学二年级的儿子培养

[1] 石一枫.逍遥仙儿[M].北京:北京十月文艺出版社,2023:257.

成"中外合璧"的学霸。但当儿子因拔苗助长过于早熟而患上躁郁症，"特别能战斗"的她也不得不向现实妥协。原来，她也不过是信奉"都是为了孩子"的盲目跟风者而已。当失去判断力的家长们热衷于"内卷"的狂欢，生活就变成一个旋涡，"我们所有人都被卷了进去，也分不清是在螺旋上升还是螺旋下降"[1]。在充溢着各种国外教育理念的社会潮流中，究竟谁才是清醒的人？到底哪种文化才真正有助于孩子的成长？

经历过从贫穷到一夜暴富、从暴饮暴食到厌食、从被人推举到被人谩骂的道爷明白了一切。小说最后，道爷离开了喧闹的都市，来到远郊一个小村庄干起了种菜老本行。这不仅是对传统文化的坚守，也是对现代文化的接纳。当女儿王大莲提议拆掉小院那堵墙时，道爷说："隔开也有隔开的道理，或者给它开个门也行。"[2] 在与女儿较劲的过程中，老人已接受并理解了现代文化对家庭秩序的改变，不再勉强女儿做自己认为"对"的事情。"什么叫众乐乐？那就是拿你的乐也当了别人的乐儿，这就难免强迫别人乐，不公道，倒不如各自乐和各自的。所以大莲子他们来不来都随意。"[3] 道爷的心不再拧巴，不再跟人较劲，不再在意自己是否被人看得起，不再纠结自己被误解，但那份仁义、公道、诚信还在，那份对传统文化的执着依旧。小说以道爷的"悟道"回答了错综复杂的教育问题，给人一种明确的启示：在瞬息万变的社会潮流中，每个人都应该对生活有独立的思考、清醒的认识、坚定的文化选择，惟其如此，才能不陷入"内卷"的旋涡。

这部小说虽以教育问题为题材，但其承载的思想内涵已远超教育本身。其题名《逍遥仙儿》便意味着作品旨在探讨现代人如何在驳杂的教育理念更迭中葆有一颗清澈的心，如何在"内卷"的社会以文化

[1] 石一枫.逍遥仙儿[M].北京:北京十月文艺出版社,2023:274.
[2] 同上,2023:392.
[3] 同上,2023:394.

为源头获取高远的眼光、大气的格局、宽广的心胸以及超然世外的心态，如何在传统文化与现代文化的矛盾纠结中寻找平衡，以"在而不属于"的生活方式淡然立足于世，以自己对生活的理解获取自身的人生价值。小说最后，在传统与现代的文化交锋中，每个人都获得了心灵的成长，大家学会了相互尊重、求同存异、多元共生，孩子们也在氤氲着古老文化与乡野气息的大地上活成了生机盎然、自然随性、自由自在的"逍遥仙儿"。

小说之所以透过社会热点抵达人心灵深处，启发人们对社会、对自身生存状态的思考，得益于作家对社会问题的关注，石一枫总是能在社会热点中发现处在边缘中的人物，并在塑造独特人物形象的基础上对社会问题进行冷静的反思。正如论者所说："他的小说借助'边缘人'的形象塑造，在具体的社会场景中，叩击了我们这个时代的精神难题，让我们不得不思考精神的重建。对照当下中国社会的现实情境，这种思考很显然是必要的，也是及时的。"[1] 从《特别能战斗》到《世间已无陈金芳》《地球之眼》再到《逍遥仙儿》，石一枫一直在着力塑造社会变迁中具有代表意义的边缘人形象，力求追踪人物心灵发展历程，透视时代风云，以达到记录民族心灵成长史、启发人们思考现实的创作宗旨。《逍遥仙儿》这部深具现实意义的厚实之作进一步证明，石一枫已逐渐成长为新时代文学界一位风格鲜明的作家。

[1] 李保森,陈紫鑫."边缘人"的精神创伤与伦理的悖论——论石一枫小说中的人物形象与主题建构[J].西部文艺研究,2023(4).

市井悲欢中隐匿的历史文化光影
—— 读叶兆言《璩家花园》

一、地理图标与文化记忆

  叶圣陶之孙叶兆言作为一名土生土长的南京作家，一直很注重这坐六朝古都的历史与文化。无论是《艳歌》《夜泊秦淮》，还是"秦淮三部曲"，抑或是《南京人》《仪凤之门》，无不讲述着这座文化名城今昔霄壤的历史风霜。夫子庙的茶楼美食、秦淮河的笙歌箫影，江湖码头的市井俚俗，叶兆言的小说已成为南京书写不可或缺的地标性创作，承载着灵动诗意的六朝烟雨与雄浑健朴的文化气息从历史深处走来。2019 年出版的《南京传》更是以非虚构的手法将南京作为透视中国历史的窗口，受到读者好评，并于 2020 年获得第四届施耐庵文学奖。而《南京传》的下部便是 2024 年刊发于《十月》第一期的新作《璩家花园》，小说带着纵深的历史感，在秦淮河畔名居二百多年间的沧桑变迁中追寻传统文化烙印。

  小说中的璩家花园，其主人起家于皮货生意，在璩民有的曾祖父中举后复建。"很多年前，璩家有过极度的辉煌，他们家房子有上百间，对外只敢称九十九间半，为什么呢，因为过'百'就犯忌了。"[1]叶兆言曾在《南京传》中详细介绍过两处著名的私家花园：甘熙宅第

---

[1] 叶兆言.璩家花园[J].十月,2024(1).

和胡家花园。"像甘熙宅第，也就是南京人俗称的'甘家大院'，民间传说有'九十九间半'。真实数字还远不止，据统计，被列入全国重点文物保护单位的'甘家大院'，共有一百六十二间房子，还有一说是二百多间。"[1]甘氏家族靠经商发家，甘氏子弟中的甘熙为桐城派姚鼐的门生，与曾国藩同榜中过进士。因此，甘家大院有个藏书楼名曰"津逮楼"，"收集珍贵书籍十多万册，其中就包括李清照夫妇当年整理撰写的《金石录》"[2]。这一国宝级惊人秘籍给这座被列为全国重点文物保护单位的私家花园增添了神秘。至于建于晚清时期的胡家花园，叶兆言认为"虽然胡家花园建造在后，从观赏角度看，这花园更好看。更值得玩味，更适合让人参观游览"[3]。胡家花园的主人胡恩燮曾经营徐州煤矿，与晚清名臣李鸿章、曾国荃和张之洞等人都有过交往，园子正厅就挂着李鸿章亲笔书写的"春晖堂"。小说中的"璩家花园"应该是以甘家大院的历史为原型，结合了胡家花园的名称而来。到了《璩家花园》中，这座辉煌一时的私家宅院已风光不再，"璩家花园"成了一条老街的名字。小说便以此街区为空间轴，辐射至侯家、高淳江家，又在时间轴上穿插 20 世纪 50 至 90 年代直至 2019 年发生的大事，在璩民有父子大起大落、生死离合的人生际遇中追溯遥远的文化记忆。

如果说璩家花园是小说着力营造的典型环境，璩民有便是其中的典型人物，璩民有祖上的风光由璩家花园可以看出来，又是富商又出过进士，只是被太平天国洗劫后元气大伤，到了他这一代，家业更是所剩无几。唯一可夸口的是他在抗战时期考上了中央大学，学过英文与俄文，还翻译过苏联小说，因此被聘请为俄语速成班的老师，结识了已有两个孩子的江慕莲。江慕莲本想与同班学俄语的德国海归经济

---

[1] 叶兆言.南京传[M].译林出版社,2019:419.
[2] 同上.
[3] 同上,2019:420.

学博士费教授结婚，无奈费老在发妻去世后奉行独身主义，便将璩民有介绍给江慕莲，两个并不相爱的人就这样阴差阳错地发生关系，并生下了璩天井。天井一岁时，江慕莲就因精神失常自杀了。璩民有两年间由一个自在潇洒的单身青年变成了穷困潦倒的单亲父亲，以微薄的收入养活三个孩子，昔日放浪的生活难以维系，只好被迫送走了江慕莲与前夫的两个孩子，与儿子天井相依为命。1970年代的特殊时期，民有因开会时失言被送去改造，日子更是艰难；虽然他与同样落难的寡妇李择佳惺惺相惜，却也阴差阳错没能结合。纵观璩民有起落浮沉的一生，由恢复教师身份到下海经商，再到做中学校长，无不显示出他血液里继承下来的历史文化余脉。他恃才傲物、不拘小节，与高级知识分子费教授的恩怨情仇，徒手怒斥提刀闹事的厨师，以及与江慕莲、李择佳等几位女性的离奇交集，都富有传奇色彩。从这位集英雄胆气与放荡不羁于一身的市井人物身上，我们看到了名士风流，看到了六朝文化的历史余脉，璩民有的才华横溢、诗酒风流及英雄豪气已然与璩家花园融为一体，成为一个南京市井中的文化存在。

二、社会言情结构与纵向历史钩沉

《璩家花园》被《十月》称为1949年后的"南京传"，叶兆言说："这部长篇小说是我十多部长篇小说里篇幅最长的，在小说的结构和叙事上，我特别强调时间。这个不用多说，最重要的是时间符号。从思路上来说，是一个地道的《南京传》的虚构写法，但《南京传》我用的是非虚构手法。"[1]作家非常强调《璩家花园》的结构和叙事，这也正是其艺术上独到的一点。《南京传》以南京作为探视中国历史的窗口，将这座古城从三国至民国一千八百多年的变迁娓娓道来，显示

[1] https://www.chinawriter.com.cn/n1/2024/0304/c405057-40188281.html

出作家深厚的历史情怀。不同于《南京传》的写实,《璩家花园》运用想象的虚构,借没落家族子弟璩民有、璩天井、李择佳、阿四等一系列市井人物将1949年到2019年七十年间的南京史从容不迫地展开,这得益于小说独具匠心的叙事结构。

王德威认为叶兆言在创作上与李涵秋、张恨水的通俗小说有相通之处,虽然叶兆言一直喜欢先锋,不断努力在追求新的创作手法,但《璩家花园》走的依然是李、张通俗小说的路子。李涵秋、张恨水的通俗小说大致有两种结构:一种是"社会为经,言情为纬",即以描述社会历史和市民现实生活为主,其间有多个恋爱故事的穿插,如《春明外史》《燕归来》《夜深沉》《艺术之宫》《纸醉金迷》等。二是"言情为经,社会为纬",即以男女爱情故事的产生、发展为主要线索,其间穿插以社会现实及市民生活故事,比如《广陵潮》《金粉世家》《啼笑因缘》《北雁南飞》《美人恩》《天河配》《满江红》等。无论哪种结构,言情与言社会经纬交织是其特色,故被谢庆立教授称为"社会—言情小说",后有学者将其命名为"中国现代社会言情小说",简称"社会言情小说"。张恨水在创作之初就很注意小说结构的改良:"……我写《春明外史》的起初,我就先安排下一个主角,并安排几个陪客。这样,说些社会现象,又归到主角的故事,同时,也把主角的故事,发展到社会现象上去。这样的写法,自然是比较吃力,不过这对读者,还有一个主角故事去摸索,趣味是浓厚些的。"[1]张恨水所安排的主角和陪客承担了叙事主人公的功能,这就克服了《官场现形记》《儒林外史》缺乏骨干的问题,把小说组织成一个整体的结构。但即便如此,《春明外史》也存在着结构散漫的缺陷。张友鸾说:"即使如《春明外史》,那是名作了,除了杨杏园故事以外,多半是随时听到新闻,随时编作小说,可以写一百回,也可以写二百

[1]张恨水.写作生涯回忆录[M].北京:中国文联出版社,2005:38.

回，是讲不到什么章法的，及至写《金粉世家》，却是以小说家的地位写小说，精心布局，有个完整的计划。比如写金家诸子，各有爱好，彼此性格不同，错综复杂的故事梗概，都是预先想好了的。"[1]

张恨水察觉到了《春明外史》的结构问题，便在写《金粉世家》时参考了《红楼梦》的网络式结构。"在整体上构思了整个故事，安排情节，列出一张人物表，标明了小说的主要人物，他们的性格及其相互之间的关系。"[2]这样一来，《金粉世家》的结构就相对严谨多了。"当这种枝脉相连的家庭结构转化为叙事结构的时候，它就把一班纨绔子弟中饱私囊、薄情好色、千金买笑一类荒唐行为，不必像《春明外史》那样采取以一线穿群珠的疏散的结构方式，而是在'抬头不见低头见'的家庭伦理牵连和争斗之间加以严密的组织了。如果没有家庭小说结构形式的介入，冷清秋和金燕西由含情脉脉到破裂出走的爱情和婚变，充其量只是一部哀情小说的素材，可见新的艺术要素的兼容，是可以改良某种现成的艺术形态的。"[3]可以说，社会言情小说结构的成熟能够在《金粉世家》中得到体现是其借鉴《红楼梦》网络式结构的结果。

《璩家花园》既有社会言情小说结构的影响，又带有《红楼梦》网络式结构的痕迹。小说以璩氏家族为主线，辅之以李家、江家等其他家族的历史浮沉，不枝不蔓地展开，既克服了社会言情小说结构散漫的问题，又抓住每个十年中最经典的历史段落编织故事，形成了别具一格的结构特色。具体来讲，作家以璩民有父子的爱情故事为经线，穿插进大量社会内容，从20世纪50年代的俄语速成班、永红服装厂到60年代的政协委员、70年代的蝴蝶牌缝纫机、80年代的下海热，再到90年代的高考、近年的社会变化，言情与言社会相互穿插、

[1]张友鸾.章回小说大家张恨水[J].新文学史料,1982(1).
[2]袁进.张恨水评传[M].长沙:湖南文艺出版社,1988:113.
[3] 杨义.张恨水:热闹中的寂寞[J].文学评论,1995(5).

经纬交织，形成一个纵横交错的球形网，完成了对南京市井社会近七十年的历史钩沉。这一结构方法不仅规避了一般社会言情小说结构的缺憾，而且以不同历史年代分期来把握叙述节奏，产生了其他家族小说或世情小说难以具有的优势。

三、市井真幻与人世叹惋

叶兆言擅长以"小人物"透视"大历史"，在细碎日常中蕴藏时代风云，而其独特之处也在于以平民视角对历史文化的透视。无论是从豪门富户的阔太沦为帮人倒马桶的李择佳，还是心比天高命比纸薄的阿四、神秘失踪又意外归来的阿五，都是有着传统大家族血统而活在当前社会底层的市井人物。尤其是做了一辈子钳工的璩天井，忠厚得有些愚拙：下岗后照顾儿子，老年后照顾孙子，一生只爱阿四一个人。难以想象，就是在这样一个普通钳工身上，流淌着盛极一时的江南望族的血液，承载着数百年的历史沧桑浮沉。叶兆言曾在《南京传》中说："六朝文物草连空，天淡云闲今古同，所谓更为遥远的考古发现，不过说说而已，有时候也是为写文章而写文章，当不了真。"[1]这一面源于历史遗迹的无从考证，另一面恐怕也因为有时历史真实得有些虚幻。

虽以"璩家花园"命名，但在小说中，璩家花园只是一个影影绰绰的幻影。当懵懂的璩天井在已成废墟的祖宗阁下发现男女偷情，华屋秋墟，盛衰之感，自不待言。小说通篇充溢着一种感伤情绪，市井悲欢中寄寓着人情练达与人性洞悉，就如璩民有与李择佳阴差阳错的爱情。在患难中真心相爱的两个人却因一台缝纫机分道扬镳，是情深意浅，还是造化弄人？晚年的民有伤感地承认，"如果要真心悔过，

---

[1] 叶兆言.南京传[M].译林出版社,2019:03.

民有知道自己这一生中，品行并不算太好，做人也不是很认真……不过在准备为她买缝纫机的那一阵，他可是真心地想娶她，真心地想娶她为妻。"[1]一失足成千古恨，再回头已百年身。小说在朴素的语言中隐藏着平凡真挚的感情，凝结成一种含泪的笑。看似叙述小人物的平常琐碎，实则囊括了数十年的历史风云，给人一种"于无声处听惊雷"之感。无论是李择佳与璩民有艰难岁月里的患难与共，还是天井与阿四起落浮沉中的不离不弃，都在烟火寻常的俗世温暖中寄寓着作家对世事无常的叹惋。

读罢《璩家花园》，我突然发现，有时候，小说创作是借别人的故事写自己的人生。事实上，一个优秀的小说家一定是含着饱满的生命热情去进行创作的，而一部优秀的作品也一定得益于作家对所写题材的熟悉把握与切身体会。就此而言，带有某些真实性的作品更容易打动人，比如鲁迅的《故乡》、郁达夫的《沉沦》、巴金的《家》。叶兆言高中毕业后曾做过四年钳工，小说中天井钳工的生活就很有写实性；天井小时候观看武斗时被误伤，消息传到民有那里变成了天井把别人砸伤。当民有赶到医院发现受伤的是自己儿子时，竟然松了一口气——总算不用向别人赔钱道歉，而现实中类似的事情正发生在叶兆言身上。十几岁时，叶兆言在学校被同学误伤左眼，在干校的父亲被告知儿子把同学的眼睛打瞎了，急匆匆赶到医院发现真相，父亲也"松了一口气"。那只被打伤后无法治愈的左眼以及那个谨小慎微如履薄冰的年代也成为叶兆言内心伤处难以言说的痛。叶兆言说："我不知道别人读了这篇小说，会不会和我一样，内心也有那种难言的忧伤。"[2]这种忧伤不仅来自历史兴衰之叹，来自于人生难料之感，更来自他一生中许多无奈的经历与切肤之痛。

[1] 叶兆言.璩家花园[J].十月,2024(1).
[2] https://www.chinawriter.com.cn/n1/2024/0329/c404032-40206266.html

　　小说最后停留在天井做核酸的场景："天井的嘴张得很大很大，仿佛是一个巨大黑洞，棉签伸进了嘴里，在他的嘴里鼓捣了一下。"[1] 这个结尾的描述给人一种感觉：历史本身是虚无的，就像一个巨大的黑洞；而实实在在构成历史的东西正是一个个普通人的细碎日常，可是这一个个普通人在巨大的历史浪潮面前又显得那么渺小无力。或许，叶兆言在小说中显示出的虚无感与哀伤情绪正来源于此。作为一个生于斯长于斯的南京人，叶兆言已然与这个城市融为一体，他在用心、用情、用力讲述着一个个隐藏在市井中的平常往事，正是这些看似平淡的故事贯穿了这座六朝古城的前生今世，承载着渐去渐远的历史。

[1] 叶兆言.璩家花园[J].十月,2024(1).

辑三

生命意识与文化传播

中国现代通俗小说电影改编与传播路径探讨

——以张恨水小说电影改编为例

在人工智能时代到来的文化背景下，新媒体、新技术既丰富又冲击着我国文化产业的发展，如何在多元文化杂糅的时代背景下传承民族经典文化、讲好中国故事？如何超越类型化文艺创作，制作出既有艺术内涵又为大众接受的影视剧精品？当前戏剧新作的选择给我们提供了启示。有论者指出："在中方制作邀约外方导演演绎中国题材的作品时，首选的并不是中国剧作家的剧本，而是中国现当代小说……各种创排背景的话剧新作都选择了小说改编并非偶然，在折射出原创的艰难与相对贫乏之外，也反映了文学作品的力量和改编的魅力。"[1]作为影视艺术，电影剧本也需要深入挖掘中国现代经典文学资源，激活传统文学中的新时代电影元素，对当前大众喜爱的文学作品进行时代性的改编。

伴随着中国现当代经典小说的影视剧改编数量的日益增多，现代通俗小说的电影改编问题也日益显明。以张恨水为例，其小说及电视剧改编流行，而电影改编则相对清冷；相似题材及写作手法的两部小说，因不同的电影改编理念而导致传播效果大相径庭。我们可以近年广传于网络平台的现代社会言情小说《欢喜冤家》为例，剖析其小说传播成功而电影传播失败的原因，指出其电影重拍的可行性与现实意

---

[1] 郭晨子:论近年来小说改编戏剧中的叙述元素[J].中国文艺评论,2024:(9).

义，对人工智能时代如何挖掘现代通俗小说中的优秀资源、激活通俗文学中的电影元素进行新的思考。

近年来，张恨水的小说《欢喜冤家》在网络平台受到关注，从2018 年到 2022 年，微博、知乎、抖音、腾讯等网络平台陆续出现《欢喜冤家》朗读音频、网友评论及书评，这部小说因其对现代社会女性生存命运的关注被称为"民国版的'我养你啊'"并引发网络热议。《欢喜冤家》是张恨水 1932 年创作的一部力作，其选材深具现实性，主题潜藏丰富的生命意识内涵，艺术表达与影视剧互通，具有独特的社会意义与传播价值。这部小说不仅在文本上具备电影改编的必要性与可行性，同时也受当前网络大众关注，传播基础扎实。尤其是小说对国计民生的关注、对青年人求职问题的探讨具有正面导向作用，作品隐含的电影元素为电影改编提供了文本基础，网络热议与读者问卷调研也都显示出当前大众对这部作品的接受期待。但是，其1934 年改编的电影却无人问津。基于此，我们有必要考察电影《欢喜冤家》小说及电影的传播过程及其失败根源，结合当前社会需要探讨一下重新对作品进行改编的可能性，力求为如何在现代经典通俗文学中挖掘优秀电影题材提供可行性借鉴。

一、怪象：力作畅销与改编电影的清冷

《欢喜冤家》于 1932 年 9 月初连载于上海《晨报》副刊《妇女与家庭》，至 1933 年 9 月 23 日刊载完毕。1933 年，张恨水从上海回到北京，与四弟牧野创办美术学校并在此教授国文。学校给张恨水一座院落，名为校长室实则写作室，他对此很满意："这房子是前清名人裕禄的私邸，花木深深，美轮美奂，而我的校长室，又是最精华的一

部分，把这屋子作书房，那是太好了。"[1]良好的写作环境及与周南婚后和谐的家庭生活使张恨水迎来了创作高峰，其好友张友鸾称："这一时期，客观上是他南北驰名，约他写小说的报社函电交至；主观上却正精力充沛，一天不写小说就一天不痛快。"[2]《欢喜冤家》便是此时力作。小说连载后，"颇也蒙受社会人士予以不坏的批评"[3]，这是张恨水一贯自谦的说法，其实，小说不仅赢得众多报刊读者，并于1940年11月由香港晨报社初版后畅销，后又被多次盗印，热销于沪港等地。盗版书流转到重庆后，张恨水"觉得对男主角的转变之由，还写得不够"[4]，于1944年3月重新增订改名《天河配》，9月由南京建中出版社初版。

1934年，上海天一公司看中了这部小说，改编成无声影片《欢喜冤家》，由邵醉翁监制，裘芑香导演，陈玉梅、张振铎、李英等主演，在上海南京大戏院、黄金大戏院、卡尔登大戏院等知名戏院上映，上海《申报》连续多日刊登影片宣传广告："人才之盛，一时无两！情节之佳，无出其右"，并将该影片定位为"天一公司本年份最巨片"，称其为"全部对白歌唱有声电影"[5]。在无声影片向有声影片过渡的1930年代，有声歌唱形式作为"前沿"与"时尚"无疑对上海观众更具吸引力。但电影上映后备受批评，"在本部南京大戏院开映只有五日而辍，收入仅两千余元，然广告费已花掉了五千余元，实为蚀本之生意"[6]。此事引发争议，而裘芑香也心灰意冷，向天一公司告假，最终离开了公司。

[1] 张恨水.张恨水研究资料[M].北京：知识产权出版社,2009:45.
[2] 张友鸾.章回小说大家张恨水[J].新文学史料,1982(1).
[3] 张恨水.天河配(序)[M].太原:北岳文艺出版社,1993.
[4] 同上.
[5] 申报(本埠增刊)[N].1934-11-03.
[6] 川.欢喜冤家之广告费价[J].影画,1934(1).

南京大戏院电影宣传广告

《欢喜冤家》剧照，《金城》1934年
第 1 卷 第 4 期

1934年11月18日《申报》本埠增刊

1934年11月3日《申报》本埠增刊

（注：以上图片来自《全国报刊索引》，网址：http://mobile.cnbksy.com/）

小说的畅销与电影的萧条形成鲜明对比，究竟什么原因导致这一怪象呢？就导演而言，裘芑香1926年即在天一公司任导演，1930年代导出了《兰谷萍踪》《追求》《挣扎》等多部著名影片，尤其《挣扎》自1933年拍摄成后一炮打响，使裘芑香成为大上海著名的导演；就演员而言，参演《欢喜冤家》的均是实力派演员，尤其女主角为时称"电影皇后"的陈玉梅；就宣传而言，不仅上海各大戏院、报纸大张旗鼓宣传，1934年间，《美术生活》第2期、《影画》第7期、《礼拜六》第552期、《良友》第100期、《电影画报》第11期、《时代电影》第2期、《青青电影》第1期、第3期，《金城》第4期等知名杂志均刊登了《欢喜冤家》相关剧照。《欢喜冤家》改编电影为何备受责难呢？从时人对这部影片的评价中或许可以发现些许端倪。

《电声（上海）》1934年第26期刊登过一篇影评，开篇将张恨水称为"鸳鸯蝴蝶派旧势力"，认为影片故事"是一幅彷徨在封建势力和资本主义势力中间没出息而无知觉的小市民的生活写实"[1]。继而指出陈玉梅和马东武夺照片的细节，"导演的处理不善，更使这多余的噱头显得生硬儿戏。又如表示时间的经过，有时候用了极不需要的字幕，但是剧情上正需要说明的时候，导演偏又卖弄聪明来这么一套花开花谢的象征手法来暗示，这就是劳而无功的实证"[2]。这一批评针对导演，犀利而尖锐；接下来又对演员与情节设置表达不满："演员方面，最不行的是陈玉梅的国语……胶片的浪费实在无以复加，那长长的戏中戏《还荆州》，机械的动作，机械的镜头，机械的笑，机械的彩色……一切都告诉我们这是硬在做戏……"[3]从行文可以看出作者为新派知识分子，代表了当时大部分进步知识分子的观点。《社会新闻》1934年报道天一拍《欢喜冤家》时称："明星来了一次张恨水的啼笑因缘，如今天一又来张恨水的欢喜冤家了，在今日的中国，礼

[1] 评《欢喜冤家》[J].电声（上海），1934(26).
[2] 同上.
[3] 同上.

拜六的文人仍旧是占势力的。"[1] 扣上 "鸳鸯蝴蝶派" "礼拜六" 的帽子后，他们先入为主地视张恨水作品为 "传统的旧势力"，加之改编电影歪曲了原著主题，更做实了此观点。此外，导演在电影情节的处理、戏中戏的设置方面，都违背了观众的审美意愿。这篇影评固有一定道理，但只能代表当时新派知识分子的观点，其对小说题材的定位、对演员国语的挑剔以及对戏中戏的批评都是出于 "新文化" 的标准，不能代表所有观众的观点。为深入挖掘怪象根源，我们还须聚焦电影本身。

二、追溯：电影《欢喜冤家》与《银汉双星》的异轨殊途

在笔者搜集资料过程中发现，《欢喜冤家》原片今已遗失。究其原因，1930 年代电影拍摄时主要用硝酸纤维素胶片，这种胶片在老化后易燃易爆，存在很大的安全隐患，保存起来很困难。所以，影片播放后，若是票房不高，便被认为毫无商业价值，就会草草收存，甚至完全不存，《欢喜冤家》很可能属于此种。与之相反的是，1931 年联华公司史东山导演的《银汉双星》不仅存留至今，而且得到时人高度认可，认为该作品 "有丰富的艺术表现，而不因配声以使剧情牵强。剧中有风景宜人的郊景，亦有堂皇富丽的室内布景。有热闹之处，亦有凄怨之处。编剧者朱石麟和导演者史东山能把这许多复杂的情节融合起来成一贯的思想，确有周密计划才克臻此"[2]。另有署名 "寄病" 的作者虽对演员颇有微词，但认为该影片 "布景之佳，尤为国产片中巨擘"[3]，电影的上映同时带动了小说的热销。1931 年 12 月 3 日、12 日、16 日的《申报》多次刊登小说售卖信息，如 "张恨水

---

[1] 天一拍《欢喜冤家》[J].社会新闻,1934(10).
[2] 和甫.中国的银星艳史——联华公司的有声歌舞新片《银汉双星》[J].银幕周,1931(7).
[3] 寄病.新片小评[J].甜心，1931(27).

先生原著银汉双星说部及紫罗兰女士所唱楼东怨唱片本院及香港路第六号A联华公司有代售"[1]。这种电影带动小说销售的局面形成了多种媒介互通的良性循环。两部电影的命运大相径庭，是小说文本所致，还是另有其因？我们不妨将二者作一对比研究。

就小说题材而言，两部作品均来源于现实生活，一个是电影明星，一个是优伶名角，人物影响力及故事吸引力各有千秋。有学者考察指出："电影女明星黎明晖与张恨水小说《银汉双星》中的李月英便有着千丝万缕的联系。"[2]如果说《银汉双星》取材于电影女明星的经历，《欢喜冤家》则取材于女戏子的故事。张恨水曾坦承："本书的故事，大部分是有的，只是书中女主角的下半段演变，与事实相反而已。当这故事发生的时候，我还住在北平，见闻逼真……"[3]由此可见，两部小说的选材都具有现实性，对市民百姓也有很强的吸引力。

就主题而言，《银汉双星》不过讲述了一个上海电影娱乐界痴情女子薄情郎的故事，而《欢喜冤家》则通过重情重义的京剧女戏子的婚恋悲剧提出女性在现代社会如何生存的严肃问题，显然比《银汉双星》主题更为深刻，也更具现实意义。但是在电影改编过程中，两部作品的主题发生了翻转。《银汉双星》的编剧朱石麟能够大刀阔斧地"适足削履"，不仅将杨倚云这个薄情郎塑造为深情男子，而且将故事悲剧根源指向封建礼教，将电影立意定为"情与礼的冲突"。尤其在电影结尾，李月英隐匿乡间孤独终老，老年后的杨倚云有心去探望，走到门口听到心上人的歌声颇为动容，但他最终没有敲门，带着遗憾悄然离去。看似绝情却深情，虽是深情却无奈，从主人公悲情的眼神与婆婆的背影中，可以感受到传统礼教对人一生的束缚，这一幕场景使观众深受震撼，也引发了情感共鸣，票房大卖也便水到渠成。《欢

[1] 申报[N].1931-12-03(第一版).
[2] 李婕,谢家顺.《银汉双星》女性形象与电影明星黎明晖[J].新文学史料,2021(11):118.
[3] 张恨水.天河配(序)[M].太原:北岳文艺出版社,1993.

喜冤家》改编电影故事情节大变，尤其对结尾的改编显得突兀而不切实际。小说原著本以玉和不堪妻子卖艺而离家出走、桂英因生活所迫不得不携幼子留在天津登台为结局，而在电影中却改为桂英与玉和回乡过起了养鸭的农村生活。显然，这一结局的处理不仅脱离现实，而且削弱了作品的问题意识，观众不买账也在情理之中了。

1934 年 7 月，张恨水观看电影《欢喜冤家》后于《立报》的《花果山》撰文表达对电影改编的质疑："原来他们除仅仅用了百分之七八我的故事之外，而片子的命意，完全和我相反。我们相信一个小官僚，一个红女伶，能抛开城市的一切繁华，到乡下去养鸭？我不知这是幻想，或者是写实？……并不曾用我的原著，偏要说是我的原著，这是开玩笑呢，还是另有作用？公道不公道，自有天知道了。"[1]1935 年《影舞新闻》将这篇文章改名为《欢喜冤家天知道》[2]转载。张恨水之所以对电影改编不满，不是在于它没有忠于原著，而是在于作家与影片制作人的创作观不同。张恨水曾强调小说是"叙述人生"，而非"想象人生"[3]，电影《欢喜冤家》结局采用的则是浪漫主义的想象方式，更倾向于表达童话般的幻想，与社会现实严重脱节。相较于《银汉双星》对封建礼教的控诉与抨击，《欢喜冤家》的改编未免流于消极与肤浅了。

为何进步导演裘芑香会突然转向呢？对此，有论者指出："1933年前后，虽然左翼文化运动高涨，但电影的商业性仍旧是'天一'的目标，因此，裘芑香不得不走一条与《挣扎》相背离的道路，去迎合邵醉翁的商业策略。"[4]原来，天一公司老板邵醉翁的商业投机制约了裘芑香的电影制作，致使电影的艺术性与现实性难以被顾及。《银汉

[1] 张伍.忆父亲张恨水先生[M].北京:北京十月文艺出版社;1995:176-177.
[2] 欢喜冤家天知道[J]影舞新闻,1935(13).
[3] 张恨水.啼笑因缘（自序）[M].上海:三友书社,1930.
[4] 程波,何国威.裘芑香重回天一影片公司的有声片研究[J].当代电影,2021(6):95.

双星》的投资力度很大，"闻该片只用于这一样布景的价值，已费去六千元云。在制国片中，这个数目确可惊人了。"[1]而《欢喜冤家》断无这样的大手笔，在场景布置上，"最后的一个结束，除了那大群的鸭子在地面上浮游的一个场面给了观众一些深刻的印象外便没有什么……"[2]由于商业投机的策略及思想主题的肤浅，导致《欢喜冤家》改编后无法满足大众心理期待，宣告了一味追求商业利润的失败。

此外，《欢喜冤家》改编时没有考虑张恨水忠于原著立意的声明，而《银汉双星》是张恨水的小说第一次改编为电影，他本人也参与了改编工作，所以电影不仅较大程度地遵循原著，而且在主题、立意及人物性格方面进行了高于原著的改编，有力控诉了封建思想对青年男女的迫害，满足时大众的心理诉求，也在民国史上留下了浓重的一笔。

聚焦两部电影可以看出，一部小说改编电影的成功，需要原著作者和电影制作者在艺术追求上达成一致，倘或不然，至少在创作观上具有一定的共通性。美国传播学者约翰·费斯克认为："在文化经济中，流通过程并非货币的周转，而是意义和快感的传播。"[3]电影虽然属于商业文化，但其并非直接实现商业价值的流转，而是在与观众的沟通交流中产生共鸣，进而传达并引导大众的文化取向。因此，无论原著作者还是电影制作者，需要把服务于社会作为首要目标，遵循艺术的真实，而不应把商业谋利作为第一追求。事实上，当一部作品的艺术性、现实性与时代性相结合，商业获利不过是水到渠成的事。

三、聚焦：《欢喜冤家》电影重拍的可行性

基于《欢喜冤家》小说的畅销与1934年改编电影的失败及影片

[1] 和甫.中国的银星艳史——联华公司的有声歌舞新片《银汉双星》[J].银幕周报,1931(7).
[2] 评《欢喜冤家》[J].电声（上海）.1934(26).
[3] [美]约翰·费斯克.理解大众文化[M].王晓珏、宋伟杰,译,北京:中央编译出版社,2001:33.

的遗失，新的电影改编就显得尤为重要。对此，我们一方面从理论上探讨这部小说电影重拍的可行性，同时向各个年龄段的各阶层群众作了问卷调研，考察大众对这部作品的兴趣度及对《欢喜冤家》改编电影的了解程度及看法。我们根据不同年龄、学历、职业、性别占比选取了 500 名群众展开问卷调研，其中较有代表性的题目统计结果如下：

第 1 题　《欢喜冤家》讲述了戏剧名伶白桂英为追求爱情告别戏台又迫于生活重操旧业的悲剧故事，对女性如何平衡家庭与工作，如何在社会上谋生提出了思考，号称"民国版的'我养你啊'"。您对这个故事感兴趣吗？对它 1934 年改编的同名电影有了解吗？

选项	小计	比例
A.感兴趣，有了解	151	30.2%
B.感兴趣，不了解	231	46.2%
C.不感兴趣，有了解	41	8.2%
D. 不感兴趣，不了解	77	15.4%
本题有效填写人次	500	

第 2 题　您觉得《欢喜冤家》讲述的故事是否已过时？对当代社会有启发意义吗？有重拍影视剧的必要吗？

选项	小计	比例
A.不过时，有启发意义，有必要重拍	317	63.4%
B.有点过时，无启发意义，出于娱乐需要可以重拍	138	27.6%
C.已经过时，无启发意义，没必要重拍	45	9%
本题有效填写人次	500	

第 3 题　您觉得《欢喜冤家》讲述的故事对当代女性的人生道路选择、生活观念和生活态度有启发意义吗?

选项	小计	比例
A.有	187	37.4%
B.有一定的启发意义	272	54.4%
C.没有	41	8.2%
本题有效填写人次	500	

在抽样调查的 500 名群众中,有 30.2% 的人表示对《欢喜冤家》感兴趣且对 1934 年改编电影有了解,46.2% 的人对小说感兴趣但对 1934 年改编的电影不了解,对这部作品感兴趣的人共计 76.4%。63.4% 的人认为这部作品不过时,对社会有启发意义,应该重拍电影;另有 27.6% 的人认为这部作品有点过时,但出于娱乐需要可以重拍,支持电影重拍的占比高达 91%。另外,近年微博、知乎、抖音、腾讯等网络平台陆续出现《欢喜冤家》朗读音频、网友评论及书评,这部小说因其对女性生存命运的关注再次成为热梗,可见,这部作品的故事题材与当前社会女性生存状态依然有较强的相关性,共计 91.8% 的人认为这部作品对当代女性人生道路选择有启发意义。

由问卷可知,当前大众对《欢喜冤家》这个故事选材具有浓厚的兴趣,对 1934 版电影改编了解甚微。鉴于当前社会生活压力的加剧及人们对女性生存状态的关注,无论是出于启发意义还是出于娱乐目的,大众对这部作品电影重拍都具有充分的支持度。此外,就小说本身而言,《欢喜冤家》也具有适宜电影改编的一系列特征:

第一,小说人物选材的新奇性与独特性。这部小说以市民读者颇为好奇的女戏子为主角,一反大众对戏子无情的普遍认识,塑造了一个重情重义、爱情至上的女戏子形象。在小说中，白桂英的性格发展是渐进性的，从一开始舍弃公司职员林子实而主动投靠军阀汪督办到委身于小公务员王玉和并与其同舟共济，她对感情的认识越来越清晰，对自由、爱情的追求也越来越坚定，为大众树立了一个"理想女性"的模板。在当下"民国热"的文化氛围中，白桂英不仅以"民国女戏子"的身份吸引观众眼球，而且以其独特的经历展示出传统女性在现代社会逐渐蜕变的心灵历程，对当前社会女性思想发展也具有启发意义，她对真诚、平等、自由之爱情的追求也更易于和当今时代女性产生共鸣。在问卷调查中，有76.4%的观众表示对这一人物题材很感兴趣。电影是一种大众文化，其首要特点便是传播的全民性。因此，观众基础与收视率是衡量其开拍可行性的重要因素，就《欢喜冤家》的人物选材来看，改编成电影后的观众基础是扎实的，收视率也会因此提升。

第二，故事情节的传奇性与戏剧性。大众文化的显著特征是消遣娱乐性，《欢喜冤家》故事情节曲折传奇：小说开篇便制造了戏剧名角白桂英息演嫁人的悬念，此一奇；白桂英婉拒影迷林子实，奔赴天津欲嫁汪督办却遭拒，此二奇；桂英返京与林子实擦肩却偶遇王玉和并与之相爱，林子实闻讯返京向桂英求婚却遭拒，此三奇；玉和在与桂英大婚之际丢掉工作，桂英得知后陪他回农村老家生子，此四奇；玉和在老家被嫂子排挤，携幼子返京后为生活所迫，桂英不得不重操旧业，玉和意外离家出走，此五奇。小说运用误会、巧合、悬念等手法，使故事情节异象环生又在情理之中，一个个意外牵动读者的心，不仅极大满足了读者的阅读期待，也引发了读者与小说主人公的共鸣。茅盾曾批评鸳鸯蝴蝶派"在艺术形式上是原始的，然而恰恰合于文化水准低落的大众的口味"[1]。这正印证了张恨水小说传奇性与大众口味的合拍。诚如有论者指出："正是《天河配》以故事为主导，把作品的各种形象都纳入到故事航道上去，形成一种完整而又丰富、生动而又曲折的故事体系，从而使作品以故事所特有的震荡力强烈地吸引着广大读者，在读者的审美阅读市场以一种载道文学的生活形态和纯美文学的心理形态所无可匹敌的审美竞争力而令载道文学和纯美文学望洋兴叹、莫可奈何。"[2]可以说，这部小说实现了载道文学与消遣文学的统一，达到了严肃文学难以实现的艺术成效，其改编电影若能忠实于原著，或在原著基础上有时代性的升华，也必能产生同样的艺术效果。

此外，小说情节具有鲜明的戏剧冲突。一开篇，两位台柱子的迟到就制造出一种紧张矛盾的情节，直至主角出现，戏园老板终于松口气，却即刻又被告知桂英也将离开舞台，紧张的气氛又开始蔓延；舞台矛盾刚结束，家庭矛盾又显现：桂英厌恶戏子生活而母亲让她唱戏赚钱，这一家庭矛盾贯穿了小说始终。接下来，桂英两次与林子实擦肩而过，包括巧遇林子实带新夫人来访，制造出新的戏剧冲突，并非二人无意，实乃造化无情，尤其在桂英重操旧业后，林子实夫人公然向桂英叫板，使人物的情感冲突达到高潮。小说中这种戏剧冲突俯拾皆是，满足了电影戏剧性的需要。

第三，小说场景的画面性与直观性。小说一开场，便描写了旧式戏馆的后台：扮杨贵妃的戏子在抽烟卷，扮高力士的丑角要早餐，管事儿的田宝三发现程白二人迟到急忙找人垫戏……一幕热闹、杂乱的戏馆后台向观众呈现出来。幕后本是观众少见的场景，小说将这一场景描述得生动热闹，有助于电影的拍摄。此外，桂英内室的场景、程

[1] 茅盾.文艺大众化问题[M]//茅盾全集(第21卷).北京:人民文学出版社,1991:357.
[2] 万兴华,陈金泉.奇幻:张恨水小说的审美特质[J].南昌教育学院学报,2002(1):16.

秋云新房的场景、火车二等三等包房和头等包房的场景、桂英在饭馆应酬的场景以及玉和回农村老家的场景等等，小说无不描述得细致入微，具有直观的画面性。

第四，小说语言的表演性与情感性。张恨水酷爱看电影，他说："我喜欢研究戏剧，并且爱看电影，在这上面，描写人物个性发展，以及全部文字章法的剪裁，我得到了莫大的帮助。关于许多暗示的办法，我简直是取法一班名导演。所以一个人对于一件事能留心细细地观察，就人尽师也。我的书桌上常有一面镜子的，现在悬了一面大镜子在壁上，当我描写一个人不容易着笔的时候，我便自己对镜子演戏给自己看，往往能解决一个困难的问题。"[1]张恨水对戏剧、电影的学习使得他的小说语言不仅生动形象，而且具有戏剧化的表演性与真实的情感性。比如玉和看到小报对桂英轻薄的谣言时出离愤怒："玉和两手捧了一张小报，那小报抖得瑟瑟作声。他也不知是何缘故？伸手在桌上一拍道：'放他的狗屁！'"[2]寥寥几句把玉和的动作、神态、情绪准确表达出来，形象而逼真。再如玉和在告别信中对桂英的肺腑之言，使人读来不禁潸然泪下："话又说回来了，人有旦夕祸福，万一发生不测，我能教你永远等着吗？三年以后，我若不回来，你就另找良缘吧。桂英，我说出这种话来，我知道你一定是十分伤心的，可是事实逼着我们走到了这步境地，我有什么法子呢？"[3]朴素真诚的语言将一个被现实逼迫将生死置之度外的年轻人对爱妻的复杂情感表达得淋漓尽致，这种情感性的语言在电影中也具有强烈的感染力。因此，《欢喜冤家》满足了电影文化传播的核心要素，具有重拍的可行性。

[1] 张恨水.写作生涯回忆[M].太原:北岳文艺出版社,1993:5.
[2] 张恨水.天河配[M].太原:北岳文艺出版社,1993:357.
[3] 同上,1993:424.

四、丰富的生命意识内涵：《欢喜冤家》的传播价值

张恨水之女张明明曾说："父亲的小说是以言情为纬、社会为经的，爱情不过是穿针引线的东西，他所要表现的是社会上真真实实的存在，发生过的事情，应该属于社会小说，记述的是民初野史。"[1] 此语道出了张恨水后期的小说创作观。如果说 1920 年代的创作还因家庭重担而逐利的话，到了 1930 年代，张恨水已无须为生计发愁。1930 年 4 月 24 日，他在《世界日报》上发表了《告别朋友们》一文："为什么辞去编辑？我一枝笔虽几乎供给十六口之家，然而好在把生活的水平线总维持着本无大涨落，现在似乎不至于去沿门托钵而摇尾乞怜。"[2] 从中可看出张恨水作为独立文人的创作姿态与自由意识。自此，张恨水的社会责任意识愈加强烈。1934 年，张恨水自费进行了西北游历，他说："我的游历，是要看动的，看活的，看和国计民生有关系的。"[3] 游历归来，张恨水创作的《燕归来》《小西天》均以西北生活为小说题材，可见其创作观向社会现实的转变，张恨水对国计民生的关注使其作品产生了独特的生命意识。

关于生命意识，有学者认为是"人类对自我存在价值的反思与认识"[4]。也有学者指出，生命意识是"生命个体对自己或对他人生命的自觉认识，其中包括生存意识、安全意识、死亡意识等"[5]。笔者以为，生命意识的首要内涵便是生存意识，表现在作品中为对民生的关注，对人生存状态的关切；在此基础上，对人自我存在价值的反思是对生命高层意义的认识，属于生命意识在灵魂层面的彰显。张恨水的

[1] 张明明.回忆我的父亲张恨水[M].天津:百花文艺出版社,1984:61.
[2] 张恨水.告别朋友们[M]//张占国,魏守忠.张恨水研究资料.北京:知识产权出版社,2009:166.
[3] 张恨水.写作生涯回忆[M]//张占国,魏守忠.张恨水研究资料.北京:知识产权出版社,2009:47.
[4] 童盛强.宋词中的生命意识[J].学术论坛.1997(5):86.
[5] 曾道荣.论叶广芩动物叙事中的生命意识[J].文艺理论与批评.2010(6):116.

小说不仅探讨生存问题，也在更高层面上描摹人对生存尊严的需要，这是更深层的生命意识的彰显。《艺术之宫》里的裸体模特李秀儿问警察，到哪里才能不受欺负，凭力气换钱？这个质问代表了旧社会平民女性共同的呼声。如果说《燕归来》《美人恩》强调的是"吃饱饭"的生命需求，那么《欢喜冤家》《艺术之宫》则发出了"有尊严"的灵魂呐喊。从"吃饱饭"到"有尊严"，多层次地体现了张恨水小说生命意识的独特性与丰富性。

1934年，张恨水曾撰文强调《欢喜冤家》的立意："（一）中国人提倡作官，作官人便是以官为业。除了官，士农工商全不能干。（二）人人都说到农村去好，可是真到了农村，就不能过那淡泊的生活。（三）女伶自是一种职业，可是不免受人侮辱。许多人为了这侮辱，要跳出火坑去，可又往往不能跳出去。这是一个社会问题。这样的叙述，至少是一种问题小说。"[1]张恨水自觉地把《欢喜冤家》定位为"问题小说"，旨在提出女子自谋"有尊严"的职业之艰难的社会问题，与《艺术之宫》有异曲同工之妙。

1944年，张恨水将《欢喜冤家》改名为《天河配》，在序言中再一次强调了这部小说的创作目的："我觉得女子谋职业，实在不易，尤其作伶人，很难逃出社会的黑暗层。"[2]这句话提出女子在现代社会的求职问题，显示出他对女性生存状态的关注。事实上，在张恨水的小说创作中，平民女性在社会上的生存问题始终是一个重要主题。无论是《春明外史》中的李冬青、《金粉世家》中的冷清秋、《啼笑因缘》中的沈凤喜，还是《燕归来》中的杨燕秋、《艺术之宫》中的李秀儿，张恨水都在塑造理想女性形象时探讨其在社会中生存的可能性，这正延续了1926年鲁迅提出的"娜拉出走之后怎样？"的提问。鲁迅断

---

[1] 张恨水.天河配(序) [M].太原:北岳文艺出版社,1993.
[2] 同上.

言娜拉出走后要么堕落，要么回来，张恨水却在他的小说中探讨第三种途径。李冬青、冷清秋、白桂英的自食其力似乎成为第三条道路，但她们均未得到理想的婚姻。在这些作品中，张恨水特意描述了"吃饱饭"与"有尊严"的矛盾，并将具有反抗意识的女性置身于二者不可调和的对立状态中，以悲剧性结局提出对社会的质问，产生独具特色的生命意识与矛盾纠结的艺术张力。

在《欢喜冤家》中，小说更是将二者的矛盾凸显到极致。小说开篇便点出白桂英息演就是作为女戏子反抗意识的萌芽，只是其反抗方式却是以嫁给军阀作妾，表明她起初寻求的不过是"吃饱饭"而已。当被汪督办拒绝又与林子实错过时，白桂英一度想重操旧业，可见"吃饱饭"的追求仍居首位。嫁给小公务员王玉和也依然是本着"吃饱饭"的首要目的，未曾想大婚之前丈夫就丢了工作。至此，桂英"吃饱饭"的愿望落空了。这时，她开始反思自己，并调整人生目标。她对丈夫说："人生在世，第一件要的是自由，第二件才是穿衣吃饭。"[1]此时的桂英已然由起初"吃饱饭"的愿望发展到"有尊严"的追求了。她节衣缩食支撑小家庭，随丈夫回乡下吃苦，都表明其追求尊严的决心，然而，当四处碰壁穷途末路时，为了吃饱饭，桂英不得不重返舞台。从桂英追求的历程来看，"吃饱饭"与"有尊严"如两条主旋律此起彼伏，主人公通过种种努力试图使二者平衡一致，但社会与命运始终不允许。最终，"吃饱饭"的要求压倒了"有尊严"的呼声，人只能在悲泣中表达着对社会命运的控诉。由此可见，张恨水小说不仅客观描述了百姓的生存状态与生命渴望，而且艺术地再现了不同层次生命意识需求的矛盾纠结，抒发了具有现代意识的人在传统社会的迷茫与无助，展示出社会发展与思想开化的不同步，体现出张恨水小说独特的生命意识内涵。

---

[1] 张恨水.天河配 [M].太原:北岳文艺出版社,1993:226.

张恨水是一位具有丰富生命意识的作家，其小说不仅显示出肉体层面"吃饱饭"的需要，也对灵魂层面"有尊严"的生命需求给予了肯定，有论者曾将《欢喜冤家》与鲁迅的《伤逝》进行对比研究，指出二者在追求自由、个性解放的主题上具有一致性，并认为"《天河配》的审美价值丝毫不逊于《伤逝》，而是一'俗'一'雅'，各展风采"[1]。这一观点具有雅俗文学共赏的格局与前瞻性眼光，对中国现代文学严肃与通俗两位重要代表作家的研究也具有启发意义。综上，作为张恨水高峰期的力作，《欢喜冤家》并未得到与其价值相匹配的关注，仅有的电影改编本也已遗失，而大众对这部作品的热衷及小说的生命意识不仅显示出电影重拍的必要性，作品隐含的电影元素也为改编电影提供了可行性。因此，我们有必要重新研读这部作品，对其进行电影艺术改编。

结语

其实，当前影艺界不乏中国现当代经典小说改编的电影，如《阿Q正传》《活着》《边城》《茶馆》等，但是由现代通俗小说改编的电影传播成功者为数不多。张恨水曾有12部小说被改编成电影，目前为人熟知的仅《银汉双星》等个别作品，而现代通俗小说深具现实性、人民性和更广阔的传播性，改编空间比较大。2003—2008年间，《金粉世家》《啼笑因缘》《纸醉金迷》等多部热播电视剧都改编自张恨水小说，可显示出通俗小说改编剧受众基础的广泛。《欢喜冤家》与《银汉双星》传播效果的霄壤之别表明，艺术性与思想性、时代性的结合是小说电影改编成功的首要前提。因此，我们应对现代通俗小

[1] 汪启明.雅俗文学的风采——《伤逝》与《天河配》比较[J].安庆师范学院学报：社会科学版,1995(1):33.

说的电影改编给予足够的重视，吸取《欢喜冤家》电影传播失败的教训及《银汉双星》电影传播成功的经验，关注小说原著与电影时代需求的契合性，激活中国现代经典通俗小说中的电影元素，为丰富当下电影文化产业开辟新途径。

冲破宿命的生命突围
——《八角笼中》海内外热播根源探析

　　由王宝强担任编剧、导演及主演的电影《八角笼中》不仅在国内热播，在海外影院也备受瞩目。2023 年 7 月 28 日，美国、加拿大的主流影院热映，8 月 3 日又登录澳大利亚和新西兰并取得票房佳绩。据道琼斯数据库（*Factiva*）资料，美国电影杂志 *Variety*、美国《好莱坞报道》（*Hollywood Reporter*）、美国《外交事务》（*Foreign Affairs*）、美国影评网站 *Deadline Hollywood* 及日本媒体《东方新报》等海外媒体对《八角笼中》的票房均有所报道。

　　为什么这部电影能够在海内外电影市场热播呢？究其原因，不仅是因为它对留守儿童、中年危机等社会热点的关注，更重要的是唤醒了人们内心深处隐藏的生命渴望，使影片产生了广泛的社会影响。从生命意识层面来看，《八角笼中》的宿命感与《雷雨》有相似之处，但结局又不同于《雷雨》，而是以肉体的外在厮杀内射人与命运搏斗的惨烈，抵达人的心灵深处。笔者认为，无论就影片故事而言，还是影片与导演之间其实都存在着一种"宿命"，这恐怕是《八角笼中》得以在海内外热播的原因之一。

一、《八角笼中》的生命意识

近年热播的《八角笼中》来源于现实的故事题材，其对底层人生存艰难的真实呈现，对普遍存在于人们内心深处的心理阴影与困境的揭示，引发了大众强烈的情感共鸣，唤醒了人们内心深处隐藏的生命意识，使影片产生了积极的引导与教育意义。它何以能产生如此轰动的社会效应？与导演之间又存在着怎样的"宿命关系"？观众如何透过格斗故事表面深入挖掘影片的社会价值？可能还是要从影片的生命意识出发寻找答案。在身体、心理与灵魂三个层面的生命意识中，身体与心理生命意识都是有积极与消极两方面的，外界的伤害、内在的欠缺都会产生不良的身体及心理欲望，而灵魂层面的生命意识则是光明的、积极的，它用内在的良心与社会道德规范来消弭人身体与心理的消极欲望，进而促使生命个体产生积极的生命意识，激发内心深处的善良与高尚，使人心灵得以洗涤净化，完成由欠缺的"坏人"向崇高"英雄"的转变。因此，身体、心理与灵魂三个层面的生命意识之间既相互矛盾又统一于一体，组成了完整的人性。

一部经典的艺术作品，正是因具有丰富的生命意识内涵而散发出经久不衰的艺术张力，并因其揭示人性的真相而与观众产生情感共鸣，通过激发人积极的生命意识来有效地发挥社会价值。而《八角笼中》通过影片主人公向腾辉的心灵成长蜕变展现出三个层面的生命意识矛盾与协调的过程，与人们的心灵成长轨迹产生共鸣，进而赢得了亿万观众的共情。那么，这一过程是如何完成的？影片中隐含的生命意识具有怎样的社会价值？下面我们来具体分析。

二、以生命之光破宿命之"笼"

　　一群大山深处的孤儿，一个中年潦倒的沙场老板，他们能有怎样的命运呢？无疑，首先摆在他们面前的问题，便是艰难求生。《八角笼中》起初指向的是人身体层面的生存需要。向腾辉的沙场入不敷出，一群大凉山的孩子为吃上饭而成为拦路抢劫的"恶童"，当双方狭路相逢时，都指向物质需要。先是孩子们对向腾辉的抢劫，后是向腾辉为挽救沙场向孩子们的索取，双方都以暴力、野蛮的方式来表达自己的需要，并希求从对方身上得到满足。当挽救沙场不成时，向腾辉以"你们都给我滚"的怒骂驱散了孩子们，而孩子们则紧紧抓住他不放，甚至打着他的幌子抢劫，使其损失两车沙。此时，双方依然是只顾各自生存需要而相互对立的关系。直到向腾辉来到孩子们的家，看到其艰难境况时，身体层面的生命意识隐匿了，代之以灵魂层面的高尚情操。影片有个细节，瘫痪在床的姐姐意识到弟弟们惹祸了，没有赔付能力的她面对眼前这个来势汹汹的陌生男子紧张地端起水杯喝了口水，然后下意识地躺下，暗示以牺牲自己肉体的方式来弥补他的损失。此时的向腾辉超越了身体层面美色的诱惑，他的灵魂生命意识（从良心生发出的善良）被眼前艰难困苦的情景唤醒了，本来要账的他却将自己钱包里所有的钱放在窗台上转身离开，并做出了收留孩子们的决定。至此，向腾辉完成了由出狱的商人到收留穷困孩子的"好人"的转变，显示出超越了身体层面需要的灵魂生命意识，这是向腾辉心灵成长的开始，也是大众内心深处认同的人生蜕变。

　　然而，命运就像一张网罗，牢牢地困住在贫困线上挣扎的底层人。为了谋生，向腾辉求助于李老板的"满天星"，教孩子们"假打"进行商演。刚有起色时，"假打"被揭发，向腾辉成立俱乐部后的"真打"又被媒体误解，谢理事伙同其他俱乐部釜底抽薪，向腾辉只好将孩子们转让。他放弃了格斗，和姐姐办起了蚕丝厂。和当年办沙场的向腾辉一样，他又变成了一个商人。孩子们被遣散，转到其他俱乐部的苏木受伤，马虎为了照顾苏木迫不得已重操旧业。向腾辉和孩子似乎被锁进了命运的"八角笼"，永远也无法走出这宿命的轮回。

影片在向腾辉决定收留孩子们时展示出马虎和苏木打水漂的画面，在青山绿水之间，两个衣衫褴褛的孩子缓缓走进水中，彼此无助地对看了一眼，举起了他们的命运之石孤注一掷地投向远方，从他们严肃认真的表情及无奈困窘的眼神中可以看出，跟从向腾辉是他们一次改变命运的艰难抉择。可是，十年过去了，百转千回之后，两个孩子一个腿被废掉，一个成了抢劫犯。马虎被向腾辉发现抢劫时对他说了一句话："你打过水漂吗？手里握着那块石头，不管你怎么用力甩它，石头总是要沉下去的，这个就是我的命。"命运就像一个牢笼，似乎从生命的初始就决定了结局，人无论如何努力也在劫难逃。就像《雷雨》中的鲁侍萍与女儿四凤一样，侍萍担心女儿走自己的老路，最后却发现女儿不仅犯了她当年的错误，而且与自己同母异父的哥哥发生爱情，这种"无处可逃"的宿命感将人带入一种极度悲伤的无助之中。《雷雨》的产生来源于作家内心深处的情感需要与艺术直觉，即曹禺心理及灵魂生命意识的催迫，这种生命意识促使他要表达一种"宿命感"。《八角笼中》的上半场与《雷雨》有相似之处，借向腾辉和孩子们的人生起伏揭示出这种"宿命感"。影片导演王宝强在受访时说："我感觉我和《八角笼中》存在一种双向选择的关系，一种'宿命感'，这些年也有人找我拍其他的，但说实在的，都不在我的点上，直到我遇到了它。我能感受到它在我人生这个阶段的重要性和吸引力。"[1]人到中年的王宝强面临事业、家庭的双重困境，多年来，积

[1] 武瑶,程逸睿.《八角笼中》:"原生"表演力实践与底层叙事——王宝强访谈[J]. 电影艺术,2023(5).

压在他内心深处的正是这种"宿命感"带给人的逼迫；这种逼迫是对其心理生命意识的捆锁，他复杂的情感、沉淀的思想都需要一个突破口来喷发，直到遇见了《八角笼中》，他终于可以淋漓酣畅地阐述自己的追求与梦想，压抑在心中多年的正向生命意识也得到了释放。

一个人的出身是否决定了他的一生？八角笼所象征的生存困境与宿命之网如何突破？这是影片的关键，也是它与《雷雨》的本质区别。与《雷雨》的悲剧结局不同，《八角笼中》给出了一个光明的结局。在那场 FGP 国际格斗比赛中，苏木以惊人的毅力打赢了格斗界的最强王者康纳。最后，苏木动物一般的嘶吼正是对宿命之"笼"的宣战，也是对自己这么多年来被压抑的生命意识的张扬。如果说身体血肉厮杀的搏斗体现出生存困境与命运桎梏逼迫的话，那么苏木赢得格斗之后的嘶吼便是对这种逼迫的强烈反抗，光明的结局也正是冲破生存困境与宿命枷锁的出路。

谈及影片结尾时，导演王宝强说："苏木这个角色几乎代表了很多人的希望，就像一束光一样，所以说他必须获得胜利……我自己也是从底层这样挣扎出来的，我能明白这种希望和肯定有多么重要，我不能违背自己的初心去设计一个不完美的结局。"[1] 可见，他已然将自己的奋斗经历与影片人物融为一体，影片所表达的价值观也正是他多年来从草根到演员、导演的打拼过程中所体悟到的，是他本人生命意识的核心表达。"从这些孩子身上看到了当初的自己。相信光才会看见光，不抛弃不放弃，总有绝处逢生的机遇"[2]，也许正是这种从社会底层拼搏的经历，激发了导演心理及灵魂层面的生命意识，使其在影片中传达这种"生如野草，不屈不挠"的坚韧与善良温情的高尚。从这个意义上讲，《八角笼中》不仅是一部励志

[1] 武瑶,程逸睿.《八角笼中》："原生"表演力实践与底层叙事——王宝强访谈[J].电影艺术,2023(5).
[2] 许莹.王宝强：再绝望也要看见希望，相信光才会看见光[N].文艺报,2023-07-19.

电影，也是对人精神洗礼的一部教育影片，它以导演王宝强的亲身经历与影片故事在生命层面的高度融合，向观众展示了一个生命体如何借生命意识的开启突破命运的"八角笼"，实现生命意义的提升。

三、冲出心灵困局的生命升华

王宝强说："中年向腾辉在自己的困境中，大山里的孩子也是在困境中，他们都在思考何去何从，都在寻找自己的出路。我觉得这些人物本质上都是在'八角笼'中。"[1]诚然，每个人都有自己的"八角笼"，《八角笼中》的另一个社会价值便在于，借格斗故事讲述现代人普遍存在的心灵困局。影片以格斗为线索，使人物故事在时空流转中自由穿梭，在大泷山的孩子们练习格斗的故事背后，还有一个向腾辉的格斗故事。十年前，向腾辉和大泷山的孩子们一样，以格斗为走出大山的希望，并在市运会格斗比赛中夺得冠军。然而，比赛后才知自己被骗吃了药，导致他锒铛入狱，母亲也为此精神失常。从此，格斗成了他心头一个难以言说的痛。他不止一次地说："我再也不碰格斗了。"格斗之于他，既是一个梦想，又是一个诱惑，理性一直使他抵制这个诱惑，而情感却不知不觉地失衡。不是他不愿意格斗，而是格斗中的恶意竞争使他圣洁的梦想被玷污，无辜的家人被肆意伤害。因此，从情感上，他以格斗为改变人生命运的梦想；在理性上，他却对格斗退避三舍。放弃格斗的他便也放弃了出路与梦想，成为一个失魂的人。因此，出场时的向腾辉就已经是一个失魂的受害者，一个带有心理阴影的残缺者。

---

[1] 武瑶,程逸睿.《八角笼中》:"原生"表演力实践与底层叙事——王宝强访谈[J].电影艺术,2023(5).

　　瑞士心理学家卡尔·荣格认为，一个人的人格中有阳光面和阴暗面，"自我意识拒绝的内容便成为阴影，而它积极接受、认同和吸纳的内容，则变成它自己以及人格面具的一部分。"[1]不可否认的是，就心理层面而言，这种阴影的存在是具有普遍性的，否认它的存在只会使阴影"永远得不到纠正，并且很容易在某个时刻无意识地爆发，形成一种无意识障碍，使个体最善意的意图难以实现"[2]。阴影与人格面具是相互对立又统一存在的，它们在人的内心深处形成一种进退维谷的两难困局。格斗之于向腾辉，就是这样一个心灵困局。

　　影片采用了双层叙事策略，一面向我们讲述向腾辉的故事，一面展示孩子们的成长经历。表面上是向腾辉一步步从"不情愿"到甘心乐意去帮助孩子们，事实上，孩子们也在一步步"逼迫"向腾辉直面并走出自己的心灵困局：作为一个出狱后承包沙场的中年商人，面对劲敌，穷困潦倒的他不得不答应生意人王敬福筹办格斗俱乐部的提议。随着王敬福因卖假冒伪劣产品入狱，格斗俱乐部也随之夭折。而"格斗"梦想的种子却已在孩子们心里扎根，但此时向腾辉想的依然是好好办沙场养活孩子们，即使为赚钱教孩子们格斗，也只是让他们"假打"。直到"假打"被发现，沙场经理王凤力主将沙场卖给李三才，走投无路的向腾辉才真正勇敢地面对自己的内心，办起了格斗俱乐部。做出这个决定时，他内心是很纠结的。他需要面对伤痛的过去，更需要面对艰难的现在。影片以一个中年男子在野地里沉默地抽烟来展示他内心深处阴影与人格面具之间的矛盾焦灼。做出决定后的向腾辉回家看了一次母亲，由于不堪的过往，姐姐已将其视为路人，精神失常的母亲已不认识他，每日重复着她儿子得冠军的梦。此时，

---

[1] 莫瑞·史坦.荣格心灵地图[M].蔡昌雄,译文校订,朱侃如,译,新北:立绪文化事业有限公司,2017:导论1.
[2] Jung, C.G. *The Collected Works of C.G. Jung*:Vol.11[M].Princeton University Press,1969:76.

格斗已经不只是孩子们的梦想，也成为向腾辉内心重新升腾出的希望，他已然与孩子们的梦想融为一体，与此同时，其心灵困局也在一步步被解开。然而，当苏木和马虎有望在乾坤决中拿冠军时，俱乐部却因媒体舆论面临困境。为了格斗冠军梦，向腾辉又一次牺牲自己。他以一种近乎决绝的方式将苏木和马虎转让到新的俱乐部，而自己又远离了格斗。此时，向腾辉已把自己的梦想搁置一旁，其心理生命意识又一次被压抑。

　　一年后，当向腾辉发现了孩子们被迫害的真相，不再满足于物质层面的求生，不再压抑自己的心理生命意识，而是以心灵蜕变后的机智、勇敢与坚定反向利用媒体救出孩子们，并助其实现格斗冠军梦。影片中有这样一个片段：当王凤开车拉着受伤的向腾辉拥堵在街头时，一对变脸的川剧队伍穿梭而过，透过车窗的向腾辉在黑脸与红脸的变化特技中似乎有所觉悟。变脸象征着人生命运高低起伏中，人被迫不断变换自己的角色。人生如戏，在社会这个大舞台上，人们带着各种不同的面具奔波忙碌。人灵魂层面的生命意识需要揭下面具，求真求实；然而，在各种打击下，向腾辉对自己心理生命意识的需求选择了漠视。他压抑了自己的情感需要，以求成全孩子们的梦想。这一次，为了揭示真相，他又开始戴上面具，声东击西。此时的向腾辉，已然开启了自己的心理生命意识，其思想、情感与意志都发生了彻底的变化。经过了恶意欺骗、造谣诽谤、媒体责难之后的他已然不再是那个憨厚朴实、盲目轻信别人的农民之子，而是可以和孩子们联合，巧妙地运用媒体保护孩子们合法权益的商人了。影片最后，一直躲在幕后观看比赛的向腾辉默默地抽着雪茄，当他看到苏木赢得比赛后，沉默着转身消失在黑暗中。此时，片尾曲唱道："沉默着，在黑夜里，捶打自己，燃烧自己；乌云遮盖，暴雨将至，密密麻麻，也要抬头仰望星空……"这首歌说出了向腾辉一生的经历，也讲述着一个有梦想的普通人一生困惑、挣扎、拼搏的心路历程。

从身体层面生存需要的追求到心理层面生命意识的勇敢表达，向腾辉在灵魂生命意识的指引下完成了由普通人到"英雄"的蜕变。王宝强坦言："这部电影谈到的不仅仅是格斗，其实也是讲人生中的博弈。作为一部现实题材的电影，它也在展现现实社会中的很多人都有自己的擂台，都有自己人生的'八角笼'。"[1]因此，我们认为，影片最值得关注的不是血肉模糊的身体格斗，也不仅仅是恩波格斗俱乐部题材原型，甚至不是曲折变幻的故事本身，乃是以"格斗"为象征的生命意识如何冲破以"八角笼"为意象的心灵困局。长大后的苏木对向腾辉说："小的时候你问过我一句话，你问知道格斗是什么吗？现在我能回答你了，格斗就是我们这辈子的出路。"这一句话，浓缩了大山里的孩子十年来血雨腥风中艰难挣扎的辛酸悲苦，也凝结了多少草根拼搏一辈子的决绝热望。人生是一盘纵横交错的命运之局，作为生命个体的现代人不仅要冲破外部出身决定的命运桎梏，还要直面内心深处的心理阴影与心灵困局。破局的出路在哪里？就在于心理生命意识与灵魂生命意识开启后，二者相互协调、联合所勇敢追求的梦想。

影片之所以与大众产生情感共鸣，就在于以格斗情结揭示出了人们内心深处普遍存在的心理阴影与心灵困局。其实，每个人心头都有这样一个情结：曾经用力去追求一个梦想，结果却被深深地伤害。不得不放弃，却又舍不得，年深日久，画地为牢，昔日美好的梦想成为封闭在心灵深处一个走不出的困局。影片向我们展示了向腾辉这个落魄的中年人如何一步步借助于生命意识的开启直面并突破心灵困局，引导人认识自己作为身体、心理与灵魂层面的三种存在，如何协

---

[1] 武瑶,程逸睿.《八角笼中》："原生"表演力实践与底层叙事——王宝强访谈[J].电影艺术,2023(5).

调自己的生命意识，实现生命的升华，这是其重要的社会价值所在。社会学家马克斯·韦伯说："人是悬挂在自我编织的意义之网上的动物。"[1]人的梦想就是自我编织的意义之网，失去梦想便成为无处可依的失魂之人。向腾辉就是从一个失魂之人到找回梦想并使其泽惠大众的成功例证。当向腾辉突破心灵困局之后，不再仅仅是一个靠单打独斗助力孩子们格斗梦想的父亲，而是在当地政府的帮助下建立了正规格斗俱乐部，服务于社会，完成了个体生命在社会历练中的健全与成长。这是影片向观众传达的生命价值观：在底层挣扎的普通人励志成功之后能够葆有灵魂深处的善良、关爱他人、关注社会、造福于民，这才是生命意识存在价值的终极完成。

结语

《八角笼中》的创作源于现实题材与导演生命意识的融合，最终又指向并作用于受众的生命意识。影片以人物不同层面生命意识的矛盾制造剧情冲突、推动故事情节发展，并揭示人类普遍存在的心理阴影，它触动了深藏在人内心深处的生命意识，激发了底层人改变命运的冲动与渴望，与大众产生情感共鸣；最后又以影片中人物各层生命意识的协调与联合开启了一条冲破外在命运桎梏与内在心灵困局的道路，产生了积极的社会影响。作为一部商业片，《八角笼中》能够将故事题材的现实性与励志性、教育性相结合，以丰富的生命意识内涵赢得海量观众的关注，并引发人对生命存在及其价值的讨论与思考，产生了广泛的社会影响，对于提升我国电影文化产业海外传播效能具有积极的借鉴意义。

[1] 刘书博,张旭.构建有意义的领导力——管理者如何为工作赋予意义[J].清华管理评论,2022(4):54-61.

精英与大众的沟通：

梨园文化在中国现代社会言情小说中的传播

    中国现代社会言情小说兴起与发展的二十世纪初期正是梨园文化兴盛时期，二者作为彼时市民社会中的文化需要不仅相互催生，而且促进了彼此的传播。

    诸如张恨水的《满江红》《天河配》《夜深沉》、刘云若的《小扬州志》《粉墨筝琶》及秦瘦鸥的《秋海棠》等社会言情小说大都以梨园人物题材为主人公。考察中国现代社会言情小说从出现到发展过程中与梨园文化的关系，有助于我们把握具有生命意识内涵的社会言情小说对文化传播的影响。

一、中国现代社会言情小说与梨园文化的相互催生

    由于传统思想中的"小道"观念，小说一度被文界轻视乃至摒弃。20 世纪初的西学东渐及林译小说兴盛开始提高小说地位，1902年梁启超倡导的"小说界革命"彻底颠覆了视小说为"小道""闲书"的思想，"小说救国"论的倡导吻合了文人经世治国之理想。于是，文界开始重新审视小说的作用。正如黄世仲所说："自文明东渡，而吾国人亦知小说之重要，不可以等闲观也，乃易其浸淫'四书'、'五

经'者，变而为购阅新小说！"[1] 当然，此时的"新小说"主要指的是梁启超所倡导的"政治小说"。但文人对小说的重视为现代通俗小说的发展奠定了基础。

现代通俗小说在民国时期得以盛行不仅有赖于客观社会需求，也得益于作家明确的读者定位。陈蝶衣指出："面临当前这样的大时代，眼看着一般大众急切地要求着知识的供给，急切地要求着文学作品来安慰和鼓励他们被日常忙迫的工作弄成了疲倦而枯燥的生活，但因知识所限，使他们不能接受那些陈义高深的古文和旧诗词，也不能接受那些体裁欧化辞藻典丽的新文学作品，因此我们要起来倡导通俗文学运动，因为通俗文学兼有新旧文学的优点，而又具备明白晓畅的特质，不但为人人所看得懂，而且足以沟通新旧文学双方的壁垒。"[2] 由此可见，这类小说是自觉服务于一般大众的。这种创作理念不仅使通俗文学畅销，而且打通了新旧文学之间的壁垒，使大众文化得以产生并流行。这种大众文化植根于市民社会，而彼时的市民社会是"在古代社会商品经济发展到较高阶段上出现的与自然经济相区别的经济社会"[3]。这种经济社会不同于西方以平等、契约为缔结纽带的市民社会。在中国传统社会重农抑商的思想主流下，小市民阶层几乎没有政治地位，在等级森严的封建社会中，他们是在满足统治者欲望的前提下获取生存机会的。在军阀混战的 20 世纪二三十年代，处在社会下层的这些小市民更是在统治者的夹缝中生存，主要靠出卖自己的力气、技能、才艺乃至色相以求果腹，这些人构成了中国市民社会的主体部分。据调查，民国初期阅读通俗小说的群体大多为小市民阶层，主要包括中下等市民，包括小商贩、公司职员、小个体、家庭主妇、中小知识分子及工匠、车夫、娼妓、差役等城市贫民及无业游民。既

---

[1] 老棣.文风之变迁与小说将来之位置[J].中外小说林,1906(6).
[2] 陈蝶衣.通俗文学运动[J].万象,1942(4).
[3] 谢桃坊.中国市民文学的发现与认识[J].贵州社会科学,1991(6).

然彼时的"市民社会"是在传统社会的基础上发展而来的，带有浓重的传统文化色彩，其思想就更倾向于传统守旧，在娱乐方面也自有其相对稳定的文化需求，而梨园文化正是其精神需求中不可或缺的一部分。

在燕赵文化中，梨园文化是一个重要的门类。自清乾隆年间徽班进京始，京剧在吸取了昆曲、秦腔等剧目表演特色的基础上得以形成；与此同时，河北梆子、河北乱弹、评剧等地方戏兴起，尤其是清中后期至民国初，乐亭大鼓、西河大鼓、京韵大鼓等民间曲艺相继兴盛，燕赵地区的梨园文化可谓异彩纷呈。时至民国，人们对戏曲本身的关注度降低，开始将焦点转向对戏子的戏外生活、商业化宣传、捧角等其他社会文化元素。尤其是女性观众大量涌入戏园后，梨园中的观众席也发生了很大变化，各种不同级别的座位、捧角的商业宣传展示出别开生面的梨园文化，"唯利是图"的戏子形象也逐渐成为市民百姓的共识。作为名利场中打拼的戏子们来说，戏外的各种应酬甚至比唱戏本身还重要，"捧角"成为一种时尚。在民初大众文化背景中，梨园文化借社会言情小说得以传播。1915年，《小说月报》主编恽铁樵指出："爱情小说所以不为识者所欢迎，因出版太多，陈陈相因，遂无足观也，去年弊报上几摒弃不用，即是此意。"[1]于是，在文化报载市场的需求下，为吸引更多读者，必须摒弃"陈陈相因"的弊病，社会言情小说应运而生。它立足于传统文化基础之上，吸收现代新思想，催生了一种亦新亦旧、亦古亦洋且为市民百姓喜闻乐见的小说形式。

新旧文化的突变催生了新的小说类型，反之，小说的畅销也促进了文化的发展。由于社会言情小说的选材大多来自于京津冀地区，其文化渊源与燕赵文化息息相关。随着19世纪初报刊杂志的兴起，报

---

[1] 恽铁樵.答刘幼新论言情小说书[J].小说月报,1915(6).

纸以其印刷成本低廉、版面灵活、传播速度快为优势，迅速成为梨园行宣传的重要媒介。这些报纸不仅刊登戏曲广告，也记录剧场发生的新闻、演员台前幕后的故事以吸引读者看戏的兴趣，于是，戏子后台的生活也被曝光，他们的一言一行、举手投足都被大众所关注，其私生活更是成为公众视野中的娱乐来源和茶余饭后的谈资。这时，"梨园"在事实上不再局限于戏台，甚至台下的戏比台上的戏更为精彩。

　　社会言情小说本是各大报纸副刊连载的作品，自然带有报刊的特性，作家创作时第一要考虑的因素就是销量，而销量大小取决于小说是否符合读者的期待视野。接受美学家姚斯认为："一部文学作品的历史生命如果没有接受者的积极参与是不可思议的。因为只用通过读者的传递过程，作品才进入一种连续性变化的经验视野。"[1]因此，读者对小说功能的发挥起着关键性的作用，读者的阅读需求在很大程度上也制约着小说的人物选材。作为通俗小说的主要类别，迎合市民读者欣赏趣味是社会言情小说的首要追求。从人物题材来看，"戏子"这一特殊的人物身份及其所特有的神秘感很容易引发市民读者的好奇心。佘小杰指出，在张爱玲的《怨女》中，"写到豪门望族家里过生日，办堂会，请来当时最红的女伶，非常出风头，成为大家瞩目的焦点。"[2]可见，戏子对大众有着与生俱来的吸引力。社会言情小说便投其所好，产生了一批以梨园弟子为主人公的畅销作品，如《啼笑因缘》《天河配》《夜深沉》《春风回梦记》《粉墨筝琶》《秋海棠》等。这些作品不仅再现了戏子台后的生活内幕，大大满足了读者的好奇心，而且刻画了一系列性格鲜明、内涵丰富的人物形象，形成了独特的梨园文化人物画廊，使得社会言情小说借梨园影响得以畅销，也使梨园文化借社会言情小说在大众读者中更为普及，二者相互助力、相

[1] [德]汉斯·罗伯特·姚斯.文学史作为向文学理论的挑战[M]//金元浦.接受反应文论.济南:山东教育出版社,1998:120.
[2] 佘小杰.中国现代社会言情小说研究[M].北京:中国社会科学出版社,2004:204.

得益彰，在民国时期的文坛独具反响。

二、中国现代社会言情小说对梨园弟子形象的创新

俗间对梨园弟子这类人群一般是有偏见的。在市民百姓眼中，习惯了台前"逢场作戏"的戏子，其台后的生活也必是无情无义。而在社会言情小说中，小说家却"反其道而行之"，描写了有情有义的戏子形象，这实在是对梨园文化的一个翻新。以《秋海棠》为例，这部小说以民国八大奇案之一"刘汉臣枪杀案"为故事题材，将京剧名角"秋海棠"为何学戏、进戏班之后的种种遭遇以及在追求爱情中的九死一生再现出来。在小说中，秋海棠不是一个普通的戏子，他是有着男子气概却不得不在台上扮作女青衣的伶人；他对国家民族命运的担忧，为铭记国难而改名"秋海棠"的行为，凸显出难能可贵的家国情怀。小说描写他因生活所迫卖艺求生，被军阀戏弄而暴怒，与军阀姨太太相恋被毁容后依然坚强生活。当袁宝藩发现秋海棠与罗湘绮的恋情并打死罗湘绮的丫鬟时，秋海棠的反应出乎常人预料。"……使秋海棠原有的那种羞愧害怕的心理，顿时变为不可抑制的暴怒。他竭力忍住了痛，把头一挣，便马上挣脱了季兆雄的手，一面把两颗充满着怒火的眸子很有力地向他脸上转了一转，两条眉毛也突然竖了起来，他决定不顾一切的反抗了。"[1] 此时，秋海棠不再是一个文弱的戏子，而是一个大义凛然、敢于冒死向军阀恶霸宣战的叛逆者形象。这部小说之所以能够成功，不仅在于它表现了梨园弟子的生活状态，更在于作家塑造了梨园人物崭新的文化特质。

如果说秋海棠是一个"男扮女装"、与众不同的戏子形象，那么其他女戏子形象在社会言情小说中也别有一番特色。由于社会言情小

[1] 秦瘦鸥.秋海棠[M].南昌:江西人民出版社,1980:120.

说家大都是传统文人，秉承了"诗酒风流"的传统，他们对女戏子采取了欣赏甚至佩服的态度，塑造了一批光彩夺目的侠女形象。《春风回梦记》中的大鼓书女子如莲与富家少爷陆惊寰情投意合，本来可以顺理成章嫁过去做妾，偏偏如莲是个正义刚侠的女子，不肯卖身于陆家，要自己赚钱给母亲留养老金。如莲与陆惊寰定情之后说："我将来跟你一走，把我娘放在哪里？即是你家里有钱，也不见肯拿出来办这宗事，你肯旁人也未必肯。还不如我早给她赚出些养老的费用，到那时干干净净地一走，我不算没良心，也省得你为难，也免得你家里人轻看我是花钱买来的。"[1] 正是因为这一"义举"，导致如莲最终与心上人天人永隔。可以说，如莲以她的生命为代价，完成了对戏子尊严的维护。

在许多社会言情小说中，这些戏子有着现实中的艺人所罕见的性格特征：痴情、专一、侠义，但结局却是悲惨的。《天河配》中的女戏子白桂英嫁人后贤惠持家，婚后随丈夫到农村生活，甘愿吃苦受累，心甘情愿做贤妻良母却被嫂子驱逐出家门；《夜深沉》中的戏子杨月容虽起初因爱慕虚荣被诱骗，但后来觉醒并改过自新，对丁二和情深意重，最终却难逃悲剧的命运；《啼笑因缘》中美丽温柔的大鼓书女子沈凤喜受金钱迷惑而屈从，悔悟后却被军阀折磨变疯……鲁迅先生认为，悲剧是"将人生有价值的东西毁灭给人看"[2]，作家在塑造这些正面人物美丽、善良、侠义的精神特质时却也描述了这些具有美好品质的人物形象一步步被现实吞噬的过程。这种将有价值的东西毁灭的悲剧是具有社会控诉意义的。从读者接受层面来讲，这些悲剧唤起了市民读者的同情心，引发了百姓对社会问题的思索，具有积极的警示与指导意义，也改变了梨园弟子在人们心中的不良印象。

---

[1] 刘云若.春风回梦记[M].北京:华夏出版社,2009:12.
[2] 鲁迅.再论雷峰塔的倒掉[J].语丝,1925(15).

与此同时，也有一些社会言情小说展示了一批灵魂丑陋的戏子。《春明外史》中有逢场作戏的女戏子谢碧霞、吴芝芬、晚香玉，忘恩负义的戏子餐霞，骗钱的戏子宋桂芳，偷钱的戏子虞美姝、纪玉音等人。还有《金粉世家》中趁火打劫的女戏子花玉仙、白莲花，《小扬州志》中恩将仇报的戏子李美云、孟韵秋，《粉墨筝琶》中不甘清贫、难耐寂寞的戏子陆凤云等。作家对这类戏子群像进行世俗性展示，是对现实生活中大部分戏子的客观再现。张恨水曾表示："小说有两个境界，一种是叙述人生，一种是幻想人生，大概我的写作，总是取径于叙述人生的。"[1] 所谓"叙述"，是坚持忠于生活的真诚表达，较少理性的剪裁，却也无针砭时弊的主题思想。刘云若也曾说："……天津固有的精神文明，都已消灭……至于天津风俗所以变到如此繁华，人心所以变到如此淡薄，根据野老迷信的说法，却关系着天津城内鼓楼上一只大钟……著者生来嫌晚，并未听过百杵的钟声，自然要算这繁华世界上的人物；虽有心谈些开元遗事，可惜并非白发宫人，所以也只可还来描画这污浊世界。"[2] 在军阀混战、百姓恐慌不安的民国时期，人心大变、古风难再已然不可逆转，梨园不过是展现百姓心态的一个集中地而已。因此，作家在塑造梨园人物形象时，本着忠实于生活原生态的表达，将戏子中的反面人物跃然纸上，揭露梨园社会中被金钱腐蚀而变异的人心，描画现实世界的污秽龌龊，表现出社会言情小说家对梨园文化的现实批判。

不容忽视的是，无论是正面人物形象的翻新，还是反面人物形象的塑造，社会言情小说对梨园人物的选材都具有文化传播意义。《金粉世家》在北京《世界日报》连载后掀起了热烈的高潮，人们早起排长队竞相购买刊载此小说的报纸；《啼笑因缘》在《新闻报》连载后

[1] 张恨水.写作生涯回忆[M]//张占国,魏守忠.张恨水研究资料.北京:知识产权出版社,2009:31.
[2] 刘云若.小扬州志[M].天津:百花文艺出版社,1986:4.

轰动了上海，进而影响到了全国；《秋海棠》在上海《申报》连载后，一时间出现"满城竞说秋海棠"的热闹场景……这些小说的盛行不仅可以看出市民百姓对梨园文化的热衷，更促进了梨园文化在中下层市民社会的普及与传播。

三、梨园形象在中国现代社会言情小说中产生与传播的原因

为什么社会言情小说家能够写出独具特色的梨园弟子形象呢？这一方面与其工作环境有关，也与民国时期的娱乐文化密不可分。

大部分社会言情小说家都有另一个身份——报人。刘云若起初为《东方时报》写稿，后接手主编《北洋画报》，又到《商报》《天风报》主持副刊。秦瘦鸥曾在《时事新报》担任助理编辑，21岁时就在《时事新报》副刊《青光》上刊发长篇章回小说《孽海涛》，后在《大美晚报》《大英夜报》《译报》《新闻报》等大报社任记者、编辑。陈慎言曾在北京《公言报》《社会报》《星报》等报刊任编辑，并历任《新中华报》《北京日报》副刊主编。张恨水先是在《皖江日报》担任总编辑，后在上海《申报》驻京通讯社、北京《益世报》《朝报》《今报》等编辑部任职，历任《世界晚报》《世界日报》《立报》《新民报》副刊主编，还曾自费创办《南京人报》，也担任过北平《新民报》经理。作为报人兼小说家，"天天涌进他们的眼睛的是形形色色的本埠新闻，而他们办报是为了给市民看，市民是他们的衣食父母，他们知道乡民心态与移民心态在经历了渐变后的新的价值观，他们所写的作品也必须符合大众的欣赏习惯，他们的作品不是给知识分子看的，而是一种向社会中下层全面开放的文学作品，但反过来，这些作品又成了乡民与市民的形象的教科书，成为从乡民转变为市民的'潜移默

化'的引桥"[1]。也正是这种报人工作的经历与便利，使社会言情小说家更易接触市民阶层所关注的梨园文化，而他们也因此成为类似于当今娱乐明星的"作家明星"，备受广大市民读者关注。

另一方面，社会言情小说家对梨园题材的成功运用还有赖于其严谨的创作态度。《秋海棠》的作者秦瘦鸥先生曾说："……几年以来的确也费了不少心力，用以搜集资料，实地考察，以及征询各方的意见……"[2]1927年"刘汉臣枪杀案"发生，1942年《秋海棠》刊登于上海《申报》。历时十几年，作家经历了大量的事实调查、文化沉淀。可以说，《秋海棠》之所以成功，很大程度上在于作家坚持不懈的努力与实事求是的创作精神，这种严谨的创作态度使作家对人物形象文化特征的把握十分精准。

早在两千多年前，亚里士多德在《诗学》中就把人物看作仅次于情节的第二位要素。1884年，小说家亨利·詹姆斯在《小说的艺术》中提出质问："难道人物只是附带的因素？附带的因素只是人物的刻画？"[3]他主张人物与情节具有平等地位。的确，人物形象既承载一定的思想情感，又体现小说的艺术价值，是小说创作的关键因素之一。在社会言情小说中，这些梨园弟子不再是一个简单的戏曲符号，而是有血有肉，有着丰满性情、高贵品格的文化形象。这种梨园弟子形象不仅承载了梨园文化，也具有城市平民化的特征，可以说成为都市生活中可塑性很强的一个社会群体，他们以其特殊的身份引导了普通大众的价值取向，这是社会言情小说中梨园文化传播的重要意义。

作为现代知识分子，社会言情小说家也受到了晚清以来自由民主思潮的熏陶，虽然注重文学的娱乐性，但他们并不停留于此。通俗小说研究家范伯群先生曾说："在报上写连载小说的通俗作家，就要在

[1]范伯群.中国现代通俗文学史[M].北京:北京大学出版社,2007:374.
[2]秦瘦鸥.秋海棠（前言)[M].南昌:江西人民出版社,1980.
[3][美]亨利·詹姆斯.(朱雯等译)小说的艺术[M].上海:上海译文出版社,2001:174.

他的自我设计与读者（衣食父母）的期待视野之间走钢丝，找平衡，这在刘云若身上是可以深入解剖而得出规律性的结语的。"[1]这就决定了社会言情小说家们不能像五四小说家那样单纯地书写内心，也不能像鸳蝴派小说家仅以小说为娱乐，他们要做的是在娱乐读者的前提下，恪守自我的真诚，在迎合与真诚之间寻找一个平衡点。因此，他们内心其实还有对"平民性"超越的渴望，这就使社会言情小说家对梨园弟子生活的"原生态展示"渗透着启蒙精神，也成为其小说塑造出崭新的梨园文化形象的重要原因。

民国通俗文学研究专家张元卿先生认为，由于独特的报人身份，社会言情小说家创作出的精品当属自由主义文学。他指出："这些精品植根于市场，有着自由主义文学的特质，保持着文学的独立和尊严，其价值却长期被漠视。"[2]张先生对社会言情小说的认识是本质性的，他鞭辟入里地指出了这类小说表面的商业性及本质上的自由主义思想，并从大众文化角度肯定了它存在的意义。窃以为，不是所有顺应市场的作品就一定庸俗，也不是自由主义文学难出精品，关键在于作家有没有保持独立的创作姿态，坚守社会的良心。

结语

纵观当今文坛，精英小说一批批出现，网络文学也风起云涌。但"阳春白雪"和"下里巴人"似乎依然自说自话。如何才能写出既通俗又不媚俗、既有启蒙精神又能深入百姓人心的作品？这是鲁迅时代的作家们一直想要解决的问题，恐怕也是当代作家需要思考的一个重要问题。中国现代社会言情小说能够在报刊盛行的 20 世纪三四十年

[1] 范伯群.中国现代通俗文学史（插图本）[M].北京:北京大学出版社,2007:461.
[2] 张元卿.社会言情小说被遮蔽的价值——评《消遣与启蒙之间——中国现代社会言情小说研究》[N].泰山晚报,2021-01-10.

代风靡一时，与其把握时代脉搏的思想倾向与紧贴现实生活的人物选材息息相关。在社会言情小说中，梨园弟子不再是一般意义上的戏剧表演者，而是和平民百姓一样有着个人愿望诉求的社会群体，也成为沟通高雅与通俗、知识精英与普通大众的重要媒介，甚至可以承担国家民族命运的历史叙事功能。由此，梨园文化作为社会言情小说选材中的冰山一角，显示出了通俗与启蒙融合的轨迹，使我们看到了在精神需求层面缩短精英与大众之间距离的可能性，值得深思。

生命意识与文艺大众化
——论中国现代社会言情小说的生命意识及其传播价值

中国现代社会言情小说出现于 20 世纪初，兴盛于三四十年代，不仅风靡于当时文坛，且在当前被改编成多部影视剧，赢得了大量观众的青睐。究其原因，与其迥异于同时期严肃小说中的生命意识表现密切相关。目前学术界对此类小说的社会历史价值研究较少，我们可以"体、魂、灵"三个层面生命意识的内涵为切入点，对社会言情小说的生命意识表现方式及其意义作深入探讨，力求在此基础上客观评估此类小说的社会历史价值。

一、中国现代社会言情小说对生命意识的彰显

（一）"体"的关切："饥饿"体验与民生疾苦

在"体"的层面，生命的存在首先需要饮食。而社会言情小说不同于同时期严肃小说的一个重要思想特征就是对普通人基本生活需要的关注。同样是言情，当罗家伦《是爱情还是痛苦》、杨振声的《贞女》《命命鸟》等五四婚恋小说反对封建礼教对青年男女的迫害时，社会言情小说关注的则是物质缺乏对婚恋的阻碍。无论是受金钱诱惑自愿嫁给军阀的沈凤喜（《啼笑因缘》），还是因物质引诱一步步走进

悲剧婚姻的冷清秋（《金粉世家》），其婚恋悲剧根源不再是严肃小说中认为的封建礼教，乃是物质层面的需要。在刘云若的《粉墨筝琶》中，当蠹青和恋人大巧儿谈情说爱时，大巧儿则说：

> 吃饭要紧……你不吃饭，你爱我也不能长久，七天不吃饭饿死了，还爱什么？……现在你出去做事，我去跑单帮。有上两年，攒点什么，弄所小院子，咱们带上小宽一住，那时再想劳动也难了。现在你空说疼我爱我，不叫我去跑（单帮）。可是爱到头来，你小子是娶我雇得起汽车，还是养我买得起白面？你说！[1]

吃饭比爱情更重要，这是社会言情小说在传达不同于严肃小说婚恋观的同时体现出来的对生命基本需要的关注。与此同时，社会言情小说中描述了大量关于主人公"饥饿"的体验。《旧巷斜阳》中的璞玉失去工作后，不忍心看着两个孩子忍饥挨饿，只好将清白身子"献给"地痞过铁，最后被骗入土娼，孩子也相继去世。《艺术之宫》里的李秀儿在父亲生病后断绝经济来源，饱受饥饿之苦。秀儿不得不瞒着父亲去做裸体模特儿。当被父亲发现后逃向段天德的虎口，最终被抛弃，连做裸体模特的机会也没有了。《美人恩》中的常小南天天去捡煤核儿，弄得满脸煤黑，与男孩子打架。洪士毅给她家送去一些食物时，她母亲因多吃了烧饼而闹痢疾，几乎为此丧命。《天河配》里的白桂英婚后丈夫失业，坐吃山空，因无法忍受饥饿，只好跟随丈夫回农村老家，在嫂子冷眼下忍气吞声吃掺杂沙粒的米饭。《秋海棠》中的吴玉琴和母亲相依为命，常年忍饥受饿，为了能让母亲吃饱饭，他不得不去做戏子。他的学戏已然和吃饭紧紧相连。小说中写道：

[1] 刘云若.粉墨筝琶[M].天津:百花文艺出版社,1987:83.

十多年来，老娘委实没有好好地吃过饭，所以师傅每次称赞他一句，他好像就看见一碗热腾腾的雪白的大米饭，已端到他老娘的面前去了，他就禁不住打心底里欢喜起来。[1]

这样的文字读来使人触目惊心。生存的需要迫使秋海棠做出不得已的选择，秦瘦鸥正是从这最基本的生存需要出发，描述人在"体"的层面上对生命意识的表现与满足，强调人作为一个生命个体，"吃饭"的重要性。正是社会言情小说家们关注身体层面的生命意识，所以，民生问题也是他们小说所着力描述的重点主题。

1928—1931年，西北地区遭遇特大旱灾，尤以陕西为最。陕西"全省被灾区域共六十五县，灾民六百二十五万五千二百余人"[2]。当时《申报》报道："陕省重灾之区，已无人烟。"[3]陕西省赈务会报告："人民无钱买粮，其他草根树皮采掘已尽。"[4]据统计，在这场大灾中，陕西人口1300多万，饿死300多万，逃亡人口达600多万。[5]1934年，社会言情小说家张恨水自费进行了一次西北游历，由潼关至西安再到兰州。谈及游历目的时他曾说："我的游历，是要看动的，看活的，看和国计民生有关系的……也许因为我是个新闻记者的关系，新闻记者是不写静的、死的事物的。"[6]这次游历归来，张恨水便以当时陕甘地区特大旱灾为题材写了《燕归来》。小说以一个逃难女子杨燕秋为主人公，描述了陕甘人民非人般艰难的生活，其中许多细节都是张恨水亲眼所见：连年旱灾导致大量灾民饿死；保卫团抢粮食、抓壮丁致

[1] 秦瘦鸥.秋海棠[M].南昌:江西人民出版社,1980:2.
[2] 李文海.近代中国灾荒纪年续编1919—1949[M].长沙:湖南教育出版社,1993:195.
[3] 申报[N].1930-6-17.
[4] 陕西省气象局.陕西省自然灾害史料[M].西安:陕西省气象局气象台,1976:59.
[5] 国闻周报[N].第7卷第19期:18.
[6] 张恨水.写作生涯回忆[M]//张占国,魏守忠.张恨水研究资料.北京:知识产权出版社,2009:47.

使灾民雪上加霜；逃难的灾民在途中被抢、被杀；街上快饿死的人，有人拿食物给他反而增加他临死的痛苦，只能眼睁睁看他断气……这一幅幅惨象都是当时陕甘人民生活的真实写照。小说中写到饥荒中的人们先是以树皮、野菜充饥后来甚至人兽相食，令人目不忍睹。小说写到杨燕秋讨饭终于讨到一小块黑馍时的景象：

> 那一块黑馍，我母亲分作了三股，人各一块。我本来想省给我父亲吃的，可是我有一天不曾吃到一点面屑到口里去；不用说手上拿了这样一块黑馍，就是手上拿了一块棉絮，我也要吃下去。因为我肚子里的饿火直向上冲，不容我作主了。[1]

这是一种怎样的饥饿感受？没有亲眼目睹过生活真相的人恐怕无法描述得如此逼真。饥饿，正是人的身体生命意识强烈的表达，身体生命意识显明了人最低等但也是最基本的生命存在，这是世俗百姓最关注的一种存在。因此，"吃饱饭"在市民百姓那里成为一种追求。

以上小说对想要"吃饱饭"的市民心态描写可谓入木三分。对于生活在社会底层的贫民来说，"吃饱饭"不只是生活的必需，甚至成为他们存在的全部意义。因为"对于一个忍饥挨饿的人说来并不存在人的食物形式，而只有作为食物的抽象存在；食物同样也可能具有最粗糙的形式，而且不能说，这种饮食与动物的饮食有什么不同。忧心忡忡的穷人甚至对最美丽的景色都没有什么感觉"[2]。虽然人的食物与动物的食物有本质区别，但是，当人的饥饿达到一定程度，当人开始以动物的食物为食物，人的感觉或者说"自我意识"就已经失去了。

[1] 张恨水.燕归来[M].太原:北岳文艺出版社,1993:55.
[2] 马克思.1844年经济学哲学手稿[M]//陆贵山.马克思主义文艺论著选讲.北京:中国人民大学出版社,2019:17.

"吃饱饭"本质上是一种物质追求，饥饿的体验使这些贫民感受到了物质的重要性。于是，当"吃饱饭"的目的达到时，人们可能会顺着这个目标继续追求物质化的东西。这就导致了人被物质的异化，进而致使人性被扭曲。《美人恩》中的常小南最大梦想就是"吃饱饭"。这种"吃饱饭"的欲望发展为对金钱的欲望，于是，当比洪士毅更有钱的王孙出现时，她抛弃了洪士毅；而当比王孙更有钱的陈四爷出现时，她又投向陈四爷的怀抱，最终落得家破人亡，自己成了笼中的金丝鸟。所以，对于常小南而言，她的忘恩负义、追逐钱权等本该受到道德谴责，自己却并不自知——这是一个没有自我意识的人，她已经被金钱完全异化了。在这里，"体"的存在本身成为了生命的意义，这是社会言情小说对人最低等的生命意识的反映。

（二）"魂"的探寻：对生命尊严的要求

除了常小南以外，李秀儿、杨月容、白桂英、璞玉等更多的小市民都是有自我生命意识的。至少，她们有来自市民下层的传统道德观念形成的价值判断。正因有这种道德审判，她们承受的不仅是身体上，更是心理上的煎熬：要活着，就得吃饭。可是要吃饭，就不能正常地活着。当"吃饱饭"成为一个梦想，当这个梦想要毁掉她们一生的幸福，是无尊严地活，还是有尊严地死？这是现代社会言情小说里大多数小市民必须面对的矛盾与纠结。因此，社会言情小说除了关注普通人物质的需要，提出"如何才能活下去"的问题，更提出了"怎样才能活得有尊严"的社会问题。张恨水借《艺术之宫》里的秀儿发出这样的呼声：

> 我要找一个有事情做的地方，凭我卖力气换钱，值多少钱给多少钱，我绝不计较。可是有一层，我不能再受人家的欺

侮。要受人家的欺侮，我就不干。你说，向哪里走吧？[1]

这是秀儿向社会提出的质问，这个质问预示着秀儿从"要活下去"的要求上升到了"要有尊严地活着"的高度。从"吃饱饭"的梦想到"有尊严"的呼声，小说对小市民的生命意识发展作了动态的再现。于是，《美人恩》中的洪士毅解决温饱问题后开始想从捡煤核的姑娘身上寻求爱情。《秋海棠》中的吴玉琴吃饱饭后开始和军阀姨太太罗湘绮产生了爱情。不同的是，洪士毅追寻爱情的对象选错了，他从中汲取力量投身革命，真正获得了"美人"的恩典。秋海棠选对了爱情对象，并以死亡见证了对这份爱的尊重。在这里，"吃饱饭"的渴求已让位给"自我实现"的需要，对爱情的渴望大于"吃饱饭"的愿望，这是从"活下去"的追求到"有尊严地活"的呼声，社会言情小说中的生命意识已然从"体"的层面上升到"魂"的层面。

难能可贵的是，社会言情小说对尊严问题的提出不只是关注下层贫民尊严的需要，更揭示了鲜为人知的历史事件。1937年底，日军占领上海后便开始在城乡各处强征"慰安妇"，蹂躏、迫害了大量中国女性。1993年8月4日，日本政府承认日军在二战中强征"慰安妇"的事实，并对此表示道歉。在中国现代文学史上，第一部描述日军强征"慰安妇"这一历史事实的文学作品是刘云若的社会言情小说《粉墨筝琶》。该小说刊载于20世纪40年代末《一四七画报》上，对"慰安妇"的征集经过作了详细的描述：

> 原来在太平洋战役起后，日本驻华北军队……久不还乡，自然需要肉体上的安慰，于是无论住在哪里，就要就地解决，中国的妇女，许多受了蹂躏。不过日子一久，乡

[1] 张恨水.艺术之宫[M].北京:中国文联出版社,2004:358.

村妇女闻风逃避，有的一闻日本军队将要过来，便逃避山野之间，因饥寒致死的很多。……日本军官很因为殷忧，就改计向都市征发妓女……妓女也是人类，也有家庭，竟使远离乡井，抛了骨肉，去到不可知的地方，饱异国敌人的兽欲。直如踏入死路，难望生还，这是人间最惨的事。[1]

如果说严肃小说探讨的是现代人对自由、解放等更高层面的精神需求的话，那么社会言情小说则是从人的最基本尊严层面来对人心理生命意识的需要进行表达。"慰安妇"事件对人的迫害包括肉体与精神两个方面，而其中，精神层面的迫害尤其惨重。社会言情小说敏锐地发现并关注这一问题，将其写入小说中，是对底层百姓身体与情感层面的生命意识最真切的尊重与同情，也是对日本侵略者反人类罪行的一种鞭挞。

（三）"灵"的呼声：对人生苦难的态度

社会言情小说在身体与心理之外，也关注人的灵魂需要。只是他们关注的角度与严肃小说有所不同。严肃小说如《伤逝》《家》等是从个性解放层面倡导个体人的自由；而社会言情小说则是从人生苦难出发，以市民百姓可以接受的程度探讨人对苦难的态度，进而对人的灵魂层面的生命意识进行探讨。比如《金粉世家》中，金家这个曾经风光无限的总理之家在金总理突然去世后几近分崩离析，作为一家之主的金太太将眼光从失败的家庭转向浩渺的宇宙，从仰望星空中悟出了人类之渺小、世间得失之无关紧要的道理：

全世界不过一粒豆子，全世界上一个家庭，那小的还

[1] 刘云若.粉墨筝琶[M].天津:百花文艺出版社,1987:357.

能去研究吗？唉！失败就失败了吧，照着宇宙看起来，反正是渺乎其小的一件事。金太太在今天晚上，本来有一肚皮的牢骚，不知怎样子自己去解释才好？于今由几颗星星上一想，倒反觉得四大皆空，并不足介意了。[1]

将人类放置在宇宙中考量，由积极地入世转为超脱地出世，对人生之意义也有了超乎世俗功利的理解，这是小说在"灵"的层面对生命意识的探寻。在写这部小说时，张恨水的两个年幼的女儿夭折，白发人送黑发人的痛苦经历使他产生了"人生不过如此"的感慨。他在小说序言中写道："今吾儿死，吾深感人生不过如是，富贵何为？名利何为？作和尚之念，又滋深也。……嗟夫！人生宇宙间，岂非一玄妙不可捉摸之悲剧乎？"[2]这是小说家在面对年幼的生命死亡时对生命意义的探寻，他认为人生之于宇宙微不足道，却又是玄妙而不可捉摸的，无法探寻清楚人生之于宇宙的意义使其感到人生是一幕大悲剧，富贵名利如过眼云烟，且无法换来生命，而生命的意义何在呢？因小说家思想的局限，便在小说中表达了"人生不过如此"的无奈与虚无，也是社会言情小说家对生命意义探寻的误区。

与具有西方科学、宗教等思想资源的严肃小说家不同，社会言情小说家较少接受西方"向死而生"的哲学观，他们对人生苦难的态度大都局限于儒家的积极入世或佛家的消极遁世，这就使社会言情小说对生命意义的探寻难以达到更高的境界。除了张恨水，刘云若也在《旧巷斜阳》中表达了这种消极的生命意识。小说最后附诗云：

世事莫问是非，人生自有因果。阅尽尘海沧桑，何处青山葬我。[3]

[1] 张恨水.金粉世家[M].武汉:长江文艺出版社,2008:639.
[2] 张恨水.金粉世家(序) [M].武汉:长江文艺出版社,2008.
[3] 刘云若.旧巷斜阳[M].天津:百花文艺出版社,1995:122.

张柳塘、赵警予留下这首诗表明他们已看破红尘，以告别世俗生活来作为超脱人生苦难的方式。陈慎言的《恨海难填》也以黄芬芳告别尘世落发为尼作结。她写信给爱人萧敬斋说：

> ……我便跑到这里归依三宝，排除我的妄想和杂念。现在已把贪嗔痴爱的关头打破，从此留恋是无益的，可是牺牲也是无谓的。为了留恋一念之误，造出种种烦恼，经了种种烦恼又想牺牲，真是不解脱，真是自扰。我现在四大皆空，一切贪嗔痴爱，都不足动摇我的心曲。[1]

从信中可以看出她对世俗人生的失望，以逃避遁世应对现实爱情失败的窘况，将人间一切福乐作为"贪嗔痴爱"加以否定，便也脱离了求而不得之苦，这也是小说家对生命意识的表达。《广陵潮》中的秦老太太历经千辛万苦终于在临终前踏入佛国，小说家还安排了得道高人华登云归结广陵潮，点出小说中人物悲欢之因缘，体现了作家对拜佛求仙的渴慕。然而，将一部"扬州30年历史的活化石"[2]以求仙悟道作结，难免削弱了小说的现实意义，这是社会言情小说家们的思想局限所致。可以说，社会言情小说从"灵"的层面对生命意义的探寻是失败的，影响了小说对现实人生的表达及对读者积极的开启。

二、中国现代社会言情小说对文艺大众化的实践

新文化运动是在倡导文学大众化的旗帜下产生的。1917年2月，

---

[1] 陈慎言.恨海难填[M].天津:百花文艺出版社,1986:233.
[2] 刘明坤.李涵秋小说论稿[M].北京:人民出版社,2010:135.

陈独秀在《文学革命论》中提出"三大主义"："曰，推倒雕琢的阿谀的贵族文学，建立平易的抒情的平民文学；曰，推倒陈腐的铺张的古典文学，建设新鲜的立诚的写实文学；曰，推倒迂晦的艰涩的山林文学，建设明了的通俗的社会文学。"[1]1930年，鲁迅先生也指出："在现下的教育不平等的社会里，仍当有种种难易不同的文艺，以应各种程度的读者之需。不过应该多有为大众设想的作家，竭力来作浅显易解的作品，使大家能懂，爱看，以挤掉一些陈腐的劳什子。"[2]针对文艺大众化问题，新文学家们分别于1930年、1932年、1934年组织了三次大规模的"文艺大众化"讨论。鲁迅于1934年发表了《门外文谈》一文，提出了文艺起源于人民的劳动，并认为人民群众"是有文学，要文学的"[3]。尽管严肃文学家们对文艺大众化问题的讨论很多，但真正能到民间去的少之又少。周瘦鹃曾对此有过讽谏："现在一般作家，都高喊口号，到民间去。是的，我们很赞成作家到民间去，替民间写些东西出来，但是我们仔细考察一下，到民间去的作家，能有几人？甚至于口里喊着到民间去，人却在高大的洋房子里。而咖啡馆、跑狗场、百乐门跳舞厅、大光明电影院，……这是他们不时光顾的所在。"[4]1930年，张恨水也曾对新文学家"到民间去"的倡导提出诤言："时彦有言曰：到民间去。吾人苟非生于富贵缙绅之家，当无不赞成此言。然反观倡此言之人，其思想行为，真能到民间去者，实百不得一二也。"[5]到了1944年，他依然直言不讳："大都会的儿女，不但没有看见过赶场的书籍，我相信连书名都很陌生。在这种情形下，坐在象牙塔里的文人，大喊到民间去，那简直是做梦。我们

[1] 陈独秀.文学革命论[M]//中国新文学大系（第一集）·建设理论集.上海:上海文艺出版社,1981:44.

[2] 鲁迅.集外集拾遗·文艺的大众化[M].北京:人民文学出版社,1973:338.

[3] 鲁迅.门外文谈[N].申报·自由谈,1934-8-24—1934-9-10.

[4] 袁进.小说奇才张恨水[M].上海:上海书店出版社,1999:119-120.

[5] 张恨水.到民间去！[N].世界日报,1930-2-23.

要知道，乡下文艺和都市文艺，已经脱节在五十年以上，都市人越前进，把这些人越摔在后面。任何'普罗'文艺，那都是高调，而且绝对是作者自抬身价，未曾和这些人着想，也未曾梦到自己的作品，有可以赶场的一日。"[1]对中下层百姓生活的疏离影响了严肃文学家对社会人生的真实表达，这就使得严肃小说与读者之间产生了一种隔膜，也是鲁迅小说中启蒙者与被启蒙者之间思想隔阂的重要原因之一。

接受美学家姚斯认为："在这个作者、作品和大众的三角关系之中，大众并不是被动的部分，并不仅仅作为一种反应，相反，它自身就是历史的一个能动的构成。一部文学作品的历史生命如果没有接受者的积极参与是不可思议的。因为只用通过读者的传递过程，作品才进入一种连续性变化的经验视野。"[2]这个观点对社会言情小说尤为适合。社会言情小说是作为一种商品进入文化市场的，在报刊业开始兴盛的民国时期，小说发行量决定着连载该小说报刊的生死存亡。如果说严肃小说可以不必考虑读者需要，单是从作家自身出发对人生价值进行探寻以启发读者的话，那么社会言情小说则必须考虑读者的阅读需求。"民以食为天"，尤其在民国中下层市民中，"吃饭"依然是老百姓关注的一个大问题。

马克思说："吃、喝、性行为等等，固然也是真正的人的机能。但是，如果使这些机能脱离了人的其他活动，并使它们成为最后的和唯一的终极目的，那么，在这种抽象中，它们就是动物的机能。"[3]而社会言情小说正是从基本世俗体验入手，揭示人类生存的原生态本能，这种揭示也符合当时社会中下层百姓在艰难社会中的生存体验。朱光潜分析读者的阅读心理时指出："愈是与我们过去的经验和谐一

[1] 张恨水.赶场的文章[N].新民报,1944-4-11.
[2] [德]汉斯·罗伯特·姚斯.文学史作为向文学理论的挑战[A].金元浦.接受反应文论[C].济南:山东教育出版社,1998:120.
[3] 马克思.1844年经济学哲学手稿[M]//陆贵山.马克思主义文艺论著选讲.北京:中国人民大学出版社,2019:9.

致，就愈能吸引我们的注意，有助于我们的理解，并引起我们的兴趣和同情。如果它离人的经验太遥远，人们对它就会不理解，因而也就不能欣赏。"[1]读者自然喜欢与自己生活经验相仿的故事，这使其有身临其境的真实感和似曾相识的亲近感。作为中下层市民百姓，他们大多数可能不在乎严肃小说家们关注的社会解放、个性自由，而只是活在当下，更关注俗世生活中的柴米油盐。由于他们大都生活在市民社会的下层，生存的艰辛与社会压力使得他们对"活下去"深有切身的体验。而社会言情小说在"体"的层面所表达的生命意识正与其"过去的经验"相似。于是，较之于曲高和寡的严肃小说，社会言情小说对"体"的关切暗合了市民读者的阅读心理，吸引了大部分中下层市民读者。

夏曾佑在《小说原理》中指出："今值学界展宽，士大夫正日不暇给之时，不必再以小说耗其目力。惟妇女与粗人，无书可读，欲求输入文化，除小说更无他途。"[2]在救亡图存的民国时期，知识分子及中上层社会的文人已经无暇顾及小说，而唯有中下层社会的"粗人"及家庭妇女有闲暇阅读小说，这类人群对生命的感悟远不及社会知识精英深刻，对生命的关注也较多聚焦于"体"的需要层面。社会言情小说所表达的正是与其相似的生命体验。张恨水谈及《金粉世家》的读者时说："它始终在那生活稳定的人家，为男女老少所传看。有少年人看，也有老年人看，这是奇怪的。"[3]其好友张友鸾也说："对于故事情节更为浓厚的，却是那些具有一般文化水平的妇女们，包括老太太群在内。"[4]刘云若在写《旧巷斜阳》时也提及他的"粉丝"："有几位资产阶级的太太，竟使用贿赂手段，倘然在去岁年底能叫璞

[1] 朱光潜.悲剧心理学[M].北京:人民文学出版社,1983:25.
[2] 夏曾佑.小说原理[J].绣像小说,1903:(3).
[3] 张恨水.写作生涯回忆[M]//张占国,魏守忠.张恨水研究资料.北京:知识产权出版社,2009:32.
[4] 张友鸾.章回小说大家张恨水[J].新文学史料,1982:(1).

玉脱离苦海，我足可过个很肥的新年，连拙荆也许落一套日月团花袄……"[1] 由此可见，社会言情小说在"体"的层面对生命需要的关切使其赢得了中下层市民读者及大部分妇女读者群，这就实践了严肃小说早期难以实现的"文艺大众化"。

三、中国现代社会言情小说生命内涵的现实意义

李涵秋曾留遗言给其胞弟李镜安："我辈手无斧柯，虽不能澄清国政，然有一支笔在，亦可以改良社会，唤醒人民，汝其于撰述上悉心研究，切勿轻视。"[2]李涵秋"改良社会、唤醒人民"的创作目的与大部分社会言情小说家是一致的。

在"魂"的层面表达对生命尊严的追求时，大部分社会言情小说都有一个共同的价值取向：惩恶扬善。比如《啼笑因缘》中骗娶沈凤喜的军阀刘得柱被关秀姑手刃于西山；《粉墨筝琶》中逼迫妇女们做慰安妇的汉奸冯世江被大巧儿杀死；《广陵潮》中欺骗朋友的田焕夫妇早亡无后；而《旧巷斜阳》中敢于拒绝金钱婚姻的韩巧儿和心上人唐棣华终结连理，《金粉世家》中不畏权势、门第的丫鬟小怜嫁给了富家少爷柳春江，《满江红》中勇于追求爱情的歌女秦小香也最终和爱人李太湖幸福结合。与此同时，小说对不顾尊严只求金钱的主人公如沈凤喜、常小南、杨月容等也都安排了悲剧结局，以图教化人心。张恨水说："至于凤喜，自以把她写死了干净；然而她不过是一个聪明绝顶，而又意志薄弱的女子，何必置之死地而后快！可是要把她写得和樊家树坠欢重拾，我作书的，又未免'教人以偷'了。总之，她有了这样的打击，疯魔是免不了的。"[3]对于一个生活在社会底层的女

[1] 刘云若.旧巷斜阳（自序）[M].天津:百花文艺出版社,1995.
[2] 李镜安.先兄涵秋事略[J].半月,1923(2):20.
[3] 许子东.重读《日出》《啼笑因缘》和《第一炉香》[J].文艺理论研究,1995(6).

子而言，沈凤喜的选择是可以理解的，但是作家却必须得写她死掉或疯掉，以为只有这样才能达到惩恶劝善目的。

在市民百姓的价值观中，樊家树是一个理想的白马王子，虽是富家子弟而毫无骄奢之气，既具有新思想又富有传统文人的涵养，细致体贴，温厚稳重，踏实可靠。沈凤喜作为一个吃了上顿没下顿的大鼓书艺人能得到樊家树的爱真是三生有幸。然而她却受物质引诱自愿投入虎口，还以自己卖身得来的金钱"偿还"樊家树宝贵的爱情。所以，沈凤喜必须受到惩罚。可见社会言情小说在"魂"的层面对生命意识的探讨是具有积极影响的，对市民读者的价值观也产生了引导性作用，诚如张友鸾评价张恨水的作品"是社会进步的催化剂"[1]，这一评价是比较中肯的。

胡适曾指出："《官场现形记》是一部社会史料。它所写的是中国旧社会里重要的一种制度与势力，——官。它所写的是这种制度最腐败，最堕落的时期，——捐官最盛行的时期。"[2]李涵秋、平襟亚、张恨水等作家的早期现代社会言情小说走的便是《官场现形记》的路子，不仅具有暴露社会现实的作用，也有补充历史的记录性价值。《人海潮》对人被金钱异化的社会现状给予了深刻的展示。小说描摹了以民国初年上海滩为主兼及苏州乡镇穷奢极欲、钩心斗角、利欲熏心的社会，卖女为娼却引以为荣的金大、宁肯装死也要逃离钟爱她的丈夫去做妓女的金珠、抛夫弃子另觅新欢的卜婉贞，无不展示着金钱对人性的扭曲。《人海潮》的世界是一个金钱主宰命运的世界，即使深受传统文化浸淫的男主人公衣云也主动参与投机生意，昭示着传统文化在经济社会的崩溃与瓦解。

与平襟亚一样，张恨水小说的题材也大都来自社会现实。他说：

[1] 张友鸾.章回小说大家张恨水[J].新文学史料,1982(1):74-87.
[2] 胡适:《官场现形记》（序）[M]//胡适文集(第6卷).北京:人民文学出版社,1998:287.

"我南南北北走过一些路，认识不少中下层社会的朋友，和上层也沾一点儿边，因为是当记者，所见所闻也自然比仅仅做衙门或教书宽广些，这也就成了我写章回小说的题材了。……作为新闻记者，什么样的朋友都结交一些。袁世凯的第五个儿子和我比较熟，从他那里听到过一些达官贵人家的故事。孙宝琦家和许世英家我也熟悉。有时我也记下一些见闻，也就成为写小说的素材。"[1] 难怪有读者对《春明外史》《金粉世家》中的人物进行索引，小说家的确从现实取材，多少带有一些现实的影子。在《金粉世家》中，金家的儿子获益还是有限的，他们最多不过借父亲之利在衙门挂职，每月弄个千儿八百的工资。老大在年底四处借款，为一万块钱愁得寝食难安；金燕西也是四姐金道之给的四千块支票才渡过年关。老大媳妇吴佩芳积攒了一万块钱去放高利贷，谨小慎微生怕打水漂；老三媳更是因为四万块的投资失败便惊吓到吐血。然而那些拉拢金家弟兄的朱逸士、刘宝善等人间接从总理那里得到的好处却多不胜数。刘宝善在造币局兼采办科科长，买材料报了不少谎账，被新任局长雷一鸣查出十多万块钱的漏洞。金燕西出马讲人情用五万块钱保刘宝善，担心刘太太拿不出这么大的数目，没想到刘太太随随便便就开了一张五万元的支票，而且只是自己的私房钱。刘宝善的太太尚且出手如此阔绰，至于刘宝善捞了多少油水，那就不言而喻了。作家借冷清秋之口道出刘宝善的秘密："他因为和你们熟识，父亲有什么事，他全知道，得着你们的消息，他要作投机的事，比之别人，总是事半功倍。同时，人家要有什么事，不能不求助于父亲的，又不能不找个消息灵通的人接洽接洽。"[2] 刘宝善正是利用和金家儿子的关系到社会上投机赚取大额利润。可以说，刘宝善是金家父子之间寄生链条上的一个附带品，是间接寄生在

[1] 张恨水:我的创作和生活[M]//文史资料选辑(24卷70辑).北京:中国文史出版社,1999.
[2] 张恨水:金粉世家[M].武汉:长江文艺出版社,2008:449.

金铨身上的"小蠹虫"。只这么一个"小蠹虫",就能动辄出手数万,金总理手下亲信又会如何,可窥一斑。作家揭露了貌似公正的总理实质上的自私。

张恨水一直力求做一个"诤民",他从来不在小说中歌功颂德。他说:"当我每在刊物上,看得一种歌功颂德的文字时,我就发生一种极不愉快的感觉,甚至以为这文字侮辱了我的眼睛。"[1]这种对歌功颂德文章的反感足见张恨水忠于现实的创作态度。1916—1928 年,中国陷入军阀混战时期。据统计,当时中国有大大小小一百多个军阀。这些军阀在自己势力范围内执政,实行政治、经济、教育改革,俨然一个个"土皇帝"。大部分军阀蹂躏民众,巧取豪夺。他们部队的所有经济来源都靠搜刮百姓而来,且以筹集军饷为名中饱私囊。另外,他们还掠夺农民的粮食、牲畜等。在军阀混战时期,中国老百姓生活在战乱及严酷的苛捐杂税中,苦不堪言。现代社会言情小说以男女婚恋为视角,对军阀的暴虐进行了无情揭露。《啼笑因缘》中的刘得柱是刘大帅的兄弟,以后备军司令的资格兼任驻京办公处长,在北京一手遮天,无所不为。他可以随时枪毙自己的姨太太,鞭打、威吓沈凤喜,把沈凤喜逼疯后,又调戏关秀姑,意欲娶其为新姨太太。总之,刘得柱视抢民女如买件衣服一样随便,所有问题包括人命都能用钱去解决。《春明外史》中的鲁大昌一个月领三千万的公债,一半发饷,一半进了自己的腰包。一次叫十几个妓女嫌不热闹,又叫二十多个;给妓女赏钱,一出手就是四千元,这些钱全是从老百姓那里搜刮来的。《秋海棠》中的袁宝藩更是畜类般残忍,花钱如流水,玩过的女人无数。他还调戏男戏子,骗娶女学生。当他发现秋海棠与罗湘绮的关系后,用刀在秋海棠的脸上刻十字,其残酷的兽性与刘得柱毫无二致。

---

[1] 张恨水:歌功颂德的文字[N].新民报,1942-10-2.

军阀如此横行，下边的喽啰更是相继效仿。以军阀混战及抗日战争为背景的《太平花》描写了部队下层军官的胡作非为：常德标不过是个连长，却为一己之私扬言要杀害记者李守白，并抢娶客栈老板的女儿。他的哥哥常营长带着一营的人伙同马团长一团的人在部队进发的路上遇到十一个日本兵，日本兵谎说日本大部队杀过来了，他们就吓得屁滚尿流，抱头鼠窜。常营长逃回来却跑到老百姓家去强奸客栈老板的女儿。这部小说将军队对老百姓的荒淫与在战场上的软弱进行对比，对军阀内部的无耻行径进行了讽刺与揭露。小说还写到部队军需员向城中的小市民收捐，巧立名目，重复收取，且不开收据，收完自然落入各人腰包。小说借孟老板之口说："这批饷过去了，料想不要钱了，偏是添了许多捐，有县里派的，有师部派的，也有保安队派的，哪处派的归哪处收，原是月捐，但是不过一个多月工夫，十三项捐，没有哪项，不是收过两次以上的，像这种铺捐，连一个礼拜也不到，就来收了。"[1]若是老百姓没钱可给，他们就大打出手，有时给得慢了都得挨打，简直是一群虎狼强盗。还有《粉墨筝琶》《红杏出墙记》等多部现代社会言情小说中都有对封建军阀的揭露。与此同时，作家对那些受迫害的市民百姓给予了深刻的同情，有论者称其为"平民意识"[2]，笔者认为是中肯的。

和鲁迅、郁达夫等严肃小说家对生命、死亡直接的叩问不同，社会言情小说对生命尊严、死亡意义等问题的探寻是融合在小说环境描写中来实现的。即使是讲述一个爱情故事，也不是简单的男欢女爱，而是将其放置在民国时期的社会历史大背景下来书写，这就使社会言情小说具有了历史记录价值。除了上文提到的刘云若关于慰安妇的描写，张恨水、李涵秋都非常注意社会历史书写的真实性。

[1] 张恨水.太平花[M].太原:北岳文艺出版社,1993:70.
[2] 张凉.张恨水和琼瑶言情小说比较研究[J].通俗文学评论,1994(2).

时人对李涵秋搜集小说材料的方法如此回忆："先生于无聊时，每缓步于市上，予以觇社会上之种种情状，以为著述之资料，所谓实地观察也。一日遇泼妇骂街，先生即驻足听之，见其口沫横飞，指手划脚……先生认为此种材料为撰稿时绝妙文章，因即听而忘倦。"[1]不只是李涵秋，张恨水也对小说背景进行实地考察。张友鸾谈及张恨水写天桥时的生活体验时曾说："写《啼笑因缘》，背景是天桥，好多日子，他都泡在那里，沈凤喜、关秀姑以及沈三玄、关寿峰，就是从那里体验出来的。"[2]曾有人评价张恨水的小说道："假如将他的作品依年代次序读下去，我们可以对三十年来中国社会的变动，获得具体的了解。"[3]这一评价正印证了其小说的历史记录价值。此外，还有平襟亚笔下的上海社会、刘云若笔下的津门社会等，无不有对社会历史真实的记录，在此不再赘述。

结语

社会言情小说以其对民生疾苦的关注表达了普通人基本的生命愿望，又以生命尊严的渴求实现了对中下层市民读者的教化功能，并将故事贯穿翔实的社会历史书写中来完成，不仅使此类小说真正实现了文艺大众化，而且使其具有了社会历史记录价值和警世、教化作用，这使得社会言情小说突破了民国初期言情小说的局限，开拓了新的小说题材类型，扩大了小说功能。因此，不能把社会言情小说和民国初期言情小说一概而论，亦不能将其统称为"鸳鸯蝴蝶派文学"。就生命意识而言，社会言情小说包含的思想内涵远比"鸳鸯蝴蝶派"要广泛得多，也要严肃得多。

[1] 余牗云.涵秋轶事[J].半月,卷2:20.
[2] 张友鸾.章回小说大家张恨水[J].新文学史料,1982(1):74-87.
[3] 张占国,魏守忠:张恨水研究资料[C].北京：知识产权出版社,2009:271.

　　探讨社会言情小说中的生命意识，不仅可以探寻当下小说创作的大众化之路，也可以使社会言情小说长期以来被轻视的文学史价值得到应有的重视。总体而言，社会言情小说在"体"与"魂"的层面对生命意识的探讨取得了初步的成功，但在"灵"的层面对生命意识的探讨还带有作家个人及社会历史的局限，这也成为此类小说一直被诟病为消遣小说、商业小说乃至"鸳鸯蝴蝶派"小说的原因之一。

文化传承与嬗变
——中国现代社会言情小说对古代小说功能观的持守与突破

　　自汉代起，至明清时期，古代小说的功能观逐渐形成并确立，对民国时期通俗小说的创作产生了重要影响，其中一个主要的小说类别便是中国现代社会言情小说（简称社会言情小说）。社会言情小说与古代小说不仅在艺术形式上相似，在思想内容上也有相通之处，因此一度被称为"民国旧派小说"而遭到新文学家们的批判，这就使其艺术特征及文学史价值被遮蔽。基于此，这篇文章以小说功能观为切入点，以古代小说功能观发展脉络为背景，深入探讨现代社会言情小说对古代小说功能观的持守与嬗变，力求借此发掘中国现代通俗小说对古代小说文化上的传承与嬗变，揭示小说从古代发展到现代过程中被遮蔽的文化脉络。

一、问题的提出

　　"五四"新文学运动以来，否定传统的新文学思潮占据文坛，中国新文学与传统文学至此发生了断裂，而通俗小说却在一定程度上挑起了继承传统的重担，社会言情小说便是其中最典型的代表。此类小说坚持运用新文学家所摒弃的小说形式，采用"旧瓶装新酒"的策略，在继承古代小说艺术形式的基础上进行了创新，将报刊体制与章回小说有机结合起来，创造了民国文坛销量浩繁的盛况。正如徐文滢所说："自五四运动以后，新的形式新的意义奠定了新文艺的基础，章回小说遭到冷落的厄运了。一般人索性称之为旧小说，以示旧形式之落伍，且难与新文艺并存并提。我们的文学史小说史上，在民国部分中已不再说起它们，因为文学史小说史编者多数就压根儿没有看'旧'小说，但其实这是很不公允的。现在章回小说的潜势力不但仍然广大的存在着，它握有的读者群且确是真正的广大的群众。我们不能把它的势力估计得太低。《啼笑因缘》《江湖奇侠传》的广销远不是《呐喊》《子夜》所能比拟，而且恕我说实话，若以前代小说的评衡标准来估价，民国以来实在不乏水准以上的章回作品。"[1]而社会言情小说在民国时期虽取得较高成就却一直被游离于主流文学史之外，其根本原因就在于狂飙突进的"五四"文学对传统文学的批判与否定。

"五四"前后社会转型的巨大变革使得陈独秀、胡适等人激进的文学革命成为历史的必然，以书面文言为载体的古诗文在成为文学革命的对象时，由于其原先的"贵族性"，在被逐出知识阶层的领域后，也无法在民间阅读空间获得栖身之地。这就使传统文化的延续和开掘的任务基本上要由通俗文学来承担——也就是说，俗文学从衣食住行的百姓日常生活层面入手，也在进行开掘民族传统文化资源的某些工作。早在1958年，夏济安先生就开始研读中国通俗小说。夏先生研读中国通俗小说有两个基点，一是把中国通俗文学当作研究中国心灵的材料看，一是对小说的艺术留心。沿着这一思路展开对"五四"后中国文学的历史回溯，我们会发现，通俗文学正是以留摄中国民间心灵、提升古代小说叙事艺术等方面的努力显示了其价值，并构成20

---

[1] 徐文滢:民国以来的章回小说[M]//芮和师,范伯群.鸳鸯蝴蝶派文学资料.福州:福建人民出版社,1984:139.

世纪民族文学的重要源头之一。社会言情小说与古代小说尤其是明清章回小说具有相似的艺术形式，只是在不同的时代背景下具有不同的创作主体，又服务于不同的阅读群体，使二者具有不同的思想特色。从这个意义上讲，二者的比较研究具有考察社会历史转型的重要价值，且有助于探究传统文学在现代文学中的传扬与彰显，符合当前社会回归传统的文化趋势。然而，由于社会言情小说属于现代文学范畴，古代小说属于古代文学范畴，极少有研究者跨学科、跨时代将两类小说进行对比考察。即使在现代文学研究领域，也仅限于对社会言情小说的命名、发展脉络等问题进行"史"的梳理工作，对于社会言情小说与古代小说的关系一直缺乏文学研究界的普遍关注。

作为中国现代通俗文学研究领域的开拓者，中国现代文学研究专家范伯群先生强调并肯定了通俗文学对传统文化的继承——"内容上以传统心理为机制，形式上对传统模式的继承"[1]。无论在形式上还是内容上，古代小说对通俗文学的影响是不可忽略的。而从文化遗产继承的角度来讲，通俗文学对传统文化的传承也是很值得研究的。只可惜范先生一语带过，没有再详细论述。而传统文学究竟在哪些方面影响了通俗文学以及这一影响有着怎样的意义，我们该如何在继承传统文化的角度上客观评估通俗文学的价值，又该如何在传承文化遗产的角度上肯定传统文学对通俗文学影响的意义，这些都需要进一步研究。

目前，学者们较多关注社会言情小说产生的背景及意义，以及对其现代性的考察。在社会言情小说与古代小说关系的研究方面，学者们更多关注社会言情小说对古代小说的突破，并对这些突破给予很高评价。还有些学者认为社会言情小说保留了古代小说的一些类型化模式，且因此受到束缚，是其局限之处。一些论著中提到并肯定了古代

[1] 范伯群:中国近现代通俗文学史(上卷)[M].南京:江苏教育出版社,1999:18.

小说对社会言情小说的影响，可惜没有详细论述。个案研究较多，如对张恨水小说章回体改良的研究，对刘云若小说程式化的研究，对李涵秋小说叙事模式的研究，对张爱玲小说与《红楼梦》关系的研究等。至于其他社会言情小说与古代小说的关系，只是在著作中有所提及，全面、系统的研究还比较薄弱。

基于此，我们在科学界定社会言情小说概念的基础上对其进行深入研究。以小说功能观为切入点，深入探讨此类小说与古代小说的相通之处，把握其迥异于古代小说的思想艺术特征，考察社会言情小说如何在古代小说功能观基础上建立自身独特的小说功能观，以利于现代文学研究界对此类小说有全面、客观的认识，进而对呈现出全面、真实的现代文学史尽一份绵薄之力。

二、中国现代社会言情小说范围的界定

本文所说的"中国现代社会言情小说"不仅与"言情小说"不同，与一般意义上的"鸳鸯蝴蝶派"小说也有所不同，三者之间有着密切的关系。民国初年，以徐枕亚的《玉梨魂》为代表的哀情小说风靡文坛，引发诸如奇情小说、艳情小说、悲情小说等一片情天恨海之作充斥文界。时任《小说月报》主编的恽铁樵以卓越的眼光看到这一文坛弊病，于是倡导将言情与言社会结合起来。他指出："言情不能不言社会，是言情亦可谓言社会。且世界者，人类之世界，即男女之世界。男女有爱力，而有夫妇。夫妇，最亲者也。爱不能无差等。以亲亲之义推之，夫妇之情厚者，于爱国、爱群之情亦厚。"[1]这一倡导的提出，为社会言情小说的出现奠定了坚实的理论基础。与此同时，李涵秋的《广陵潮》（原名《过渡镜》）开始连载于汉口《公论新报》，

---

[1] 恽铁樵:答刘幼新论言情小说书[J].小说月报,1915(6).

拉开了社会艳情小说创作的序幕。继《广陵潮》之后,《歇浦潮》《人海潮》等此类小说开始出现,形成了一类独特的小说类型。由此可见,社会言情小说是在言情小说泛滥成灾的情况下应运而生的,它脱胎于民国初年言情小说,但与言情小说已有本质区别。

那么,社会言情小说是否属于鸳鸯蝴蝶派小说呢?范伯群先生把《中国近现代通俗文学史》的社会言情编第三章第八节的题目定为"社会加言情乃鸳蝴派先天遗传基因"[1],可以看出社会言情小说与鸳鸯蝴蝶派小说的血缘关系。我们知道,广义的鸳鸯蝴蝶派小说即为通俗小说,从这个意义上讲,鸳鸯蝴蝶派小说其实是包含了社会言情小说的。而随着通俗文学研究深入,许多学者都曾指出将中国现代通俗小说扣上"鸳鸯蝴蝶派"的帽子实属不妥。袁进曾就"鸳鸯蝴蝶派"这个名称发表过类似主张:"最早,它指的是徐枕亚、李定夷、吴双热等人创作的骈文小说。后来,它又包含了民初小说家创作的文言小说和白话章回小说。1949年以后,'鸳鸯蝴蝶派'作品目录几乎包括了除新文学作家创作的小说之外的所有通俗小说,无论它是色情的还是严肃的,也无论它是传统的章回体还是新式的章回体、日记体、书信体。……'鸳鸯蝴蝶派'只是一个约定俗成的名词,谈不上是一个科学的'文学流派'的概念。"[2]既然"鸳鸯蝴蝶派"不能算作一类小说的概念,更不能将社会言情小说划入其中了。笔者以为,就"鸳鸯蝴蝶"的本意而言,它单纯地指民初言情小说更为妥当。因此,本文中所提到的"社会言情小说"绝不等同于、也不狭义地属于鸳鸯蝴蝶派小说。李涵秋自不必说,而张恨水、刘云若、秦瘦鸥他们本人也不承认自己是鸳鸯蝴蝶派。尽管张恨水前期创作有着很浓重的鸳鸯蝴蝶派的影子,但本文所研究的是他的代表作品,也就是成熟的社会言情

[1] 范伯群:中国近现代通俗文学史(上卷)[M].南京:江苏教育出版社,1999:10.
[2] 袁进:小说奇才张恨水[M].上海:上海书店出版社,1999:66.

小说，不能算作鸳鸯蝴蝶派小说。正因为社会言情小说与鸳鸯蝴蝶派小说内在的血缘关系，使得二者容易混淆，所以，我们把本文中提到的作品称为"社会言情小说"，以便于和鸳鸯蝴蝶派小说相区别。

关于社会言情小说的概念，笔者曾在另一篇文章中进行过界定："晚清小说界革命之后尤其是五四以后出现的，由中国现代作家采用传统与现代相结合的艺术形式书写言情和社会两大主要思想内容的一类世态人情小说，全称为'中国现代社会言情小说'。"[1]这类小说生发于民初，兴盛于20世纪二三十年代，及至20世纪40年代虽已近尾声仍有经典之作，可以说占据了民国时期通俗文学文坛的首要位置，吸引了大量的市民读者。其开山之作为李涵秋创作于1909—1919年间的《广陵潮》，中后期的代表作有张恨水的《金粉世家》《春明外史》《啼笑因缘》《夜深沉》，刘云若的《小扬州志》《旧巷斜阳》《红杏出墙记》《春风回梦记》《粉墨筝琶》，平襟亚的《人海潮》(又名《情海春潮》)，秦瘦鸥的《秋海棠》及陈慎言的《恨海难填》等。

三、古代小说功能观的演变

在中国古代小说理论批评史上，小说的"功能"一直被批评家们所关注。由庄子的"小道"论开始，"小说"就处在被轻视的地位。虽然"小说"这一词语最早出现于《庄子·外物》，但它并不是作为一种文体出现的，及至汉代，"小说"才作为一种文学样式出现在文学理论视野。两汉时期的桓谭在《新论》中提及小说时说："若其小说家，合丛残小语，近取譬论，以作短书，治身理家，有可观之辞。"[2]在这里，桓谭不仅明确了小说可以成为一种文学样式，并提出

---

[1] 张艳丽:中国现代社会言情小说正名问题研究[J].文艺争鸣,2016(11).
[2] 桓谭:新论[M]// 李善注:江文通·文选(卷31)，北京:中华书局1977:444.

了"小说家"的说法，可见在当时已有一批从事小说创作的文人出现。在桓谭看来，虽然此时小说的内容不过是短小的细碎片段，但已然对治身理家有可借鉴之处，小说的"传道"功能也已初露端倪。

随着魏晋南北朝时期志人和志怪小说的产生，小说开始作为一种文体出现，到了唐代，唐传奇的产生使得小说成为一种独立的文体，有其独特的艺术特征与创作目的，"传奇"的名称也已显明其娱乐的功能。唐代诗人韩愈提出了"以文为戏"[1]的观点，晚明时期领军文坛的文学家李维桢、明代小说家李昌祺及著名戏曲家汤显祖等都认为小说具有娱乐游戏功能。此外，教化及补史功能的说法也比较普遍。除了班固在《汉书·艺文志》中提出的"稗官"论，修髯子也在《三国志通俗演义引》中认为小说可"裨益风教"[2]，明代历史演义小说编著者熊大木则指出小说"稗官野史实记正史之未备"[3]。在把小说归于史类的早期批评家看来，小说的特性与史难以截然区分，小说有史的实录性质，能够拾正史之所遗，详正史之未赅，补正史之不足，因而小说可与正史参行。这种说法揭示了小说与史的密切关系，也强调了小说的认知功能。元末明初，瞿佑较早提出了"惩恶劝善"的思想，他称自己编撰《剪灯新话》"虽于世教民彝，莫之或补，而劝善惩恶，哀穷悼屈，其亦庶乎言者无罪、闻者足戒之一义云尔"[4]。这种思想对后世小说的创作及其作用的评价都具有重要的影响，小说的教化功能也逐渐被重视。

到了明中后期，批评家们开始有意识地探讨小说本身的特性，并力图把小说与史区别开来，这一时期，批评家们开始视小说为一种具有独立性的文学样式，为文学创作独立之一文体，从而努力探讨小说

[1] 韩愈:重答张籍书[M]//韩愈集(卷十四),太原:山西古籍出版,2005.
[2] 修髯子:三国志通俗演义引[M]//三国志通俗演义,石家庄:花山文艺出版社,1993:3.
[3] 熊大木:新刊大宋演义中兴英烈传序[M]//中国历代小说论著选,南昌:江西人民出版社,1982:117.
[4] 凌云翰:剪灯新话序[M]//瞿佑.剪灯新话：外二种,上海:上海古籍出版社,1981:3.

的性质和特点，确认其地位和价值，逐步形成了系统的小说观。明代文学家李贽明确提出了小说可以"发愤"的主张。他在《忠义水浒传序》中提到："古之贤圣，不愤则不作矣。不愤而作，譬如不寒而颤，不病而呻吟也，虽作，何观乎？《水浒传》者，发愤之所作也。"[1] 在李贽看来，小说家创作《水浒传》不仅仅是为了记录历史人物故事，更是要抒发其胸中块垒，实为"发愤"之作。这就将小说的功能与李贽倡导的"童心说"结合起来，形成了小说的自我表现功能。

晚清批评家对小说功能的阐述更加透彻，其中影响最深远的是梁启超的观点。他在1902年11月14日发表的《论小说与群治之关系》中指出了四种力：

> 抑小说之支配人道也，复有四种力：一曰熏，熏也者，如入云烟中而为其所烘，如近墨朱处而为其所染，《楞伽经》所谓"迷智为识，转识成智"者，皆恃此力。人之读一小说也，不知不觉之间，而眼识为之迷漾，而脑筋为之摇飏，而神经为之营注，今日变一二焉，明日变一二焉，刹那刹那，相断相续，久之而此小说之境界，遂入其灵台而据之，成为一特别之原质之种子。有此种子故，他日又更有所触所受者，旦旦而熏之，种子愈盛，而又以之熏他人，故此种子遂可以徧世界。一切器世间、有情世间之所以成、所以住，皆此为因缘也。而小说则巍巍焉具此威德以操纵众生者也。二曰浸，熏以空间言，故其力之大小，存其界之广狭；浸以时间言，故其力之大小，存其界之长短。浸也者，入而与之俱化者也。人之读一小说也，往往既终卷后，数日或数旬而终不能释然。读《红楼》竟者，必有余恋，

---

[1] 李贽:忠义水浒传序[M]//水浒传(容与堂本),长沙:岳麓书社,2008:1488.

有余悲；读《水浒》竟者，必有余快，有余怒。何也？浸
之力使然也。等是佳作也，而其卷帙愈繁、事实愈多者，
则其浸人也亦愈甚！如酒焉：作十日饮，则作百日醉。我
佛从菩提树下起，便说偌大一部《华严》，正以此也。三曰
刺，刺也者，刺激之义也。熏、浸之力，利用渐；刺之力，
利用顿。熏、浸之力，在使感受者不觉；刺之力，在使感
受者骤觉。刺也者，能入于一刹那顷忽起异感而不能自制
者也。我本蔼然和也，乃读林冲雪天三限、武松飞云浦厄，
何以忽然发指？我本愉然乐也，乃读晴雯出大观园、黛玉
死潇湘馆，何以忽然泪流？我本肃然庄也，乃读实甫之琴
心、酬简，东塘之眠香、访翠，何以忽然情动？若是者，
皆所谓刺激也。大抵脑筋愈敏之人，则其受刺激力也愈速
且剧。而要之必以其书所含刺激力之大小为比例。禅宗之
一棒一喝，皆利用此刺激力以度人者也。此力之为用也，
文字不如语言。然语言力所被，不能广、不能久也，于是
不得不乞灵于文字。在文字中，则文言不如其俗语，庄论
不如其寓言，故具此力最大者，非小说末由！四曰提，前
三者之力，自外而灌之使入；提之力，自内而脱之使出，
实佛法之最上乘也。凡读小说者，必常若自化其身焉。[1]

梁启超在这里所说的四种力，不仅指出了小说的功能，更揭示出
了小说的艺术特性。所谓"熏"，指的是小说对读者具有潜移默化的
熏陶作用；所谓"浸"，指的是读者沉迷于小说之中数日，逐渐受小
说的陶冶，而与小说中的人物产生心灵的共鸣；所谓"刺"，即指小
说具有刺激读者情感的作用，当读者的感情融入到小说中，便与小说
中的人物同呼吸、共悲欢，产生"共情"；所谓"提"，乃是读者读
小说之最高境界，此时，读者已然化身为小说中人物，由内而外散发

[1] 梁启超:论小说与群治之关系[J].新小说,1902(1).

出文学气息，足见小说的艺术感染力之深。以对小说功能的认识和特性的揭示而言，梁启超从审美心理的角度充分论述了小说的文学功能和艺术特性，得到了同时期批评家们的认可。总体而言，以上批评家对小说功能观的认识大致可以概括为五种：传道功能、教化功能、娱乐消遣功能、补史功能、自我表现功能。

四、社会言情小说家对古代小说功能观的继承与突破

在以"修身、治国"为己任的中国传统文人眼中，"诗言志""文以载道"成为文学作品理所当然的职责。宋元时期，小说开始作为文学作品被研究，但由于当时的批评家对小说缺乏充分的认识，便以批评诗歌、散文的理论来评价小说，小说的传道、教化等功能自然不可推卸。明清时期，李贽、袁宏道、冯梦龙等均以儒家的传道思想为标准，认为小说应以传道为宗旨，宣扬忠孝节义、惩恶劝善，以益于社会风化。上文已指出古代小说的五种功能观，其中对社会言情小说影响最为明显的为传道功能。细读社会言情小说文本，可以发现它自觉地遵循了古代小说的功能观。只是与明清小说家在作品自序中声明自己的创作目的在于传道、教化等不同，他们不是有意识地借小说言志，甚至在作品中明确表示自己对于小说并没有什么过多的奢望，也就是说，从其主观意愿来看，社会言情小说家们并不相信自己的小说能够"传道"，所以，他们的小说对"传道"的实践较之明清小说更加隐蔽了。

李涵秋在临去世前对胞弟李镜安说："我辈手无斧柯，虽不能澄清国政，然有一支笔在，亦可以改良社会，唤醒人民，汝其于撰述上悉心研究，切勿轻视。"[1] 李涵秋将小说创作目的定位为"改良社会，

---

[1] 李镜安:先兄涵秋事略[J].半月,1923(2).

唤醒人民",可见其对古代小说功能观的认同。在《广陵潮》中,欺诈云家绸缎庄的田焕夫妇费尽心机骗取的家产最终还是被云家的子孙继承,云麟一家母慈子孝,虽经过一段艰难的时光但最后家业兴旺、其乐融融。反而富贵人家的不孝子柳春与打爹骂娘的明似珠最终沦落街头。家道殷实的柳家公子柳春从小在母亲的偏护下娇生惯养,去上海宏门学校混了一纸文凭后回家要兴办学校。结识青年女性明似珠后更是荒诞不经,最后沦为明似珠的妍头。明似珠父亲早亡,家境颇丰,接受新式教育后思想非常开放。和柳春同居后,又喜欢上了云麟,一见面就要吻云麟;见到富玉鸾后又被他的英伟所倾倒。"这一天,明似珠总算轻轻地将他一份爱情,移到富玉鸾身上去了,再不同云麟兜揽。"[1]在情感上,明似珠是见一个爱一个的,在肉体上,她更不受任何道德伦理的约束。明似珠在上海街头做起了吊膀子的妓女,碰巧吊来的真济美正是革命家,便大摇大摆地做起了都督府人。都督被暗杀后,她携带着自己靠色相捞来的十数万金家资回扬州,却在途中被亲信仆人骗走。当柳春灰心时,明似珠对他说:"凭我这副颜色,你还愁骗不到人家的银子? ……你有这造化给我做了丈夫,总不至叫你没有饭吃。"[2]明似珠的回扬与妓女红珠的回扬颇有相似之处,但结局却大相径庭,红珠安然回扬与心上人永结秦晋之好,明似珠却落得一贫如洗,与柳春做妍头并与土匪交结勒索公公的钱财。由此可见,小说带有明显的"裨益风教"的创作倾向。

张恨水《啼笑因缘》的创作倾向也带有明显的教化作用。唱大鼓书的贫民女子沈凤喜遇到富家少爷樊家树,在樊家树一次一次的救济中,沈凤喜与之产生了爱情;然而,当樊家树回南时,沈凤喜遇到更加有权有势的军阀刘德柱,便又投入刘的怀抱了。有论者指出:"自

[1] 李涵秋:广陵潮[M].太原:北岳文艺出版社,1986:718.
[2] 同上,1986:1073.

古以来由于社会地位和生活水平的低下，小市民阶级有严重的劣根性——贪婪，这不仅是书中女主人公沈凤喜的悲哀，也是整个封建社会时代多数女性的悲哀。"[1]小说家不仅借沈凤喜揭示了小市民阶级的这一劣根性，并且对女主人公的贪婪给予了明显的道德评判。张恨水谈及《啼笑因缘》的创作时曾说："至于凤喜，自以把她写死了干净；然而她不过是一个聪明绝顶，而又意志薄弱的女子，何必置之死地而后快！可是要把她写得和樊家树坠欢重拾，我作书的，又未免'教人以偷'了。总之，她有了这样的打击，疯魔是免不了的。"[2]在小说最后，沈凤喜疯了，并没有读者所期盼的大团圆结局，这正是社会言情小说的可贵之处。它们没有高深精妙的道理，也非严肃文学家们高高在上的启蒙，而是以小说中的人物故事将其思想倾向传达给读者，实现潜移默化的教化功能。

除了李涵秋、张恨水之外，刘云若小说更是把褒善贬恶的道德倾向内化为复杂的情感倾向，潜移默化地改变和影响读者的情感与生活方式。总的来看，他对古代小说功能观的实践集中体现在小说的道德内涵和伦理内涵两个方面。

首先，刘云若小说的道德内涵非常丰富，在他的思想观念和创作动机中，有十分突出的道德倾向，这种倾向能形成一种伦理化的人格，赋予作品以特殊的道德内涵。这种人格体现在作品中就是对国家、民族的忧患意识和责任感。从其小说中的描述就能看出他的真诚与忧患。正因为人心浮华，物质至上，刘云若在物欲横流的现实生活中怀恋"至真至情"，故而在描画污浊世界的同时难免流露出对真善美的热切向往。他的忧患与真诚如同杜甫的沉郁顿挫、巴金的真挚热烈一样，都是一种小说家独立人格的象征，这种人格赋予作品一种内

---

[1] 张湘锋:《啼笑因缘三位女性的形象》[J].语文学刊,2008(14).
[2] 许子东:重读《日出》、《啼笑因缘》和《第一炉香》[J].文艺理论研究,1995(6).

在的伦理力量。刘云若的使命感和责任感，体现在对当时社会现状深切的道德关注，对现有文化中不公平的、丑恶的方面给予的批判和否定。他反对日本帝国主义的侵略，抨击军阀的高压统治，揭露国民党政府的黑暗腐败，肯定底层人民对正义与美好生活的追求。他在小说中运用犀利的笔墨讽刺反面人物，也用生动的笔墨塑造正面人物形象。如《小扬州志》中的散德兴，运用种种手段骗取掠夺别人的钱财，作家写他又蠢又胖，令人望而生厌。《春风回梦记》中的如莲真挚、柔媚、敢于担当且富于牺牲精神，博得了作家的同情和怜惜。小说写到她为成全爱人的婚姻而不惜以生命为代价时，令人不禁潸然泪下。《粉墨筝琶》中的陆凤云因不能忍受艰辛的生活而抛弃自己的丈夫，甚至委身于大汉奸，最后母亲被人毒死，自己入狱为囚，结局相当悲惨；而大巧儿虽然言语粗俗，但一身正气，不畏街头恶霸，且积极加入地下抗日工作，赢得了男主人公矞青的爱情。《碧海情天》中的蓉湄作为一名银行家的儿子，喜欢上了唱戏的影桃，他不顾父亲的反对，坚持要和影桃结婚，其矢志不移的真情得到了作家的认可。这些作品中惩恶劝善的教化倾向，也体现了作家对古代小说功能观的自觉践行。

其次，刘云若的小说在人物塑造方面集中表现了其复杂的情感态度，除刻画了一批"至性人"之外，还通过对世俗生活的描述揭示出一种独特的性格与精神，使读者与小说人物产生共鸣，甚至参与到小说的创作中。《春风回梦记》中的人物就很有代表性。虽然主人公如莲与陆惊寰真心相爱，且如莲品貌俱佳，但作为第三者，如莲毕竟破坏了惊寰夫妇的婚姻。小说最后，如莲服毒自尽，惊寰妻子病故，演绎了一场"一宾出双棺"的凄惨故事，在此过程中，如莲作为一个风尘女子却如莲花一般出淤泥而不染的高贵品格给人留下深刻的印象。《旧巷斜阳》中高洁如玉的璞玉与赵警予真心相爱，其盲夫发现后为成全二人离家出走，赵警予却不忍让璞玉为难而远走他乡。璞玉带着两个儿子为糊口沦落到进了窑子，被骗为暗娼遭受百般凌辱，读者们不忍看着洁身自好的璞玉落到如此地步，便呼吁"救救璞玉"，并因此而在当时社会发起了一场"妇女命运"的大讨论[1]。刘云若在小说序言中写道："有几位资产阶级的太太，竟使用贿赂手段，倘然在去岁年底能叫璞玉脱离苦海，我足可过个很肥的新年，连拙荆也许落一套日月团花袄山河地理裙，可惜一时掉不转笔头，以致失却发小财的机会。反而因璞玉受了许多委屈，先生、太太小姐们，把我摈出游宴团体，厉行绝交，宣付惩戒，或是写信斥骂，电话恐吓，以及吃饭合谋灌酒，打牌暗算输钱，由若干人联名警告，限期救出璞玉，若再逾限，将全体拒看我写小说的报纸。这真使我惊讶璞玉何以人缘如此之佳，势力如此之大！她虽在书中受苦，然而能有这样的际遇，可谓不虚此生。"[2]刘氏小说能够借小说人物的命运引发读者情感的共鸣，让读者与书中人物心心相系，甚至努力去干涉小说的创作，可见刘云若的小说已然达到梁启超所说"刺"的功能。

总的来说，社会言情小说的道德价值和伦理内涵集中体现了明清小说功能观的基本精神。值得注意的是，尽管这类小说作品的教化功能及道德惩戒意味很浓，但是由于小说家对小说功能的理性认识，使得其创作目的与小说人物故事、情感倾向水乳交融，惩戒劝善的功能不再像古代小说那样借助于说理性的语言，这是社会言情小说对古代小说功能的一个突破。

五、社会言情小说家对小说商业功能的挖掘

明清时期受儒学、理学的影响，在小说理论界，传道观、娱乐观

[1] 倪斯霆:旧人旧事旧小说[M].上海:上海远东出版社,2010:136.
[2] 刘云若:旧巷斜阳（自序）[M].天津:百花文艺出版社,1995.

及自我表现观成为大部分理论家的共识，对于小说家而言，创作多是出于"发愤"及"文人自娱"的创作心态，主观上掩盖了小说的商业功能。与此同时，明清时期的报刊业尚未兴盛，客观上也限制了小说的商业功能的实现。如《红楼梦》的作者曹雪芹少年时代度过了一段锦衣玉食的生活，虽然这段生活极其短暂，但是却始终难以忘怀，这也是《红楼梦》创作的来由。

雍正五年（1727年），曹雪芹的父亲因"骚扰驿站、织造亏空"等罪名被抄家。第二年，曹家举家从南京迁到北京。再后来曹家彻底败落，一家人只得过上了"举家食粥酒常赊"的穷困潦倒生活。少年时代在南京（工商业发达）的生活经历，使他有机会受到比较开放的初级民主思想的感染。曹雪芹性格豪放，愤世嫉俗，家庭的变故使他过早地体味到了世态炎凉，他将自己体会到的社会黑暗与复杂矛盾付诸笔端，通过对形形色色的人物形象的刻画，来表达自己的悲凉之感。《红楼梦》是作者饱蘸着生命的血泪完成的，作品中渗透着作者对生命的感叹、对世事变幻的无奈与人间冷暖的感伤。贾宝玉是曹雪芹的影子，曹雪芹与贾宝玉都生于官宦之家，都透过家族的兴衰荣辱而尝尽了世态炎凉。晚年的曹雪芹穷困潦倒，一心著述，看尽了世事沧桑，这与贾宝玉最终出家以此来了却尘缘如出一辙。作品中的人物与作者有着相似的人生经历，通过艺术虚构与加工，作品中的人物被寄予了作者的社会理想。总之，曹雪芹重在对诗意人生的抒写，他心怀一种士大夫感世伤怀的情怀，是一种面向知识精英的心灵诉说。曹雪芹以不寻常之十年辛苦创作《红楼梦》，从未想过要拿小说来赚钱，也未曾考虑读者是否欢迎，他在《红楼梦》第一回就写道：

满纸荒唐言，一把辛酸泪！都云作者痴，谁解其中味？[1]

[1] 曹雪芹:红楼梦[M].济南:齐鲁书社,1992:3.

这种文人自娱的心态使《红楼梦》的创作能够直面作家内心，抒发作家理想中的情怀，塑造其心目中的人物形象以"言志"。

与古代小说不同，社会言情小说从产生之日起就高扬小说的商业功能，并且作家在创作时也是秉承"卖文为生"的创作理念的。《人海潮》的作者平襟亚出身清贫，幼年丧母，13 岁时父亲去世，四处告贷无门，只能被外姓人收养。悲惨的童年生活使得平襟亚看透了世态风情与人情冷暖，他化名为网蛛生写出了 60 万字的巨作《人海潮》。《人海潮》初版 5 千册不到一个月就被抢售一空，后又在半年之内发行了 5 万部，盈利超 10 万元。此后创作的续集《人心大变》，也有很大的市场销量。凄苦的人生遭遇、经济需求的紧迫，加之民国时期报刊业的发达，使得当时文人们卖文为生成为一种可能。平襟亚在创作小说时，并不十分在意小说的传道、教化等作用，而更注重追求的是小说的商业价值，这显然对古代小说的传道功能发生了偏移。为了追求小说的商业价值，必须赢得大量读者的青睐，读者就是小说家的衣食父母，因此，社会言情小说的创作以迎合读者的阅读需求为首要旨归。为达到这一目的，在艺术形式上，社会言情小说家要考虑市民读者阅读能力的滞后性，章回小说依然是其主要形式，才子佳人的模式也未发生根本改变；除此之外，社会言情小说家们也对千篇一律的才子佳人小说进行了创新，其主要表现就是对小说悲剧结局的设定，大部分社会言情小说都以悲剧结尾，这就使得观众在感受哀情之美中受到心灵的洗礼与精神上的升华，从而实现了对大团圆式才子佳人小说的突破。平襟亚喜于在作品中嘲讽映射当时社会中流传的各类绯闻，包括社会秘闻、奇闻怪事与歌姬逸闻等，虽得罪不少人引了不少官司，但带动了不少报刊的销量。加上平实朴素的语言风格、引人发笑的故事情节、牵动人心的悬念设置，小说在很大程度上满足了民众对小说娱乐性的需求。因此，平襟亚的作品能赢得读者的热捧而销量颇高也就不足为奇了。

平襟亚不仅从小说的题材内容上去迎合读者需求以带动销量，作为书商的他还从小说的定价、成本、装帧上促进小说的销售。"1930年，平襟亚在书业又掀起'一折八扣旋风'，即定价1元，零售价1角，批发价8分（预订户7分）。平襟亚的书不付稿费，成本较低。当时市场上曾流行廉价标点书，封面为牛皮纸，小5号字密排，而平襟亚的'一折八扣'书编辑、装帧更精美，用5号字排版，阅读起来很是方便。1936年至1937年，林语堂曾推出明人袁宏道诗文合集，平襟亚马上跟进，售价只有1/5，卖了1.5万部，盈利3千元以上。"[1]由此可见，平襟亚善于通过对小说商业价值的挖掘来创造丰厚的收益。

除平襟亚外，李涵秋、张恨水、刘云若等社会言情小说家们的创作也大都是以商业利益为首要目的的。张恨水曾说："当年写点东西，完全是少年人好虚荣。虽然很穷，我已知道靠稿费活不了命，所以起初的稿子，根本不是由'利'字上着想得来。"[2]由此可见，起初创作时，张恨水与古代小说家的功能观并无二致。到了1926年，张恨水全家移居北京，因人口增多，开销增大，他回忆道："而我的全家，那时都到了北京，我的生活负担很重，老实说，写稿子完全为的是图利。已不是我早两年为发表欲而动笔了。"[3]这一时期，他创作了《春明外史》（1924年—1929年）、《金粉世家》、《啼笑因缘》三部重要的社会言情小说，都取得了很高的市场效益。张恨水于1930年说："我既是以卖文为业，对于自己的职业，固然不能不努力；然而我也万万不能忘了作小说是我一种职业。在职业上作文，我怎敢有一丝一毫自

[1] 唐山.出版枭雄平襟亚[N].北京晚报,2017-6-19.
[2] 张恨水.写作生涯回忆[M]//张占国,魏守忠.张恨水研究资料.北京:知识产权出版社,2009:22.
[3] 同上,2009:28.

许的意思呢。"[1]此时张恨水的小说创作观已然与古代小说家不同，职业文人的自觉认同及生活所迫，使得他不得不重视小说的商业价值，"图利"也成为其主要的创作目的之一。

社会言情小说家刘云若曾在小说《小扬州志》的开篇坦承自己对小说家这一职业的认识：

> 原来对于读者一事，抱着各式各样的大希望。可怜望来望去，什么希望也不曾实现，却不知怎的，转弯抹角就进了小说行……无论哪一行的人，就端着那一行的饭碗，低头去吃好了，不必一面因没法高攀，一面却妄抬身份……起先鄙人也想不要脸一下，高揭一个主义，叫做'小说救国'；后来想了八日八夜，终没法把这主义说得圆通，只得收起妄谈，规规矩矩的写我破小说。[2]

这种职业文人身份的自觉确认，使他对自己的小说创作有着理性认识，刘云若本人并不相信小说有济世救民的力量，他只是踏实地创作，对于小说发表后的客观效果，他自己也是始料未及。

对于社会言情小说家来说，写小说不过是他们赚钱谋生的一种方式，与救国救民无关，甚至与弘扬自己的理想情操也相去甚远。由此可看出，社会言情小说家们对小说商业功能不约而同的认可，对自身文人职业功能的自觉体认，不仅是当时社会时代与生活所迫，更是与其自身对小说功能的认识息息相关。无疑，这种认识影响了社会言情小说的创作，使其无论在思想内涵还是艺术形式上都难能与经典的古代小说相媲美。

[1] 张恨水:啼笑因缘（作者自序）[M]南京:江苏文艺出版社,2008:2.
[2] 刘云若.小扬州志[M].天津:百花文艺出版社,1986:2.

综上所述，古代小说家创作小说的动力来自于内在需求，或消遣，或抒情，或言志，大都带有文人自娱的心态。而社会言情小说家则恰逢其时，在出版业、报业发达且卖文为生成为可能的民国时期，他们把小说创作当成一种职业，小说家不过是一个"三百六十行"之一的行当，这就使其对小说商业功能的认识较之于古代小说家更为切实。在社会言情小说家眼中，小说的价值不再局限于消遣娱乐，也不必高抬到"小说救国"；他们对"卖小说为生"的职业文人身份的自觉认同突破了古代小说价值观，也发挥并践行了小说的商业功能。

六、社会言情小说功能观对其通俗性的影响

小说家对小说功能的认识也促使其对小说的独特性进行把握，进而创作出具有独特思想艺术特征的作品，一部成功的作品都是在小说功能观的影响下进行创作的，明清时期"发愤"而著书的小说自我表现功能观对曹雪芹的血泪之作不无影响。曹雪芹深知《红楼梦》之前的才子佳人小说摆脱不了"才子与佳人在后花园私定终身"的一贯套路，缺乏创意，于是他敢于"点铁成金"，提出更为大胆的爱情观（比如"意淫"），并通过艺术形式创新，使《红楼梦》脱胎换骨而跳出才子佳人小说的窠臼。

与古代小说家不同的是，社会言情小说家创作不重在表达自我，而更注重作品的通俗性。为什么社会言情小说家能在继承古代小说基础上把握了小说的通俗性呢？一方面，社会言情小说家大都接受过私塾教育或深受传统文化影响，古代小说的功能观对他们的影响是显而易见的。深厚的传统文化教育不仅使他们有渊博的文学知识，更在潜移默化中影响着他们对小说的认识，这也在其创作中得到证实。另一方面，社会言情小说家们大都在接受私塾教育的同时接受过新式教育

或新式文化，如刘云若青少年时代在天津扶轮中学读书，张恨水、秦瘦鸥等都接受过新式教育。更重要的是，他们大都曾做过报刊编辑及副刊主笔，他们比古代小说家更深知小说发行量对报刊经营的影响，这也致使他们与古代小说功能观具有根本的区别。虽然社会言情小说继承了古代小说传道、教化等功能，但他们也更注重小说的商业功能。要小说实现其商业功能，就要使其服务于读者，受大众的欢迎。因而，在对小说通俗性的认识上，社会言情小说家们至始自终都保持清醒的创作趋向。

社会言情小说大都是先在当时报刊上发表而后再出单行本的。在报刊业发达的民国时期，发行量是一个报刊的生命线。而支持报业发展的台柱子无疑是其小说的副刊，也就是可以刊登社会言情小说、武侠小说等受市民读者欢迎作品的栏目。小说副刊编得好，发行量就高。因此，较之于古代小说家，社会言情小说家们更多追求较高的销量与市民读者的喜爱，创作倾向难免向符合市民口味的通俗方向靠拢，因而通俗易懂是此类小说的特点。

张恨水曾批判民国时期的新文学家们对文艺大众化实践的失败，指出普通老百姓的"乡下文艺"需要通俗易懂，倡导"赶场"的文学。他说："大都会的儿女，不但没有看见过赶场的书籍，我相信连书名都很陌生。在这种情形下，坐在象牙塔里的文人，大喊到民间去，那简直是做梦。我们要知道，乡下文艺和都市文艺，已经脱节在五十年以上，都市人越前进，把这些人越摔在后面。任何'普罗'文艺，那都是高调，而且绝对是作者自抬身价，未曾和这些人着想，也未曾梦到自己的作品，有可以赶场的一日。"[1]在张恨水看来，自觉追求小说的通俗性，为中下层读者服务是其小说创作的鲜明立场。刘云若也在《小扬州志》中明确地提出过他对小说的看法："……于是在

[1] 张恨水.赶场的文章[N].新民报,1944-4-11.

下既然是中国人，又是用中国字写中国事，便不盲从当代名家，把中国人都写称外国式，因而也不能使担水卖菜的人，说话都带携西洋哲学意味，这是我于读者最抱歉的。"[1]在这里，刘云若阐述了自己小说创作的两个观点：第一，要写自己国家的事情，记录当前社会中发生的事，故事的主人翁也只是如担水卖菜的人一样普通；第二，语言竭尽通俗化、生活化，不讲空洞的理论，只写有趣的故事。这是刘云若第一次有意识地在小说中谈论自己的创作观点，却也无意中符合了明清小说观。严复、夏曾佑曾经在1898年写的《〈国闻报〉复印缘起》一文中指出小说广泛流传的原因，其中最重要的一个因素便是语言文字的通俗浅近，这与刘云若的主张有异曲同工之妙。在小说创作之始，刘云若就自觉地把自己的创作特色定格在通俗的位置上，并希求以此来引导读者，给大众以良好的影响，他所竭力追求的通俗性正是受明清小说观影响的证明。刘云若卖文为生，以市场文化需求为指针，长期写作通俗小说形成了写作惯性；对于"现代性"与"通俗性"的矛盾，刘氏可谓了然于心，但写小说是他谋生的饭碗，读者是他的衣食父母，他虽然殷勤写作，但收入有限，生活窘迫，这迫使他只能写一般读者喜欢的、有市场卖点的能糊口的通俗小说。其实，刘氏对此也不满意，他说："可惜我生活窘迫，笔债繁冗，不能专心一志地写，所以越写越不成东西。"[2]刘氏善于旧瓶装新酒，能在传统章回小说中让"现代性"得以存活，旧形式下有新鲜活泼的内容。

如果说《春风回梦记》是刘云若有意识地主动以通俗化走近大众，那么《旧巷斜阳》则是客观的影响远远超过了作者的主观意图。正如梁启超所说的"刺"一样，发表这部作品时，读者的感情真正地融入到小说境界之中，大家与人物同呼吸、共悲欢——刘云若在写

[1] 刘云若.小扬州志[M].天津:百花文艺出版社,1986:2.
[2] 张元卿.刘云若传略[J].新文学史料,2008(4).

《旧巷斜阳》时，读者因璞玉的苦境而陷入不满甚至悲愤，以致于时常给刘氏以指示，使得作家不得不设法改变原来的写作计划，让小说的发展合乎读者的愿望。读者对于《旧巷斜阳》的欣赏已经不仅仅停留在被动的接受上，甚至要主动地参与作家的写作，这种客观效果的出现，虽不能排除小说故事内容的吸引，但也足以见证刘云若小说创作的高妙，只有他对明清小说观中小说特性的把握达到炉火纯青的地步，才有可能对读者产生如此强大的吸引力。

结语

与一味批判古代小说的"五四"严肃文学家们不同，社会言情小说家对古代小说有更深入的、切合时代需要的认识，加之自身卖文为生创作目的的推动，结合报刊发行体制的外部条件，把古代小说的功能观与民国时期读者市场需求有机结合起来，形成了自身独特的小说功能观；并以此为指导创作出了深受读者喜爱的佳作，满足了民国时期大量中下层市民读者，也体现了中国传统小说发展到民国时期变革的自觉追求。因此，我们不应将此类小说划分为"旧派小说"，也不能以严肃小说的价值标准来判断社会言情小说。就其对古代小说功能观的继承而言，社会言情小说承担了延续传统文学的重任；就其对古代小说功能观的突破而言，社会言情小说因其小说商业功能观的确立自觉提高了小说的通俗性，占据了中国现代通俗文学史的"半壁江山"，确是一个不容忽视的存在。

后记

十二年前走出校门又走进校门，今已人到中年，经过了人生许多高低起伏之后，逐渐归于平静。一位前辈曾多次语重心长地向我说起，人文社科研究工作者需得中年以后方能有所成就，因为人生阅历是单纯的理论知识所无法弥补的，而对人文研究而言，这又是不可或缺的。我深以为是。鲁迅是年轻人很难读懂、读透的，不只是鲁迅，几乎每位经典作家的作品都需要有一定人生历练后才能慢慢理解。没有哭过长夜的，不足以语人生。没有经过奋起与幻灭的，也不足以言文学。只是自己才疏学浅，又身负重压，依然不能更深入、更细致地进行文学研究，实在深感惭愧！拙作草成，不堪凌乱，还请诸君海涵。

这本小书是我十多年来在中国现代文学教研工作上的一点总结。对于从小立志成为一名教师且又热爱现代文学的我而言，能够执教于高校并从事所热爱的文学教研工作实乃人生之大幸！基于二十年来对现代文学的学习经历，我在课堂上常鼓励同学们海量阅读现当代作家传记及经典作品，抛开既定公论的束缚，用心灵去感受，用内心去思考，并结合自己的阅读体验和老师同学一起讨论，将讨论结果写成小论文，这也是我在现代文学教学方面的一个大胆尝试。十几年来,这一尝试不仅提高了同学们阅读经典的积极性,也激发了大家对现代文学研究的热情,每年报考现代文学专业研究生的数量与日俱增。与此同时,十数年来的课堂教学也使我对现代文学有了更多认识,于是决定将此收获结集成文,以供今后查缺补漏,也请各位大方之家不吝赐教。

经典之所以成为经典,就是因为它的影响力超越时代与民族。经典的受益者是愿意接触它们的每个人,而研读、阐释、传播经典则是我们文学研究者义不容辞的责任。鲁迅的《狂人日记》至今已百年有余,但"吃人"真相的揭示至今仍震撼人心;乡土小说在上世纪20年代蔚然成风,百年后的今天,乡土小说的思想余脉犹存。窃以为,中国现代文学和当代文学本是一体,不可分割,目前由于学科设置的缘故不得已有不同的称呼,但在文学研究中,二者可统称为中国现代文学。中国现代文学犹如一条奔腾不息的河流,从"五四"流到今天,呈现出各式各样的景观。透过"生命意识"这个小切口,我们看到了深藏在无数美丽景观之下的河床,这些河床的分布与形状向我们诉说着百年来现代文学史的沧桑变迁,启示出现代文学清晰的发展纹路。若是能从"生命意识"这一切入点来研究中国现代文学史上绝大部分经典作家作品,我们会有更多更重要的发现。当然,我不敢有蚍蜉撼大树之奢望,倘若这部小书能够抛砖引玉,它也就完成了自己的历史使命了。

我原本是一个坐不住的人,从小调皮,爬树登高,无师自通。如果有什么能够让我安静下来,那就是读书。从幼时读图画、童话,到后来读小说、哲学、历史,只有在书中,我才能找到安静的感觉，才能发现另一个自我。从内心深处，我更喜欢那个沉静的我，那个慢条斯理、从容不迫的自己。因此，阅读成了我生活中必不可少的一部分。女儿出生后，我又开始陪她阅读，家里的每个角落都堆满了书，在书中，我体会到了亲子的乐趣，读书成了我们重要的生活方式之一。

作为一个阅读的受益者，我非常乐意将这一生活方式传播下去。因此，集结这本小书还有一个目的，就是激发读者阅读经典的热情。每年开学迎新时我都由衷地盼望，若是这些朝气蓬勃的年轻人像当年进入大学就读的我们一样走进了书的世界，沉浸在书海里享受这美妙的青春，那该多好！如今网络信息爆满，各种快餐文化、娱乐媒体鱼龙混杂，令人眼花缭乱。《人民日报》曾刊发过一篇《对碎片化阅读保持高度清醒》的文章，指出当前的互联网快餐文化让人欲速不达、收获寥寥。"而今之计，只有对碎片化阅读保持高度清醒，用沉静取代浮躁，用踏实取代肤浅，才能避免快餐文化的不良影响。"我对此非常赞同。二十年前我们读大学时没有网络、没有手机，更没有名目繁多的快餐文化，因此得以静下心来沉浸在一部部文学经典的滋养里。亲爱的读者们，我是多么盼望这本小书能够成为一点点诱饵，吸引着爱书的人奔向文学的殿堂。

最后，感谢我的导师北京师范大学文学院钱振纲教授二十年来的殷殷厚望与谆谆教导！虽已毕业多年，但钱老师依然在我需要时给予无私、无偿的帮助；永远和蔼可亲，永远春风化雨，钱先生的师者风范是我一生努力的方向！感谢恩师李掞平、刘忠见、栾玉芹、陈宏新等教授一路扶持引领，没有他们的帮助与鼓励就没有今天的我。感谢华北科技学院文法学院杨志武院长、慕向斌书记、王丽副院长、卢芳华副书记、刘永主任等领导的关心支持；感谢海峰、山石、桑农、乌兰、张鹏禹、曹轩梓、赵振杰等同学好友的古道热肠；感谢中国言实出版社编辑的耐心指导。诸位良师益友在我人生关键时期鼎力相助，高情厚谊，此生难忘！感谢我的家人始终如一的陪伴与理解，有先生分担家务，父母照顾孩子，我才能安心写作。女儿也善解人意地说："妈妈，你忙吧，我的事情自己能处理好。"并时不时地关心："妈妈，你的书写完了吗？"每个清晨，踏着未褪的星光走出家门，女儿尚未醒来；每个夜晚，披着浓浓的月色回到家，女儿已安然入睡。床铺已整理好，床头还放着母亲准备的热水袋。每念及此，我心深深感恩。感谢上天赐我众亲好友，何以为报？唯有用心耕耘，再接再厉，以代肺腑感铭！

作者

2025年2月17日